उधार की ज़िन्दगी

उधार की ज़िन्दगी

जयप्रकाश कर्दम

वाणी प्रकाशन

प्रकाशन के उत्कृष्टतम 61 वर्ष

vaniprakashan.com

पेपरबैक पहला संस्करण : 2024

वाणी प्रकाशन

4695, 21-ए, दरियागंज, नयी दिल्ली-110 002

फ़ोन : +91 11 23273167, 23275710

शाखाएँ

अशोक राजपथ, पटना-800 004, बिहार

कॉफ़ी हाउस कैम्पस, महात्मा गांधी मार्ग, प्रयागराज-211 001, उत्तर प्रदेश

महात्मा गांधी अन्तरराष्ट्रीय हिन्दी विश्वविद्यालय, वर्धा-442 001, महाराष्ट्र

36/ए, शेक्सपियर सरणी, रानी बिरला गर्ल्स कॉलेज के पास, कोलकाता-700 017, प. बंगाल

sales@vaniprakashan.in
vaniprakashan@gmail.com

Udhar Ki Zindagi
by Jaiprakash Kardam

ISBN : 978-93-5775-607-5
Collection of Stories

मूल्य : ₹ 299

जी.एस. ऑफ़सेट, दिल्ली-110 095 में मुद्रित

वाणी प्रकाशन का लोगो मक़बूल फ़िदा हुसेन की कूची से

अनुक्रम

उधार की ज़िन्दगी

दक्षिण टोला में आज सुबह से सन्नाटा पसरा था। कोई आदमी काम पर नहीं गया था और ना ही औरतें घास खोदने के लिए जंगल गयी थीं। कुछ लोग अपने घरों में बैठे थे और कुछ एक-दूसरे के घरों में जाकर बैठे थे। सबके मुँह और चेहरों पर एक ही सवाल था–'पता नहीं क्या होगा?' कुछ लोग चौपाल पर बैठे थे। चौपाल बहुत बड़ी नहीं थी लेकिन बीस-पच्चीस लोग आराम से ज़मीन पर बैठ जाते थे। बड़े-बूढ़े लोग हुक्का पी रहे थे। चौपाल के एक कोने में एक तसले में उपलों की आग और मिट्टी के एक ठीकरे में थोड़ा तम्बाकू रखा था। जब भी चिलम ठण्डी हो जाती थी, युवा लोग फिर से चिलम भर देते थे। एक युवक ने चिलम भरकर हुक्का पर रखी तो रघुबीर ने हुक्के का पाइप नत्थू की ओर करते हुए कहा, "लो चाचा, घूँट मारो।"

"तू मार लै। तैने मारा मैंने मारा एक ही बात है।" नत्थू ने पाइप को रघुबीर की ओर घुमाते हुए कहा।

"ना। आप बड़े हो। आपके सामने पहला घूँट हम नहीं मार सकते। पहला घूँट आप ही मारोगे। क्यूँ, भई बसन्ता?" कहते हुए रघुबीर ने सहमति की आशा में बसन्ता की ओर देखा और हुक्के का पाइप नत्थू की ओर बढ़ा दिया।

"हाँ, बिल्कुल सही बात है। बड़ों के सामने हम कैसे मार सके हैं पहला घूँट। यह तो उनका ही हक़ है।" बसन्ता ने रघुबीर की बात का समर्थन किया।

इस बार नत्थू ने कोई प्रतिवाद नहीं किया और पाइप हाथ में पकड़कर उससे दम मारने लगे। दम लगाने के बाद उन्होंने पाइप पास में बैठे किसना की ओर घुमा दिया। किसना ने बिसना की ओर और बिसना ने बसन्ता की ओर घुमा दिया।

अक्सर चौपाल पर बैठकर लोग दुनिया-जहान की बातें करते थे। एक-दूसरे के सुख-दुःख की बात करते थे। थोडा-बहुत हँसी-मज़ाक़ भी होता रहता था। लेकिन आज ऐसा कुछ नहीं था। सबके चेहरों पर चिन्ता और मुँह पर ख़ामोशी थी। हुक्के

की आवाज़ के अलावा और कोई आवाज़ नहीं थी। सब के सब आशंकित-से थे। आशंका उनके गम्भीर और बुझे चेहरों पर स्पष्ट दिखायी देती थी।

हुक्का पीने वाले सब लोगों के हाथों से होता हुआ पाइप फिर से नत्थू के हाथों में आ गया। वह पाइप से दम लगाने जा रहे थे कि वहाँ पर व्याप्त मौन को तोड़ते हुए बसन्ता बोला, "चाचा नत्थू, हममें तुम सबसे बड़े हो। तुम्हीं बताओ, यह जो समस्या उठ खड़ी हुई है, इसका क्या करें?"

चुप्पी टूटी तो और भी कई स्वर उभरे, "सारा दिन हो गया है ऐसे ही चुपचाप बैठे हुए। ऐसे बैठे रहने से तो कोई हल नहीं निकलेगा। कोई न कोई रास्ता तो निकालना पड़ेगा।"

चौपाल के एक कोने में बैठा एक युवक अपनी जगह से उठ खड़ा हुआ और हाथ लहराता हुआ बोला, "काँटे से काँटा निकलेगा। बस यही एक हल है। इसके अलावा और कोई हल नहीं है।"

बिसना को उस युवक की बात समझ में नहीं आयी। वह युवक को सम्बोधित करते हुए बोला, "अरे, ये कौन से काँटे की बात कर रहा है तू। साफ़-साफ़ कह जो भी कहना है। ये गोलमोल बात हमारी समझ में नहीं आती।"

युवक ने अपनी बात स्पष्ट की, "चाचा, मेरा कहना है कि हमें ईंट का जवाब पत्थर से देना होगा, ये ही रास्ता है। हमें उनकी धमकी के सामने डरने या झुकने की ज़रूरत नहीं है, बल्कि हम जो चाहते हैं, हमें वह करना चाहिए। हम भी उनके जैसे इन्सान हैं। जिस तरह वे रहते हैं, उसी तरह हम क्यों नहीं रह सकते?"

"मेरी समझ में यह नहीं आता आख़िर हमारे दूल्हे के घोड़ी पर चढ़कर निकलने से उनको दिक़्क़त क्यों है? उनके घरों में शादी होती है और उनकी बारात हमारी बस्ती से होकर निकलती है तो हम अपनी बस्ती में उनकी बारात को कोई दिक़्क़त नहीं होने देते। कितनी ख़ुशी और सम्मान से उनके लिए रास्ता ख़ाली करते हैं। और वे हैं कि हमें गाँव में घोड़ी के साथ बारात निकालने से मना कर रहे हैं।" एक अन्य युवक ने उसकी बात का समर्थन करते हुए कहा–

"मना ही नहीं कर रहे, धमकी दे रहे हैं। ज़मींदार वीरेन्द्र सिंह ने ताऊ बुद्धन को बुलाकर यही तो कहा है उससे कि यदि उनकी बात नहीं मानी गयी और बारात घोड़ी के साथ निकली तो अच्छा नहीं होगा। इसका बहुत बुरा नतीजा होगा।" पहले वाला युवक बोला।

बुद्धन की बेटी को हल्दी लगनी थी। लेकिन कहीं कोई ख़ुशी और उत्साह नहीं था। न कोई गाना-बजाना। बस्ती की कुछ औरतों ने किसी तरह हल्दी की रस्म पूरी

करायी थी। पता नहीं क्या होगा? सबके मन में यही डर समाया हुआ था। बुद्धन की पत्नी बार-बार मन ही मन अपने कुल देवताओं से विनती कर रही थी कि किसी तरह बेटी की शादी बिना किसी राड़-टण्टे के कुशलतापूर्वक सम्पन्न हो जाये।

नत्थू पाइप से दम लगाने के बजाये पाइप को हाथ में पकड़े कुछ देर सिर झुकाये ज़मीन की ओर देखते रहे। उनकी मुख-मुद्रा बता रही थी कि वह गम्भीरता से सोच-विचार कर रहे थे। थोड़ी देर उसी तरह बैठे रहने के पश्चात् उन्होंने धीरे से अपना सिर उठाया और वहाँ बैठे सब लोगों पर एक सरसरी दृष्टि डालते हुए बोले, "हम तै बाद में कुछ देखेंगे पहले बुद्धन तै बतावै कि ऊ क्या कहवै है इस मामले में। शादी उसके घर में है। उसकी बेटी की बारात आयेगी।"

इससे पहले कि बुद्धन या कोई और कुछ बोलता, बसन्ता हस्तक्षेप करता हुआ बोला, "चाचा, ऊ बुद्धन की ही बेटी नहीं है। सारे गाँव की बेटी है। सारा गाँव नहीं माने तो नहीं माने, हमारी तो सारी बस्ती की बेटी है ही। इसलिए अकेला बुद्धन क्या कहवेगा। उसकी अकेले की समस्या ना है ऊ। ऊ तो हम सब की समस्या है अब। हम सबको ही मिल-जुलकर रास्ता निकालना है इस समस्या का।"

"तेरी बात ठीक है, बसन्ता, पर बुद्धन की राय लेने में कोई बुराई नहीं है। हम कुछ फ़ैसला ले लें और बुद्धन कूँ अच्छ ना लगे और कल कूँ ऊ ही बुराई दे।" यह कहते हुए उन्होंने बुद्धन की ओर देखा और उसे सम्बोधित करते हुए बोले, "बता भई बुद्धन, तेरी क्या राय है?"

बुद्धन दोनों हाथों में अपना सिर पकड़े ज़मीन की ओर देखता हुआ चिन्तामग्न और गुमसुम-सा बैठा था। नत्थू ने उसे सम्बोधित किया तो वह थोड़ा सचेत हुआ और अपना सिर थोड़ा ऊपर उठाकर उपस्थित लोगों की ओर देखते हुए बोला, 'मेरी क्या राय होयेगी। मैं कोई तुम सबसे अलग थोड़े ही हूँ। मुझे ज़मीदारों की बात चुपचाप माननी होती तो वीरेन्द्र सिंह की बात बस्ती को बताता ही क्यूँ। सारी बस्ती यहाँ बैठी है, बस्ती को जो भी ठीक लगे, बस्ती ही फ़ैसला ले।" इतना कहकर वह चुप हो गया और फिर से अपना सिर पकड़कर बैठ गया। बुद्धन ने यह कहते हुए स्वयं को सहज रखने की पूरी कोशिश की थी लेकिन उसके शब्दों का कम्पन बता रहा था कि वह सहज नहीं था। वह अन्दर से दर्द में डूबा हुआ था, जो उसके चेहरे पर साफ़ झलक रहा था।

बुद्धन ने अपनी राय दे दी। उसकी राय जान लेने के बाद फ़ैसला लेने की सारी ज़िम्मेदारी अब बस्ती के लोगों पर आ गयी थी। प्रश्न और संशय की दृष्टि से सब लोग एक-दूसरे की ओर देखने लगे। थोड़ी देर के लिए वातावरण में फिर से

चुप्पी व्याप्त हो गयी। रिश्ते और उम्र में नत्थू सबसे बड़े और बुज़ुर्ग थे। किसी को कुछ बोलता न देखकर नत्थू ने बोलने की कमान सँभाली और उपस्थित लोगों को सम्बोधित करते हुए बोले, "बुद्धन ने अपनी राय दे दी। अब हम सबको तय करना है कि इस मामले में क्या करें। सब लोग सोचो और बताओ क्या करना चाहिए?"

नत्थू के कहने पर भी थोड़ी देर कोई कुछ नहीं बोला तो भग्गन नाम के एक अधेड़ आदमी अपनी राय व्यक्त करते हुए बोला, "मेरा यूँ कहना है कि जब ज़मींदार लोग एतराज़ कर रहे हैं तो मत निकालो बारात घोड़ी पे। झगड़ा और दुश्मनी मोल लेने से क्या फ़ायदा। जिनकी बारात घोड़ी पे नहीं निकलती, उनके शादी-ब्याह नहीं होते क्या?"

अधेड़ उम्र के कुछ अन्य लोगों को भी भग्गन की बात सही लगी। एक व्यक्ति उसकी बात का समर्थन करते हुए बोला, "ठीक बात कह रहा है भग्गन। घोड़ी-बाजे ये सब दिखावे की चीज़ें हैं। हम ठहरे ग़रीब आदमी। हमारी औक़ात वैसे भी कहाँ है इस सब की। हम सब के ब्याह ऐसे ही हुए हैं बिना घोड़ी और बैंड बाजे के।"

अधेड़ों की राय युवाओं को रास नहीं आ रही थी। एक युवक भग्गन को सम्बोधित करते हुए बोला, "ताऊ, कब की बात कर रहे हो तुम। अब वो समय नहीं हैं। आज समय बहुत बदल गया है। शादी-ब्याहों में आज जितना नाच-गाना होता है, पहले कहाँ होता था। दूसरे लोग नाचते-कूदते हैं तो हमारा भी तो मन करता है ना नाचने-कूदने को। इसलिए बारात घोड़ी के साथ ही निकलनी चाहिए।"

युवक की इस बात की अन्य युवाओं पर सकारात्मक प्रतिक्रिया हुई। वे भी उसकी बात का समर्थन करने लगे। उनकी प्रतिक्रिया बता रही थी कि वे बारात घोड़ी और बैंड बाजे के साथ ही निकालने के पक्ष में हैं। उनकी भावनाओं को समझते हुए भग्गन बीच का रास्ता सुझाते हुए बोला, "घोड़ी पे ही बारात निकालनी है, तो ठीक है अपनी बस्ती में से ही निकाल लो। उनकी बस्ती की ओर मत जाओ।"

अधेड़ लोगों को भग्गन की बात बहुत व्यावहारिक और सुलझी हुई लग रही थी। उससे सहमत होते हुए उन्होंने एक स्वर में कहा, "यह बिल्कुल ठीक बात है। साँप भी मर जावै और लाठी भी ना टूटै।" किन्तु युवा लोग भग्गन की बात से सहमत नहीं हो रहे थे। वे घोड़ी के साथ ही बारात निकालने पर अड़े हुए थे।

बहुत देर तक इसी बात को लेकर उनके बीच गहमागहमी होती रही। लेकिन सामूहिक रूप से कोई राय नहीं बन पा रही थी। किसना नाम का व्यक्ति अपनी जगह से उठा और सबको शान्त करते हुए बोला, "सब लोग शान्त हो जाओ। इतनी देर से

सब आपस में गलबजाई कर रहे हैं। हम सबके बड़े नत्थू चाचा बैठे हैं। उनकी भी तो सुनें, वे क्या कहवे हैं। जो वे कहेंगे, वही फ़ैसला होवेगा हम सबका।"

इतना कहकर वह अपनी जगह पर बैठ गया। चौपाल में शान्ति छा गयी। यह जानने के लिए कि नत्थू क्या कहते हैं, सबके कान और निगाहें नत्थू पर टिक गयीं। नत्थू गम्भीर सोच-विचार करते हुए इधर-उधर, ऊपर-नीचे देख रहे थे लेकिन कुछ बोल नहीं पा रहे थे। बहुत देर तक उनको इसी तरह मौन बैठे देखा तो धीरज नाम का एक युवक अपने स्थान से उठा और नत्थू को सम्बोधित करते हुए जोशीले स्वर में बोला, "दादा, इसमें सोचने की ज़्यादा ज़रूरत नहीं है। गाँव में सबकी बारात घोड़ी पर निकलती है। हमारी बारात भी घोड़ी और बैंड-बाजे के साथ निकलेगी।"

युवक के इन शब्दों से अन्य युवकों को भी बल मिला। वे भी उसके स्वर में स्वर मिलाते हुए बोल उठे, "धीरज सही कह रहा है। हम किसी से कम नहीं हैं। इतना ही तो फ़र्क़ है उनमें और हम में कि वे ज़मींदार और पैसेवाले हैं और हम मज़दूर हैं। हम उनके खेतों में मज़दूरी करते हैं, उनके ग़ुलाम नहीं हैं। वे तय नहीं कर सकते कि हम क्या खायेंगे, क्या पहनेंगे, किस तरह अपने ब्याह-शादी करेंगे, किस तरह बारात निकालेंगे। वे कौन होते हैं हमें घोड़ी पर बारात निकालने से मना करने वाले। बारात घोड़ी और बैंड-बाजे के साथ निकलेगी।"

अन्य युवाओं के समर्थन ने धीरज का उत्साहवर्जन किया। वह थोड़ा और जोश के साथ बोला, "जो भी होगा देखा जायेगा। बारात घोड़ी पर ही निकलेगी और सारे गाँव में से होकर निकलेगी।"

युवाओं को जोश में भरते देख बिसना ने उनको समझाते हुए कहा, "बेटा, तुम अभी बच्चे हो। दुनियादारी की पहचान नहीं है तुम्हें। भूल गये दो साल पहले भुल्लन के बेटे की बारात निकली थी घोड़ी पर तो कितना ख़ून-ख़राबा हुआ था। अब फिर से बारात घोड़ी पर निकली तो वे पहले से ज़्यादा क़हर बरसावेंगे। पुलिस, अस्पताल, फ़ौजदारी...और ऊपर से भुखमरी। कैसे झेलेंगे हम यह सब? इसलिए बहुत जोश में आने की ज़रूरत नहीं है। ठण्डे दिमाग़ से काम लो।"

किसना ने भी बिसना की हाँ में हाँ मिलाते हुए युवाओं को समझाने की कोशिश की, "कई पीढ़ियों से हम इस गाँव में रहते आ रहे हैं। हमारे दादा-परदादा भी इसी गाँव में रहे। ज़मीदारों के घर और खेतों में काम करके हमारे पेट पलते हैं। उनसे दुश्मनी लेना ठीक नहीं। उनके साथ मिलकर चलने में ही हमारी भलाई है।"

धीरज को किसना की बात उचित नहीं लगी। किसना की बात से अपनी असहमति व्यक्त करते हुए उसने कहा, "हम कब कह रहे हैं कि उनके साथ मत

चलो। सब मिल-जुलकर साथ-साथ चलें, साथ-साथ रहें, इससे अच्छी बात और क्या हो सकती है। लेकिन साथ चलने का मतलब यह नहीं होता कि वे जैसा कहें, हम वैसा ही करें। हम कोई पशु नहीं हैं कि जिधर को वे हाँकते रहें, हम उधर को चलते रहें। साथ मिलकर चलने का मतलब होता है एक-दूसरे की भावनाओं को समझना और सम्मान करना। हम उनका सम्मान करते हैं तो उनको भी हमारा सम्मान करना चाहिए। हम उनके किसी काम में रुकावट नहीं डालते तो उनको भी हमारे कामों में रुकावट नहीं डालनी चाहिए।"

"जब एक-दूसरे से लड़ेंगे तो साथ चलना कहाँ हुआ?...साथ चलना तो तब होता है जब हम बिना लड़ाई-झगड़े के रहें।" किसना ने धीरज की बात को काटते हुए कहा।

"ठीक है, हम नहीं लड़ेंगे। हम लड़ना चाहते भी कहाँ हैं। वे हमारी बारात को घोड़ी के साथ निकलने दें, हमें क्या ज़रूरत है उनके साथ लड़ने की। हम तो उलटे उनका सम्मान करेंगे इस बात के लिए।" कहते हुए धीरज ने प्रश्नसूचक दृष्टि से उनकी ओर देखा।

धीरज की बात का कोई उत्तर किसना या अन्य किसी भी व्यक्ति के पास नहीं था। ज़िन्दगी भर वे ज़मीदारों को देखते आये थे। जिस बात पर एक बार अड़ जाते हैं, उससे टस से मस नहीं होते हैं। वे जानते थे, ज़मींदारों को यह बात नहीं समझायी जा सकती। वे इस बात के लिए तैयार नहीं होंगे। जवाब तलाशती आँखों से वे एक-दूसरे की ओर देखने लगे। उनको चुप देख धीरज उनको समझाने की कोशिश करते हुए बोला, "नहीं है ना आप लोगों के पास कोई जवाब। क्योंकि आप लोग अच्छी तरह जानते हैं कि यदि ज़मीदारों में इतनी सहृदयता होती तो वे घोड़ी के साथ हमारी बारात निकालने का विरोध ही क्यों करते। यह बात घोड़ी की नहीं है, उनके जातीय श्रेष्ठता के अहं की है। उनकी मूँछ की है कि हमारे चेहरे पर भी उनके जैसी मूछें क्यों? उनकी मूछों का महत्त्व तभी है जब हमारे चेहरों पर मूछें नहीं हों या उनसे छोटी हों।"

यह कहकर धीरज थोड़ा रुका और एक-एक कर सबके चेहरों पर दृष्टि डाली। सबके चेहरों पर निरुत्तर चुप्पी पसरी हुई थी। उसने नत्थू की देखते हुए कहा, "दादा, हम उनसे दबते रहेंगे तो वे हमें दबाते रहेंगे। दबना बन्द कर देंगे तो वे हमें नहीं दबा सकेंगे। यह तो कभी न कभी होना ही है। तो क्यों न हम अब से ही दबना बन्द कर दें और उनको बता दें कि हमारी ज़िन्दगी हमारी अपनी है, उधार की नहीं है।"

एक अन्य युवक ने धीरज का समर्थन करते हुए कहा, "धीरज ठीक कह रहा है, दादा! संघर्ष किये बिना हमारी ज़िन्दगी नहीं सुधर सकती। वे हमारा शोषण करते रहेंगे और हम अपनी क़िस्मत मानकर सहते रहेंगे। हमारा जो हक़ बनता है, जब तक हम माँगेंगे नहीं, उसके लिए अड़ेंगे नहीं, कोई देने वाला नहीं है।"

सब लोग चुपचाप बैठे धीरज की बात सुन रहे थे। अधेड़ उम्र के कुछ लोग उसकी बातों को सुन अपने सिर भी हिला रहे थे। इससे पता चलता था कि वे उसकी बातों से सहमत हो रहे थे। इससे धीरज को बल मिला। बस्ती के सबसे बड़े और बुज़ुर्ग नत्थूमल अभी भी ख़ामोश और गम्भीर बने हुए थे। वह उनकी चेतना को झकझोरने की कोशिश करता हुआ बोला, "दादा, जब तक दूसरों की मेहरबानियों पर पलते रहेंगे, हमारे अन्दर स्वाभिमान पैदा नहीं हो सकता। हम ऐसे ही दीन-हीन बने रहेंगे और हमको ऐसे ही दबाया जाता रहेगा। आप लोगों ने उधार की ज़िन्दगी जी ली, उसके लिए कितना ज़हर आप लोगों को पीना पड़ा है, कितना ख़ुद को मारना पड़ा है, यह आप लोग जानते हैं। क्या उसके बावजूद आप चाहते हैं कि हम, आपके बच्चे भी आप लोगों की तरह उधार की ज़िन्दगी जियें?"

नत्थू को धीरज की बात उनके मानवीय स्वाभिमान को ललकारती-सी महसूस हुई। अपनी चुप्पी से बाहर निकलते हुए वह धीर-गम्भीर स्वर में बोले, "बेटा, हममें से कोई नहीं चाहता कि हमारे बच्चे भी हमारी तरह की ज़िन्दगी जियें। पर बात तै यूँ है कि क्या खाके लड़ें? लड़ने के लिए जोश और जज़्बा ही ज़रूरी नहीं होता, लड़ने के साधन भी चाहियें। और भी कुछ नहीं तो पेट में रोटी तो चाहिए। यहाँ उसी के लाले हैं। तुम्हें पता है, एक बार अड़ गये थे हमारी बस्ती के लोग बिना मज़दूरी लिये काम नहीं करने पर, ज़मींदारों ने हमारा बहिष्कार कर दिया था। न किसी को कोई काम दिया, न उधार। अपने खेत-क्यारी में घुसने पर पाबन्दी लगा दी। दुकानदारों ने सौदा नहीं दिया। टट्टी-पेशाब भी घरों में करना पड़ गया था। आदमियों की तो बात क्या, डाँगर भूखे मरने लगे। औने-पौने दामों में बेचने पड़े। ज़िन्दा रहना मुश्किल हो गया था। क्या करते। मजबूरी में झुकना पड़ा...अब भी वैसे ही हालात हैं। बहुत ज़्यादा बदले नहीं हैं। आज अड़ जाएँगे उनसे तो वे फिर से वैसे ही हालात पैदा कर देंगे। उनके पास ज़मीन बहुत बड़ा हथियार है। हमारे पास उसकी कोई काट नहीं है। दो-चार दिन से ज़्यादा का राशन हममें से किसी के घर में नहीं होगा। दो-चार दिन खा लोगे, उसके बाद? भूख से लड़ोगे या ज़मींदारों से?...इसलिए कह रहा हूँ थोड़ा दिमाग़ पे ज़ोर डालो। ठण्डे दिमाग़ से आगा-पीछा सोचो और जो भी करना हो तब करो।"

नत्थू की यह बात सुन सब गहरी सोच में डूब गये। बड़े-बुज़ुर्ग नत्थू की ओर देखते हुए उसकी बातों की पुष्टि में अपने सिर हिला रहे थे। उनकी आँखों और चेहरों पर पूर्व में घटित घटनाओं का दर्द उभर आया था। युवाओं की भी बोलती बन्द-सी हो गयी। वे इधर-उधर देखने लगे। बसन्ता ने नत्थू की बात का अर्थ समझते हुए युवाओं को सम्बोधित कर कहा, "बहुत सही बात कही है चाचा नत्थू ने...तुम लोगों में जोश है, जज़्बा है, सब कुछ है। तुम लोग अपनी जगह सही हो लेकिन समस्याओं का क्या करोगे? असली चुनौती तो उन समस्याओं से निपटने की है।"

समस्या की बात आते ही एक बार फिर चौपाल में चुप्पी पसर गयी और सब प्रश्नसूचक दृष्टि से एक-दूसरे की ओर देखने लगे। इस बार भी धीरज ने चुप्पी को तोड़ा और अपनी बात रखते हुए बोला, "दादा, यह तब की बात है जब हमारे लोग पढ़े-लिखे नहीं थे। न्याय-क़ानून नहीं जानते थे। संविधान क्या होता है, इसका तो कोई पता ही नहीं था किसी को। आज हम कॉलेज में पढ़ते हैं और सब कुछ जानते हैं। देश संविधान से चलता है। हमारा संविधान मनुष्यों में किसी तरह का कोई भेदभाव नहीं मानता। समानता और स्वतन्त्रता प्रत्येक मनुष्य का अधिकार है। यदि वे इस बात पर अड़े हैं कि हमारी बारात को घोड़ी के साथ नहीं निकालने देंगे तो हमें पुलिस में शिकायत करनी चाहिए। पुलिस हमें सुरक्षा प्रदान करेगी और तब कोई नहीं रोक सकेगा।"

एक अन्य युवक ने धीरज की बात का समर्थन करते हुए कहा–"हाँ दादा, एक और गाँव में ऐसा ही हुआ। वहाँ के सवर्णों ने हमारी जाति के दूल्हे को घोड़ी पर चढ़कर निकलने से रोका तो उन्होंने पुलिस में शिकायत कर दी। पुलिस आयी। दूल्हा घोड़ी पर बैठा और तब बारात बैंड बाजे के साथ गाँव में से निकली।"

नत्थू ने अपनी चिन्ता व्यक्त की, "बात तै तेरी ठीक है, बेटा, पर पुलिस एक दिन के लिए हिफ़ाज़त कर देगी और फिर चली जायेगी। उसके बाद तो ज़िन्दगी भर की दुश्मनी हो जायेगी हमारी उनसे। पानी में रहकै मगरमच्छ सै बैर ठीक ना है, बेटा! तुम तो यहाँ रहते नहीं हो। शहर में रहते हो। पढ़ाई के बाद भी कहीं शहर में नौकरी पे लग जाओगे। हमैं तै गाँव में ही रहना है। बाद में सब कुछ हमें झेलना पड़ेगा। हम कैसे करेंगे?"

नत्थू के शब्दों में विवशता और चेहरे पर भय की रेखाएँ साफ़ झलक रही थीं। धीरज ने उनको हिम्मत देता हुए बोला, "दादा, इतना कमज़ोर होने की ज़रूरत नहीं है। उनके विरोध के बावजूद यदि एक बार हमारी बारात घोड़ी और बैंड बाजे के

साथ गाँव में से निकल जायेगी तो उनका आधा ग़रूर तो वैसे ही ख़त्म हो जायेगा। उनको यह पता चल जायेगा कि घोड़ी के लिए ही नहीं, हम दूसरी बातों के लिए भी पुलिस में जा सकते हैं। यहाँ धमकी दे देना अलग बात है, पुलिस से सब डरते हैं। पुलिस के सामने कोई कुछ नहीं कर सकता। हमारे अन्दर जो डर बैठा हुआ है, सबसे ज़रूरी है अपने अन्दर से उस डर को निकाल देना। वे जब भी कोई ज़्यादती करें या धमकी दें, पुलिस में शिकायत करो। फिर देखना, वे सही रास्ते पर आ जायेंगे।"

नत्थू के पास जीवन का लम्बा अनुभव था। पुलिस का जो चरित्र उन्होंने देखा था, उसकी हक़ीक़त बताते हुए वह बोले, "बेटा, पुलिस होवे है रसूख और पैसेवालों की। उनके पास सब कुछ है, और हमारे पास क्या है? कुछ भी नहीं है। वे पुलिस को पैसा खिलाके हमें ही झूठे मामलों में फँसवाके जेल भिजवा देंगे। ऐसा ख़ूब होवे है। ऐसा तै तुमकू भी पता होवेगा। जिस पुलिस के सहारे तुम उनसे लड़ने की बात कर रहे हो, वह पुलिस हमारी नहीं है।"

नत्थू ने अपना अनुभव बताया था। नत्थू ही नहीं बस्ती के सारे बड़े-बूढ़ों का लगभग यही अनुभव था। सिपाही, दारोग़ा और थाना, गाँववालों के लिए पुलिस का मतलब केवल इतना ही होता है। सिपाही द्वारा किसी भी आदमी को चार डण्डे मारकर थाने में ले जाकर बन्द कर देना सामान्य बात है। इसलिए नत्थू और बस्ती के अन्य लोगों में पुलिस का भय अस्वाभाविक नहीं था। धीरज ने महसूस किया कि लोगों के मन से निराशा और डर को निकालना ज़रूरी है, तभी वे अन्याय और दमन का प्रतिकार करने के लिए कुछ कर सकेंगे। उसने नत्थू की बात का प्रतिकार किया तथा उनके मन से पुलिस का डर निकालते हुए बोला, "नहीं दादा, ऐसी बात नहीं है। माना कि पुलिस में आम आदमी की बात आसानी से नहीं सुनी जाती और पुलिस का रवैया उनके प्रति बहुत ठीक नहीं होता। लेकिन पुलिस क़ानून नहीं है, वह क़ानून की रक्षक है। ग़ैरक़ानूनी काम करने से पुलिस भी डरती है। आप केवल सिपाही और थानेदार को ही पुलिस मानते हैं। उनसे बड़े-बड़े अधिकारी हैं। थानेवाले सुनवाई नहीं करेंगे तो बड़े अधिकारियों से शिकायत की जा सकती है, तब सुनवाई होगी। कई बार हम न्याय पाने से इसलिए भी वंचित रह जाते हैं क्योंकि हम यह मानकर बैठ जाते हैं कि हमारी कोई सुनवाई नहीं होगी। हमारे इस डर और निराशा का फ़ायदा उठाकर ही ये सवर्ण-सामन्त लोग हम पर दमन और अत्याचार करते हैं और अपनी मनमानी हम पर थोपते हैं। कोई हमारी तब सुनेगा जब हम सुनाएँगे।"

धीरज के उत्साहपूर्ण शब्दों ने उपस्थित लोगों के अन्दर साहस का संचार किया। नत्थू ने धीरज के उत्साह के समक्ष हथियार डालते हुए पराजित-से स्वर में कहा, "तू पढ़ा! लिखा है, बेटा, दुनिया को जानता है। तू कह रहा है तो ठीक ही कह रहा होयेगा। हम तै कुएँ के मेंढक हैं। हमें तो बस उतना ही पता है जितना यहाँ गाँव में देख और सुन लेते हैं...तेरी बात पल्ले तो पड़ रही है, पर..." यह कहते हुये नत्थू रुक गए। आगे के शब्द उनके गले में अटक-से गये। वे समझ नहीं पा रहे थे कि कहें कि नहीं कहें।

नत्थू को असमंजस में देख धीरज ने उनसे पूछा, "क्या हुआ दादा? क्या बात है? कुछ दुविधा में लगते हो?"

"दुविधा तो कुछ नहीं है, बेटा! बस यही सोच रहा था कि तुम्हारी बातों में आके हम बारात घोड़ी के साथ निकलवा तो लें, पर ऐसा ना हो कि बाद में ज़मींदार लोग हमारा जीना दूभर कर दें। तू तो शहर चला जायेगा, यहाँ कौन हमारी पैरवी करेगा। हममें से तो किसी को कुछ आता-जाता नहीं है। बात करना तो दूर, हम तो किसी अफ़सर के सामने खड़े भी नहीं हो सकते।" नत्थू ने अपनी दुविधा व्यक्त की।

धीरज आश्वस्त करता हुआ बोला, "तुम चिन्ता मत करो, दादा! मोबाइल फ़ोन हैं बस्ती में कई लड़कों के पास। जब भी कोई ऐसी-वैसी बात हो, मुझे मोबाइल से ख़बर करवा देना। मैं सब सँभाल लूँगा।"

धीरज की बात नत्थू के गले से नीचे नहीं उतर रही थी। उनके मन में पूर्ववत् संशय बना हुआ था। वह बोले, 'हम यहाँ मर रहे होंगे और तू वहाँ होगा। कैसे सँभाल लेगा तू वहाँ से?...पढ़े-लिखों वाली बात मत कर। अनपढ़ हैं, निरे बुद्धू नहीं हैं।"

धीरज ने महसूस किया कि नत्थू के मन में संशय अभी बना हुआ था। उनको धीरज की बातें अव्यावहारिक-सी लग रही थीं। वह उनको विश्वास दिलाता हुआ बोला, "मेरी बात पर विश्वास करो, दादा! मैं सच कह रहा हूँ। यहाँ बस्ती के और भी लड़के पढ़े-लिखे हैं, वे थोड़ा-बहुत ज़रूर जानते होंगे इंटरनेट और ईमेल आदि के बारे में।" कहने के साथ उसने अपनी दायीं ओर बैठे एक लड़के की ओर इशारा करते हुए कहा, "यह दीनू बैठा है। दसवीं में पढ़ता है। यह बता देगा कि मैं जो कह रहा हूँ, वह सही है या नहीं।" और उस लड़के का कन्धा छूकर उसे खड़ा होने का संकेत करते हुए बोला, "दीनू, बता दे, भाई।"

धीरज गाँव में सबसे अधिक पढ़ा-लिखा युवक था और गाँव का पहला युवक था जो एक विश्वविद्यालय में पढ़ रहा था। वह जब भी छुट्टियों में गाँव आता था,

बस्ती के तमाम युवा और किशोरों को ख़ूब पढ़ने के लिए कहता था। पढ़ाई से सम्बम्धित उनकी कठिनाइयों को दूर करने में उनकी सहायता करता था। गाँव के सब किशोर उसकी बहुत इज़्ज़त करते थे और धीरज भैया कहते हुए उसके आगे-पीछे घूमते रहते थे और जब तक वह गाँव में रहता था, अधिक से अधिक समय उसके साथ व्यतीत करते थे। वे धीरज को अपना आदर्श मानते थे। आज धीरज अन्याय के विरुद्ध संघर्ष की प्रेरणा देता हुआ उनका नेतृत्व कर रहा था। दीनू तुरन्त अपने स्थान से उठकर खड़ा हो गया और बुज़ुर्गों की ओर देखते हुए बोला, 'धीरज भैया सही कह रहे हैं। इंटरनेट से हम यहीं से किसी को भी, कहीं भी सन्देश भेज सकते हैं और वह तुरन्त कुछ सेकेंड में ही पहुँच जाता है। हम लोग भी तो अपने गाँव से बाहर के दोस्तों को सन्देश भेजते हैं।'

दीनू ने यह बताया तो सभी उम्रदराज़ लोग दीनू और धीरज की बातें सुनकर एक-दूसरे की ओर आश्चर्य से देखते हुए बोले, "बड़ी नयी बात है। यह तो अचम्भा-सा है।"

धीरज ने उन्हें बताया, "अचम्भा नहीं है, दादा! आजकल सब यही करते हैं।"

धीरज निरन्तर लोगों को यह समझाने की कोशिश कर रहा था कि उनको भय और संशय से बाहर आना चाहिए, तभी वे कुछ कर सकते हैं। लोग भी उसकी बात समझ रहे थे और मन ही मन यह मान भी रहे थे कि, 'पढ़ा-लिखा लड़का है, देश-दुनिया को जानता है, जो भी कह रहा है, सही ही कह रहा होगा', किन्तु कई प्रश्न और शंकाएँ उनके मन में अभी भी विद्यमान थीं जिसके चलते वे ऐसा कोई क़दम उठाने से हिचकिचा रहे थे जिसके कारण ज़मीदार उनसे नाराज़ हों। ज़मींदारों की नाराज़गी का परिणाम वे बहुत अच्छी तरह समझते थे। नत्थू ने अपने मन में उठ रही शंका व्यक्त की, "पर बेटा, थानेदार और सिपाही भी तो ज़्यादातर उनकी ज़ात के ही होवे हैं। वे अपनी ज़ात के लोगों के ख़िलाफ़ ठीक से कार्रवाई करेंगे? मुझे तो इसमें सुबहा लगता है। पहले भी देखा है हमने। हमारी शिकायतों पर वे हमारी कम उनकी ज़्यादा सुनते हैं। हमारी बस्ती में तो दो-चार मिनट में पूछताछ की खानापूर्ति करके चले जाते हैं और ज़मीदारों के चौपाल पर जाकर घण्टों बैठते हैं और वहाँ दूध-मेवा खाते हुए ठहाके लगाते हैं। तुम वहाँ से बड़े अफ़सरों तक हमारी बात पहुँचा सकते हो पर पुलिस तो यहीं की रहेगी, वह तो नहीं बदलेगी।"

नत्थू ने अपना अनुभव बताते हुए व्यावहारिक समस्या की ओर ध्यान खींचा तो लोग फिर से सोच में पड़ गये। कई लोगों के मुँह से निकला, "ये बात तो बहुत सही कही है चाचा नत्थू ने। पुलिस पर बहुत ज़्यादा भरोसा नहीं कर सकते। जब

ज़मींदारों की ग़लती होती है तो पुलिस हम पर समझौता करने का दबाव बनाती है, और हमारी थोड़ी-सी भी ग़लती हो तो बिना लाठी-डण्डों के बात नहीं करती और हाथ-पैर तोड़कर सीधे थाने ले जाती है।"

"हाँ बेटा, पुलिस की उम्मीद के सहारे हम ज़मींदारों से नहीं लड़ सकते।" नत्थू ने निराश और थके हुए स्वर में कहा।

धीरज ने महसूस किया कि लोग संघर्ष तो करना चाहते हैं, लेकिन संघर्ष करने का साहस नहीं कर पा रहे हैं। उनके अनुभव उन्हें डरा रहे हैं और संघर्ष के रास्ते पर क़दम बढ़ाने से उनको रोक रहे हैं। वह उनको आश्वस्त करता हुआ बोला, "दादा, पुलिस से इतना डरने की ज़रूरत नहीं है। पुलिस सब कुछ नहीं होती। जब पुलिस के बड़े अधिकारियों को और ज़िला मजिस्ट्रेट, मन्त्री, मुख्यमन्त्री, प्रधानमन्त्री सबको ईमेल से सूचना भेजी जायेगी, अख़बार और टेलीविज़न चैनलों को भी ख़बर की जायेगी तो पुलिस की सुरक्षा भी मिलेगी और दोषियों के ख़िलाफ़ कार्रवाई भी होगी। बस अपने अन्दर से डर को निकालना होगा।"

इतना कहकर वह रुका और यह जानने के लिए कि उसकी बातों का लोगों पर क्या असर पड़ रहा है, उसने एक नज़र चारों ओर बैठे लोगों पर डाली। यह देखकर कि लोग उसकी बात ध्यान से सुन रहे हैं, वह आगे बोला, "विरोध नहीं होने से उनका मनोबल बढ़ता है, और सहते रहने से हमारे लोगों का मनोबल गिरता है। उनकी ज़्यादतियों का बार-बार विरोध हो, बार-बार पुलिस में शिकायतें दर्ज हों, उनके ख़िलाफ़ कार्रवाई हो तो इससे उनका मनोबल गिरेगा और वे ज़्यादती करने से पहले कई बार सोचेंगे। बार-बार इस तरह की घटनाएँ इसलिए ही हो रही हैं क्योंकि हमारे लोग विरोध नहीं कर रहे, चुपचाप सह रहे हैं। मनुष्य के रूप में अपना वजूद बनाना है तो हमें उनका मनोबल तोड़ना पड़ेगा। और यह तभी सम्भव होगा जब हमारा मनोबल ऊँचा होगा। दादा, हमें सहने की नहीं कहने की, विरोध करने की आदत डालनी पड़ेगी।"

लोगों के हाव-भाव संकेत दे रहे थे कि वे धीरे-धीरे धीरज की बात से सहमत हो रहे थे और ज़मीदारों के समक्ष झुकने के बजाय संघर्ष करने के लिए तैयार हो रहे थे। किन्तु कहीं न कहीं कोई संकोच उनको अभी भी रोक रहा था। कोई भी मुँह से कुछ नहीं बोल पा रहा था लेकिन उनके चेहरे सब कुछ बोल रहे थे। उनकी मनःस्थिति को समझते हुए धीरज ने उनका मनोबल बढ़ाते हुए उनसे कहा, "यह सही है कि जीतने का विश्वास हो तो आदमी आसानी से लड़ने के लिए तैयार हो जाता है। हारने का डर लड़ने से रोकता है। लेकिन बात तो यह है कि हमारे पास हारने के लिए है

क्या? कौन सी दौलत, कौन सा क़िला, कौन सा साम्राज्य हार जाएँगे आप? हारे हुए तो आप पहले से ही हैं, क्योंकि कभी लड़े ही नहीं। बिना संघर्ष किये आप अपना स्वाभिमान, साहस और मानवीय गरिमा, सब कुछ हारे हुए हैं। अपमान, ग़रीबी, भुखमरी, हिंसा और गालियों के अलावा क्या है आपके पास? ये कोई जीत या गर्व की चीज़ें नहीं हैं। आप संघर्ष करेंगे तो इन सब चीज़ों को ही हारेंगे...इसलिए मेरा तो यही कहना है कि हमें हार का डर अपने मन से निकाल देना चाहिए तथा अपनी स्वतन्त्रता और समानता के लिए संघर्ष करना चाहिए।"

धीरज के इस कथन पर चौपाल में फिर से गहमागहमी शुरू हो गयी। इस बार कानाफूसी नहीं थी बल्कि लोग एक-दूसरे से बोल रहे थे। युवा वर्ग तो धीरज की बात का पहले से ही समर्थन कर रहा था, अब अधेड़ उम्र के लोग भी उसकी बात से सहमति जता रहे थे। थोड़ी देर पहले का चिन्ता और चुप्पी का माहौल अब बदल गया था। विचार-विमर्श और गहमागहमी में कई घण्टे बीत गये थे। बहुत-से लोग भी बैठे-बैठे उकता गये थे। युवा वर्ग संघर्ष का निर्णय सुनने को उतावला था। अधेड़ लोग भी अब निर्णय चाहते थे। एक व्यक्ति ने नत्थू की ओर देखते हुए कहा, 'चाचा नत्थू, सब बातें हो गयीं। सबने सुन लिया है और समझ लिया है। अब तुम बताओ, क्या करना है। जो तुम कहोगे सब वो ही करेंगे।"

युवा वर्ग की ओर से भी आवाज़ आयी, 'हाँ दादा! बहुत सोच-विचार हो गया है। अब फ़ैसला सुना दो बस।'

नत्थू ने अपना सिर उठाया और सँभलकर सीधा बैठ गये। चारों ओर नज़र डालकर सब लोगों को देखा और हुक्का का पाइप अपने पास बैठे व्यक्ति की ओर घुमाते हुए बोले, "मुझे क्या फ़ैसला करना है। फ़ैसला तो तुम सब लोगों ने कर लिया है। तुम सबके चेहरों पर फ़ैसला दिख रहा है।" इतना कहकर वह रुक गये।

कई स्वर एक साथ आग्रह और उत्साह के स्वर में बोल उठे, "ना, ऐसे ना। गोलमोल नहीं, खुलकर बोलो, दादा।"

"गोलमोल ना बोल रहा। सीधी तरह से ही बोल रहा हूँ। मुझे धीरज और दूसरे नौजवान लड़कों की बात समझ में आ रही है। अब तक सही-ग़लत, ज़मींदार लोग जो कहते रहे, हम चुपचाप मानते रहे। कभी-कभार मुँह खोलने की कोशिश भी की तो हम पर तरह-तरह की ज़्यादतियाँ हुईं और हमें उनके आगे झुकना पड़ गया। यही रही है हमारी अब तक की ज़िन्दगी। पर आज हमारे इन नौजवानों ने हमें हौसला दिया है कि हम अपनी चुप्पी तोड़ें और बोलें। लड़ेंगे तो अपनी तरह से ये नौजवान ही, हमें इनका साथ देना है। और उसमें करना ये ही है कि हम शान्ति से घोड़ी और

बैंड बाजे के साथ बारात निकालेंगे। ज़मींदार हमारे साथ ज़्यादती करेंगे, हम पर प्रतिबन्ध लगायेंगे तो हम उनके प्रतिबन्धों का सामना करेंगे। चाहे हम सब भूख से मर जावें, घरों में टट्टी-पेशाब करना पड़े। हम उनके सामने नहीं झुकेंगे। हम उनकी दी हुई साँसों पर नहीं, अपनी साँसों पर ज़िन्दा रहेंगे। आज से हम अपनी उधार की ज़िन्दगी का त्याग करते हैं।"

नत्थू के मुँह से यह फ़ैसला सुन लोग उत्साह से उछल पड़े। युवक अपनी-अपनी जगह से खड़े हो चुके थे। बाक़ी लोग भी खड़े होने लगे। नत्थू भी अपनी जगह से खड़े हो गये और अपने दोनों हाथों के इशारे से सबको शान्त करते हुए बोले, "अब सब अपना-अपना काम देखो और शादी की तैयारी करो। बारात में चार गाँव के लोग आते हैं। उनके मान-सम्मान और ख़ातिरदारी में कोई कमी नहीं रहनी चाहिए। यह हम सबकी इज़्ज़त का मामला है। और धीरज बेटा, हमने अब कमान तुम्हारे हाथों में सौंप दी है। अब जो भी करना है, तुम अपनी तरह से करो।"

"ठीक है, दादा जी! पहले बुद्धन चाचा के साथ थाने में जाकर शिकायत लिखवायी जाये। मुझे उम्मीद है, पुलिस मामले में हस्तक्षेप करेगी और बारात को घोड़ी के साथ निकलवायेगी। यदि पुलिस हमारी शिकायत पर ध्यान नहीं देगी तो उसके बाद दूसरी कार्रवाई करेंगे।" कहते हुए धीरज अपने स्थान से उठा और बहुत सम्मान से नत्थू और अन्य बुज़ुर्गों के समक्ष अपना सिर झुकाकर चौपाल से बाहर निकलने लगा।

परस्पर बात करते हुए लोग चौपाल से बाहर निकल रहे थे। सुबह से सन्नाटे में डूबे चौपाल का शोर बस्ती के घरों तक पहुँच गया। औरतें और बच्चे भी उत्सुकता में घरों से बाहर निकलकर चहल-पहल करने लगे थे। मुर्दा बस्ती में जीवन लौट आया था।

घर वापसी

पिछले कई दिनों से समाचारपत्र और टेलीविज़न चैनलों पर धर्मान्तरण सर्वाधिक गर्म मुद्दा था। धर्मान्तरण के पक्ष और विपक्ष में प्रचुरता में लिखा और बोला जा रहा था। कुछ टेलीविज़न चैनलों द्वारा इस घटना को सनसनी की तरह प्रस्तुत किया जा रहा था तो कई चैनलों द्वारा इस ज्वलंत विषय पर समाज के विभिन्न वर्गों और विचारों के प्रतिनिधियों के बीच चर्चा आयोजित की जा रही थी। इसी तरह की चर्चा एक राष्ट्रीय चैनल पर हो रही थी। चर्चा में शामिल लोगों में एक हिन्दू संगठन का प्रतिनिधि रामविनोद तिवारी था, एक हिन्दुवादी राजनीतिक पार्टी का प्रतिनिधि प्रवीण ढोबरे था और एक महन्त था रामदास जो साधु समाज का प्रतिनिधि था। इनके अलावा, एक ईसाई प्रतिनिधि पीटर लुइस, मुसलमान प्रतिनिधि शकील अंसारी तथा एक दलित बुद्धिजीवी सुमीन कुमार 'शील' था। विशेष टिप्पणीकार के रूप में एक राष्ट्रीय हिन्दी दैनिक का सम्पादक प्रभात प्रत्यूष भी चर्चा में शामिल था। कार्यक्रम की एंकरिंग कर रहा पत्रकार सुधीर तेजस चर्चा को रोचक और उत्तेजक बनाने में कोई कोर-कसर नहीं छोड़ रहा था। जब भी चर्चा में गर्मी और उत्तेजना कम होती, वह चर्चा के प्रतिभागियों में से किसी से भी कोई उत्तेजक प्रश्न पूछ बैठता और चर्चा फिर अपनी गर्मी पर आ जाती।

एंकर ने सबसे पहले धर्मान्तरण पर एक संक्षिप्त टिप्पणी की। उसके बाद प्रतिभागियों का संक्षिप्त परिचय देकर चर्चा की शुरुआत की, 'सबसे पहले आज की इस चर्चा में आप सबका हार्दिक स्वागत है। आजकल देश भर में धर्मान्तरण एक ज्वलन्त मुद्दा है और इसे लेकर काफ़ी चर्चा है। कई तरह की क्रिया-प्रतिक्रियाएँ हो रही हैं। कई जगह धर्मान्तरित लोगों की घर वापसी के प्रयास भी कुछ लोगों द्वारा किये जा रहे हैं। धर्मान्तरण कोई नयी घटना नहीं है। धर्मान्तरण पहले भी होते रहे हैं

और धर्मान्तरण का विरोध भी कुछ लोगों द्वारा समय-समय पर होता रहा है। लेकिन धर्मान्तरण अधिकतर दलित और आदिवासियों का ही होता है, यह भी एक सच्चाई है। धर्मान्तरण के क्या कारण हैं? धर्मान्तरण से किसको क्या लाभ या हानि है, आज हम धर्मान्तरण से जुड़े इन्हीं सब मुद्दों पर स्टूडियो में आये अपने मेहमानों के साथ चर्चा करेंगे।' इतना कहकर एक क्षण के लिए उसने आसपास बैठे प्रतिभागियों की ओर देखा और फिर रामविनोद तिवारी को सम्बोधित करते हुए बोला, "मेरा पहला सवाल आपसे ही है, तिवारी जी! दलित-आदिवासियों के धर्मान्तरण का सबसे अधिक और प्रखर विरोध आप लोगों द्वारा किया जा रहा है और धर्मान्तरण करने वाले लोगों की घर वापसी का अभियान भी आपके द्वारा चलाया जा रहा है। यदि दलित-आदिवासी या कोई भी व्यक्ति धर्मान्तरण करता है तो इसमें आपको आपत्ति क्या है? आप क्यों उन लोगों को फिर से हिन्दू बनाने पर इतना ज़ोर दे रहे हैं?"

तिवारी ने अपनी बात कही, "सबसे पहले यह स्पष्ट रूप से समझ लिया जाये कि धर्मान्तरण को जिस सामान्यता से देखा जा रहा है, यह उतनी सामान्य घटना नहीं है। दलित-आदिवासियों का जो धर्मान्तरण होता है, वास्तव में वह धर्मान्तरण नहीं है, यह इस्लाम और ईसाई धर्मावलम्बियों द्वारा चलाया जा रहा एक सुनियोजित अभियान है। दलित-आदिवासी तो उनके हाथ के मोहरे बने हुए हैं। यह उनकी हिन्दू धर्म के विरुद्ध एक साजिश है और इस साज़िश के तहत दलितों और आदिवासियों को प्रलोभन देकर उनका धर्मान्तरण कराया जा रहा है।' इतना कहते-कहते उसके स्वर में तीव्रता आ गयी थी। तीव्रता के साथ उसके शब्दों में आक्रोश का पुट भी था। उसी तीव्रता और आक्रोश के साथ उसने अपनी बात पूरी की, "हिन्दू धर्म के विरुद्ध की जा रही इस साज़िश पर हिन्दू चुप नहीं रहेंगे। इस साज़िश का विरोध किया जायेगा और जिन हिन्दुओं का किसी प्रलोभन या दबाव में धर्मान्तरण कराया गया है, उनको वापस हिन्दू धर्म में लाने के लिए सभी उपाय किये जायेंगे।

तिवारी का कथन पूरा होते ही एंकर ने उससे प्रश्न किया, "जिन लोगों की हिन्दू धर्म में घर वापसी की बात आप लोग कर रहे हैं, क्या वे हिन्दू-धर्म में वापस आने के इच्छुक हैं?"

"हम उनको इसके लिए राज़ी करेंगे, उन्हें समझायेंगे कि अपना घर अपना होता है। जिस घर में सदियों से उनके पुरखे रहे, उस घर को छोड़कर जाना ठीक नहीं है। अपने घर में जो सुख और सुकून है, वह कहीं नहीं है।"

"आपको विश्वास है कि वे आपकी बात मान जायेंगे?"

"जी हाँ, हम कोशिश कर रहे हैं, और हमें उम्मीद है कि वे हमारी बात मानेंगे।"

"क्या बता सकेंगे आप कि कितने दलित-आदिवासियों से आप लोगों ने इस बारे में बात की है, और उनमें से कितने लोगों ने आपकी बात मानकर हिन्दू धर्म में घर वापसी की है?"

"हमने बहुत सारे लोगों से बात की है और निरन्तर प्रयास कर रहे हैं। उनका अच्छा-बुरा उन्हें समझा रहे हैं। हमें विश्वास है वे हमारी बात मानेंगे और घर वापसी करेंगे।"

इसके पश्चात् एंकर पीटर लुइस की ओर मुड़ा, "तिवारी जी की बात आपने सुन ली है। उनका कहना है कि दलित-आदिवासियों का इस्लाम और ईसाई धर्मों में धर्मान्तरण जबरन या लालच देकर कराया जा रहा है। आप क्या कहना चाहेंगे इस पर।"

पीटर लुइस ने तिवारी का प्रतिवाद करते हुए कहा, "तिवारी जी जो कुछ कह रहे हैं, वह एकदम निराधार और बचकानी बात है। मैं उनसे क़तई सहमत नहीं हूँ। ऐसा कहकर वे अपनी कमज़ोरी को छिपा रहे हैं। धर्म आस्था का मामला है। किसी व्यक्ति की धार्मिक आस्था को आप जबरन नहीं बदल सकते। इसलिए उनके जबरन धर्मान्तरण कराने के आरोप में कोई दम नहीं है। दूसरों पर आरोप लगाने के बजाए उनको आत्ममन्थन करना चाहिए कि दलित और आदिवासी लोग हिन्दू धर्म को छोड़कर क्यों जा रहे हैं? वे ऐसे उपाय करें कि कोई हिन्दूधर्म को छोड़ने की आवश्यकता महसूस नहीं करे। सच्चाई यह है कि दलित और आदिवासी हिन्दू धर्म में घुटन महसूस करते हैं। वे इस घुटन से बाहर निकलना चाहते हैं और इसीलिए धर्मान्तरण करके दूसरे धर्मों में जाते हैं। हमारे यहाँ कोई आयेगा तो हम उसे स्वीकार करेंगे, उसका स्वागत करेंगे, दुत्कारकर नहीं भगायेंगे।'

पीटर लुइस की बात से तिवारी को आपत्ति थी। उसने कुछ कहना चाहा, किन्तु एंकर ने यह कहते हुए तिवारी को बीच में ही रोका "आपने अपना पक्ष रख दिया है, अब दूसरे लोगों को भी अपना पक्ष रखने दीजिए। आपके पास फिर से आऊँगा, पहले अन्य प्रतिभागियों के विचार सुन लें" और शकील अंसारी की ओर मुख़ातिब होते हुए बोला, "हम इस सच्चाई से वाक़िफ़ हैं कि ईसाई धर्म की तरह इस्लाम भी भारत में बाहर से आया है और बाहर से आने वाले ईसाई और मुसलमानों की संख्या बहुत कम रही है। आज भारत में जितने ईसाई और मुसलमान मौजूद हैं, उनमें से अधिकांश हिन्दू धर्म से धर्मान्तरित होकर ईसाई और मुसलमान बने हैं और सब

मिलकर भारतीय संस्कृति को विकसित कर रहे हैं। तब धर्मान्तरण को लेकर आज आपत्ति और सवाल क्यों खड़े हो रहे हैं? इस बारे में आप क्या कहेंगे? धर्मान्तरण को लेकर आज जिस तरह की प्रतिक्रिया हो रही है, उसे आप किस तरह से देखते हैं?"

शकील अंसारी ने पीटर लुइस की बात का समर्थन करते हुए कहा, "पीटर लुइस जी ने बहुत सही बात कही हैं। तिवारी जी को दूसरों पर इल्ज़ाम लगाने से पहले अपनी ओर देखना चाहिए। वे बतायें कि पीटर लुइस जी ने जो कुछ कहा है, उसका क्या जवाब है उनके पास। दर-असल इल्ज़ाम लगाना भयभीत व्यक्ति का लक्षण होता है। मैं नहीं समझता कि एक व्यक्ति का धर्मान्तरण किसी दूसरे व्यक्ति की परेशानी का कारण हो सकता है। धर्मान्तरण व्यक्ति का संवैधानिक और मानवीय अधिकार है। भारतीय संविधान राष्ट्र के प्रत्येक नागरिक को धर्म की स्वतन्त्रता देता है। यदि कोई व्यक्ति धर्मान्तरण करता है तो वह अपनी धार्मिक स्वतन्त्रता का उपभोग करता है, जो पूरी तरह संवैधानिक और लोकतान्त्रिक है। इसमें कुछ भी ग़लत नहीं है। यह धर्मान्तरण का विरोध करने वाले लोग देखें कि दलित-आदिवासी क्यों हिन्दू धर्म को छोड़कर दूसरे धर्मों को अपना रहे हैं..."

शकील अंसारी और भी कुछ कहना चाहते थे किन्तु रामविनोद तिवारी, प्रवीण ढोबरे और महन्त रामदास ने उसका कड़ा प्रतिवाद करते हुए बीच में ही ज़ोर-ज़ोर से टोका-टोकी शुरू कर दी। उनकी आवाज़ के शोर में शकील अंसारी की आवाज़ ठीक से सुनायी नहीं पड़ रही थी। शकील अंसारी ने भी अपनी आवाज़ का वॉल्यूम बढ़ाया, किन्तु प्रतिपक्षियों की आवाज़ का शोर इतना तेज़ था कि अंसारी की आवाज़ उस शोर में दब रही थी। मजबूर होकर शकील अंसारी को बीच में ही अपनी बात बन्द कर चुप हो जाना पड़ा। एंकर ने बहुत मुश्किल से यह कहते हुए तिवारी, ढोबरे और महन्त को शान्त किया, "अपनी ही बात कहने के बजाये हमें दूसरों की बात भी सुननी चाहिए। मैं आश्वस्त करता हूँ कि आप सभी को अपनी बात कहने का मौक़ा यहाँ मिलेगा और एक-एक कर मैं सबके पास आऊँगा। इसलिए थोड़ा धैर्य रखें और दूसरों को भी सुनें।" इसके बाद एंकर पत्रकार की ओर मुड़ा, "धर्मान्तरण को लेकर दो तरह के विचार यहाँ सामने आ रहे हैं। दोनों विचार आपने सुने हैं, प्रभात जी! इन लोगों ने जो कुछ कहा है, उस पर और धर्मान्तरण के इस मुद्दे पर आपकी क्या राय है? आप अपनी राय व्यक्त करें।"

प्रभात प्रत्यूष ने अत्यन्त सहज शब्दों में अपनी राय व्यक्त की, "देखिए, शकील अंसारी जी सही कह रहे हैं, भारत एक लोकतान्त्रिक देश है और धर्मान्तरण प्रत्येक नागरिक का लोकतान्त्रिक अधिकार है। हमारा संविधान प्रत्येक नागरिक को धर्म,

उपासना की स्वतन्त्रता देता है। इसलिए किसी भी व्यक्ति द्वारा धर्मान्तरण करने में कोई बुराई नहीं है। किन्तु यदि धर्मान्तरण जबरन या कोई लालच देकर कराया जाता है, जैसा कि कहा जा रहा है, तो यह निश्चित रूप से अलोकतान्त्रिक है।"

"धर्मान्तरण भारत के प्रत्येक नागरिक का लोकतान्त्रिक और संवैधानिक अधिकार है। बहुत सही बात है।" प्रभात प्रत्यूष की बात को दोहराते हुए एंकर प्रवीण ढोबरे की ओर मुड़ा, "आप एक राजनीतिज्ञ हैं, प्रवीण जी! संविधान, लोकतन्त्र और लोकतान्त्रिक अधिकारों को आप बहुत अच्छी तरह समझते हैं। मैं आपसे जानना चाहता हूँ कि क्या राजनीति के लिए धर्मान्तरण कोई बड़ा मुद्दा है? और यदि है तो आप धर्मान्तरण को किस रूप में देखते हैं?...मैं देख रहा था, जब शकील अंसारी बोल रहे थे, उस समय आप भी कुछ कहना चाह रहे थे। अब कहिए, क्या कहना चाहेंगे आप इस मुद्दे पर।"

प्रवीण ढोबरे ने अपनी बात कही, "राजनीति के लिए प्रत्यक्ष रूप से धर्मान्तरण कोई बड़ा मुद्दा नहीं है। किन्तु यह एक बड़ा सामाजिक मुद्दा अवश्य है, जिसने सामाजिक चेतना में बहुत हलचल मचा दी है। राजनीति सामाजिक हलचलों से अप्रभावित नहीं हो सकती, इसलिए राजनीति के लिए भी यह एक मुद्दा है। लोकतन्त्र अपनी जगह है, लेकिन लोकतन्त्र की अपनी सीमा और मर्यादा भी है। लोकतन्त्र के नाम पर किसी को कुछ भी करने की छूट नहीं दी जा सकती। यदि धर्मान्तरण करने से सामाजिक सामंज्जस्य और सद्भाव बिगड़ता है, जैसा कि वर्तमान परिस्थितियों में हो रहा है, तो सरकार और संसद का यह दायित्व है कि धर्मान्तरण को नियन्त्रित किया जाये। इसके लिए उपयुक्त क़ानून बनना चाहिए। सरकार को इस दिशा में गम्भीर होकर कार्रवाई करनी चाहिए। यदि सरकार ऐसा करने में विफल रहती है तो सामाजिक सामंज्जस्य और सद्भाव को खंडित होने से बचाने के लिए हम इस मुद्दे को सड़क से संसद तक लेकर जायेंगे और सरकार को धर्मान्तरण-विरोधी क़ानून बनाने के लिए बाध्य करेंगे।"

"आप धर्मान्तरण के विरुद्ध क़ानून बनवायेंगे, लेकिन क्या यह लोकतन्त्र की दृष्टि से सही होगा और इससे लोकतन्त्र पर क्या प्रभाव पड़ेगा, यह भी अपनी जगह पर एक सवाल है। लेकिन इस समय हम इस विषय पर चर्चा नहीं करेंगे।" प्रवीण ढोबरे से इतना कहकर एंकर महन्त रामदास की ओर मुड़ा और उनको सम्बोधित करते हुए बोला, "महन्त जी, आप एक धार्मिक व्यक्ति हैं। आप लोग यह कहते हैं कि दुनिया में एक ही ईश्वर है, केवल उसके नाम अलग-अलग हैं और सब मनुष्य उसी एक ईश्वर की सन्तान हैं। लोग यह भी मानते हैं कि सभी धर्मों का मूल तत्त्व

एक ही है। यदि सब मनुष्य एक ही ईश्वर की सन्तान हैं और सभी धर्मों का मूल तत्त्व एक ही है तो कोई इस धर्म में रहे या उस धर्म में, इससे क्या फ़र्क़ पड़ता है। रहते तो सब ईश्वर के पास, उसके साम्राज्य में ही हैं। तब आप धर्मान्तरण को ग़लत क्यों मान रहे हैं? धर्मान्तरण का विरोध क्यों करते हैं?"

"सब मनुष्य एक ही ईश्वर की सन्तान हैं, ये बात तो सही है। लेकिन सब मनुष्य एक जैसे तो नहीं हैं। कोई सीधा और सरल है तो कोई कुटिल और धूर्त। इसलिए मूल तत्त्व पीछे रह जाता है तथा धर्म के नाम पर ख़ुद को मज़बूत और दूसरे को कमज़ोर करने का गन्दा खेल खेला जाता है। धर्मान्तरण के नाम पर यह जो गन्दा खेल खेला जा रहा है, हम उसका विरोध कर रहे हैं।"

महन्त के इस कथन की पीटर लुइस और शकील अंसारी पर तीव्र प्रतिक्रिया हुई। महन्त के कथन का विरोध करते हुए लगभग एक ही स्वर में दोनों बोले, 'यह हम पर आक्षेप है। गन्दा खेल हम नहीं आप लोग खेल रहे हैं। आप जबरन लोगों की आजादी छीन रहे हैं। कमज़ोर और ग़रीब लोगों को पकड़कर घर वापसी के नाम पर आप लोग उन्हें जबरन हिन्दू बना रहे हैं। यह चोरी और सीनाज़ोरी है।' शकील अंसारी ने और आगे कहा, "इस तरह से कितने लोगों की घर वापसी करा लेंगे आप? जितने लोगों की घर वापसी आप लोग करायेंगे, उससे ज़्यादा लोग धर्मान्तरण कर लेंगे। कहाँ तक रोकेंगे आप लोगों को धर्मान्तरण करने से। रोकना है तो उनके प्रति अपनी घृणा, भेदभाव और दुर्व्यवहार को रोकिए। उनके साथ किये जा रहे ज़ुल्म और ज़्यादती को रोकिए। धूर्त हम नहीं आप हैं, जो दूसरे मनुष्यों के साथ, जिन्हें आप अपना धर्म भाई कहते हैं, उन दलित-आदिवासियों के साथ धूर्तता का व्यवहार करते हैं, उन्हें पशु और ग़ुलाम की तरह समझते और रखते हैं। दूसरों पर कीचड़ उछालने से बेहतर है, आप लोग अपने घर को दुरुस्त करें।"

पीटर लुइस और शकील अंसारी की बात सुनकर रामविनोद तिवारी, प्रवीण ढोबरे और महन्त रामदास भी उखड़ गये। रामविनोद तिवारी ने चीख़ते हुए कहा, "हम चोरी नहीं करते। हमें तो जो करना होता है डंके की चोट पर करते हैं। चोर तो आप हैं। लूट और चोरी आपने की है।"

महन्त रामदास ने रामविनोद तिवारी की बात में अपनी बात जोड़ते हुए कहा, "वर्षों पहले जिस सामान को लालच और धोखे से हमसे लूट लिया गया था, हमसे छीन लिया गया था। अब लुटेरे की पहचान हो गयी है और लूट का सामान भी बरामद हो गया है तो वह सामान उसके मालिक को क्यों नहीं मिलना चाहिए?"

सवाल पर सवाल दाग़े जा रहे थे। तीर पर तीर छोड़े जा रहे थे। विचारों के

आवेग के साथ-साथ कभी-कभी बहस इतनी तीखी हो जाती थी कि लगता था चर्चा में भाग लेने वाले लोग एक-दूसरे के कपड़े फाड़ डालेंगे। धर्मान्तरण के पक्षधर और विरोधियों के बीच बहस को तीखी होते और किसी अंजान पर न पहुँचते देख एंकर ने दोनों पक्षों को शान्त करने की कोशिश की। किन्तु कोई भी पक्ष चुप होने को तैयार नहीं था। दोनों पक्ष निरन्तर ऊँची आवाज़ में एक-दूसरे पर आरोप-प्रत्यारोप लगा रहे थे। उनकी आवाज़ें सुनकर ऐसा प्रतीत होता था जैसे ज़ोर-शोर से बोलने की उनके बीच कोई प्रतिस्पर्द्धा चल रही थी। महन्त रामदास की बात से प्रभात प्रत्यूष कुछ विचलित दिखायी दिया। उसने महन्त के वक्तव्य पर आपत्ति व्यक्त की, "यह क्या कह रहे हैं, महन्त जी! आप दलित-आदिवासियों को सामान बता रहे हैं? और ख़ुद को उनका मालिक कह रहे हैं। क्या दलित और आदिवासी मनुष्य नहीं हैं? उनका अपना कोई अस्तित्व नहीं है?"

प्रभात प्रत्यूष का यह प्रश्न सुन एक क्षण को महन्त लड़खड़ाया कि क्या उत्तर दे इस प्रश्न का। लेकिन तत्काल उसने स्वयं को सँभाला और बोला,"है, क्यों नहीं है। दलितों का भी स्वतन्त्र अस्तित्व है। उससे कहाँ इनकार करते हैं हम। मैंने तो केवल यह उदाहरण दिया था कि धोखा, लालच और दबाव से जबरन धर्मान्तरण कराये गये हिन्दुओं की घर वापसी होनी चाहिए।"

प्रभात प्रत्यूष, महन्त के जवाब से असन्तुष्ट दिखायी दिया। उसने महन्त से अगला प्रश्न किया,"क्या इस बात का पता आपको आज ही चला है? आज ही आपको लूटे गये सामान और लुटेरे का ध्यान आया है? क्या इससे पहले आपको धर्मान्तरण के बारे में कोई पता नहीं था?"

महन्त का जवाब था, "आज क्यों, पहले से पता है, और हम काफ़ी पहले से इस बात पर ज़ोर देते रहे हैं..."

महन्त की बात बीच में ही काटकर मूल मुद्दे पर आते हुए एंकर ने सभी प्रतिभागियों को सम्बोधित करते हुए बोला, "इस विषय पर काफ़ी चर्चा हम कर चुके हैं। लेकिन मूल बिन्दु की ओर अभी हम नहीं आये हैं, जो इस सम्बन्ध में बहुत ज़रूरी है। इसलिए मेरा सवाल यह है कि हिन्दू धर्म को छोड़कर दूसरे धर्मों में चले गये जिन दलित-आदिवासियों की घर वापसी की बात आप लोग कर रहे हैं, उनकी वापसी कहाँ होगी, कौन से घर में?"

रामविनोद तिवारी ने जवाब दिया, "वहीं होगी उनकी वापसी जहाँ से वे गये थे, हिन्दू धर्म में। हिन्दू धर्म ही उनका सदियों पुराना घर है।"

एंकर तिवारी के जवाब से सन्तुष्ट नहीं हुआ। वह बोला, "आपके जवाब से

स्थिति स्पष्ट नहीं हुई तिवारी जी! हिन्दू धर्म में उनकी वापसी होगी, यह तो ठीक है, यह बात समझ में आ रही है। लेकिन हिन्दू धर्म कोई एक घर नहीं है। यह तो एक कंपाउंड या अहाता है, जिसमें बहुत सारे घर हैं। अलग-अलग जातियों-उपजातियों के घर। दूसरे धर्मों से हिन्दू धर्म में वापसी करने वाले दलित-आदिवासियों की वापसी कौन से घर में, मेरा मतलब है कौन सी जाति में होगी?"

तिवारी का उत्तर था, "देखिए, सवाल जाति का नहीं, धर्म का है। हमारा कहना सिर्फ़ यही है कि जिन हिन्दुओं का लालच से या जबरन धर्मान्तरण कराया गया है, उनकी घर वापसी होनी चाहिए।"

एंकर देख रहा था कि तिवारी सहित धर्मान्तरण के विरोध में बोल रहे सभी प्रतिभागी इस प्रश्न का सटीक जवाब न देकर दायें-बायें हो रहे थे। मूल बिन्दु पर केंद्रित रहते हुए उसने छोटी-सी व्याख्या के साथ अपना प्रश्न दोहराया, "वही बात मैं आपसे कह रहा हूँ। भारत में सर्वाधिक धर्मान्तरण दलितों और आदिवासियों का हुआ है और इसका कारण आर्थिक से अधिक सामाजिक है। शताब्दियों से वे हिन्दू धर्म में गैरबराबरी, और उसके आधार पर ऊँच-नीच, अस्पृश्यता और शोषण के शिकार रहे हैं। कोई सामाजिक सम्मान उनको नहीं मिला है। इसी अपमान और उपेक्षा से मुक्ति तथा सामाजिक सम्मान पाने के लिए वे हिन्दू धर्म को त्यागकर अन्य धर्मों को अपनाते हैं। उन्हें फिर से हिन्दू धर्म में वापस लाने पर क्या उनकी स्थिति में कुछ बदलाव आ जायेगा। मान लेते हैं कि आप लोग उनको थोड़ी-बहुत आर्थिक सहायता प्रदान कर देंगे, उनके बच्चों को भी स्कूलों में प्रवेश दिला देंगे, लेकिन उनकी सामाजिक स्थिति में भी क्या कोई सुधार होगा? सामाजिक सम्मान देने के लिए क्या उनको ब्राह्मण बना देंगे आप? यदि नहीं तो फिर घर वापसी का मतलब क्या है?"

एंकर के इस प्रश्न पर एक क्षण को धर्मान्तरण के पक्षधर सभी प्रतिभागी अवाक् से रह गये। वे समझ नहीं पाये कि पत्रकार के इस प्रश्न का क्या उत्तर दें। इससे पहले कि कोई प्रतिभागी इस प्रश्न के जवाब में कोई कुछ बोलता, एंकर ने एक और प्रश्न किया, "दलितों और आदिवासियों के अलावा भी बहुत-से लोगों का धर्मान्तरण हुआ है, क्या उनके प्रति भी आप उतने ही सजग और संवेददंशील हैं? क्या उनकी भी घर वापसी चाहते हैं आप, या केवल दलित-आदिवासियों की ही घर वापसी चाहते हैं?"

प्रवीण ढोबरे ने कहा, "हम हिन्दू धर्म छोड़कर गए सभी लोगों की घर वापसी की बात कह रहे हैं।"

एंकर ने अगला प्रश्न किया,"यदि आप ऐसा कह रहे हैं तो क्या बता सकते हैं कि कितने ब्राह्मणों का लालच, दबाव या धोखे से धर्मान्तरण हुआ है?"

प्रवीण ढोबरे ने अपनी बात पर बल देते हुए कहा, "देखिए, हम जाति नहीं धर्म की बात कर रहे हैं। हम व्यापकता में देख रहे हैं। आप जाति की बात कर रहे हैं। यह संकीर्ण दृष्टिकोण है। इस संकीर्णता से ऊपर उठिए और सोचिए कि हिन्दुओं का धर्मान्तरण हुआ है या नहीं? और यदि हुआ है तो उनकी घर वापसी होनी चाहिए कि नहीं?"

एंकर ने अपनी बात को स्पष्ट करने की कोशिश की, 'मैं घर वापसी के प्रयास को ग़लत नहीं कह रहा, लेकिन...'

रामविनोद तिवारी ने बीच में ही उसकी बात काटते हुए ज़ोर देकर कहा, "तो फिर ग़लत क्या है? हम सही काम कर रहे हैं।"

प्रभात प्रत्यूष इन समस्त बातों को बहुत ध्यान से सुन रहा था। वह बीच में हस्तक्षेप करते हुए एंकर से बोला, "सुधीर, मैं कुछ कहना चाहता हूँ।"

"जी, कहिए प्रभात जी, क्या कहना चाहते है आप?"

प्रभात प्रत्यूष ने कहा, "मैं जो कहना चाहता हूँ, वो ये कि सबसे पहले तो हमें यह स्पष्ट होना चाहिए कि धर्म जाति की तरह जन्मना नहीं है कि उसे बदला नहीं जा सकता। जाति को नहीं बदला जा सकता लेकिन धर्म को बदला जा सकता है। कोई कपड़ा यदि शरीर पर फ़िट नहीं बैठता है या असुविधाजनक है तो उसे बदलकर दूसरा सुविधाजनक कपड़ा पहना जा सकता है। वैसे ही धर्म है। यदि किसी व्यक्ति को कोई धर्म असुविधाजनक लगे तो वह असुविधाजनक धर्म को त्यागकर दूसरे किसी भी सुविधाजनक धर्म को अपना सकता है। दूसरे, मैं तिवारी जी से यह जानना चाहूँगा कि आप लोग ईसाई और इस्लाम धर्मों में धर्मान्तरण करने वाले दलित-आदिवासियों की ही घर वापसी कराना चाहते हैं, जब कि बहुत बड़ी संख्या में दलित लोग सिख और बौद्ध धर्म में दीक्षित हुए हैं। उनके बारे में आपकी क्या राय है? उनकी घर वापसी के लिए क्या कार्यक्रम हैं आपके पास?"

"सिख और बौद्ध धर्म तो हिन्दू धर्म की ही शाखाएँ हैं। इसलिए सिख या बौद्ध धर्म की दीक्षा लेने में धर्मान्तरण जैसी कोई बात नहीं है।"

प्रभात प्रत्यूष ने प्रतिवाद किया, "सिख और बौद्ध धर्म को आप हिन्दू धर्म की शाखा कैसे मानते हैं, जब कि दोनों हिन्दू धर्म से पृथक् अस्तित्व रखते हैं। बौद्ध धर्म तो दुनिया के बहुत सारे देशों में फैला है। भारत में भी हिमाचल और पूर्वोत्तर के

राज्यों में जो बौद्ध हैं, वे मंगोलिया, तिब्बत या अन्य मूल के हैं, हिन्दू धर्म से कभी उनका कोई सम्बन्ध नहीं रहा।"

प्रभात प्रत्यूष की टिप्पणी से उत्साहित होकर एंकर ने भी हस्तक्षेप किया, "दलित-आदिवासी तो धर्मान्तरण अब कर रहे हैं, लेकिन मुग़लकाल में बहुत बड़ी संख्या में सवर्ण हिन्दुओं ने इस्लाम धर्म को अपनाया, बाद में आकर बहुत-से लोगों ने ईसाई धर्म अपनाया, उनकी घर वापसी की बात कभी नहीं की गयी। आज के समय में भी बहुत-से सवर्ण स्त्री-पुरुषों ने विधर्मियों से विवाह कर उनके धर्मों को अपनाया है, उनकी घर वापसी की बात क्यों नहीं करते आप लोग? क्या वे हिन्दू नहीं थे? जब वे धर्मान्तरण कर सकते हैं तो दलित-आदिवासी क्यों नहीं कर सकते? जिन दलित आदिवासियों ने धर्मान्तरण किया है, हिन्दू धर्म में उनकी कोई समस्या रही होगी, उससे मुक्त होने तथा अपने जीवन की बेहतरी के लिए ही उन्होंने धर्मान्तरण किया होगा, नहीं तो वे हिन्दू धर्म को छोड़कर क्यों जाते? दलित-आदिवासियों की घर वापसी पर ज़ोर देने के बजाय क्या यह आवश्यक नहीं कि उनके जीवन को बेहतर बनाने के लिए कुछ ठोस उपाय किये जायें और उनमें भरोसा पैदा किया जाये, ताकि उन्हें धर्मान्तरण की आवश्यकता ही महसूस नहीं हो।"

सुनील कुमार 'शील' ख़ामोश बैठा सभी को सुन रहा था। वह यह देखकर परेशान था कि एंकर ने उसे अभी तक बोलने का कोई अवसर नहीं दिया था। किसी अन्य प्रतिभागी की टिप्पणी अथवा वक्तव्य पर भी उसकी कोई प्रतिक्रिया नहीं माँगी गयी थी। प्रभात प्रत्यूष की इस टिप्पणी से चर्चा सवालों से सुधार की ओर मुड़ गयी थी। एंकर इस पर प्रवीण ढोबरे की प्रतिक्रिया जानने के लिए उसकी ओर मुख़ातिब हो रहा था कि सुनील कुमार 'शील' के धैर्य का बाँध टूट गया। बीच में हस्तक्षेप करते हुए उसने एंकर को टोका, "तेजस जी, यहाँ आपके स्टूडियो में मैं अपने आप या जबरन नहीं घुस आया हूँ। मुझे आपके द्वारा बुलाया गया है। लेकिन मैं देख रहा हूँ कि इतनी देर से आप अन्य लोगों से ही बात कर रहे हैं और उन्हीं की प्रतिक्रिया ले रहे हैं। मुझे बोलने का कोई अवसर अभी तक नहीं दिया गया है। यहाँ दलितों से जुड़े मुद्दे पर चर्चा हो रही है और दलित को ही बोलने का अवसर नहीं दिया जा रहा है। मैं नहीं समझ पा रहा हूँ कि मेरे यहाँ बैठने का कोई औचित्य है। क्या मुझे टोटके के लिए यहाँ बैठाया गया है? माफ़ करना मैं टेलीविज़न पर अपना चेहरा दिखाने या दूसरों के चेहरे देखने के लिए यहाँ नहीं आया हूँ। यदि मुझे बोलने का अवसर नहीं दिया जा रहा है, मेरी राय या प्रतिक्रिया जानने में आपकी कोई रुचि नहीं है, या उसकी ज़रूरत नहीं है तो मेरे यहाँ बैठे रहने का कोई मतलब नहीं है। आप

अपनी चर्चा जारी रखें, मैं यहाँ से चलता हूँ।" इतना कहकर वह कुर्सी से उठकर खड़ा हो गया।

'शील' के ये शब्द सुन एंकर सन्न रह गया। चर्चा में भाग ले रहे अन्य प्रतिभागी भी हतप्रभ-से एक-दूसरे की ओर देखने लगे। ऐसी स्थिति उत्पन्न हो सकती है, इसके बारे में शायद किसी ने भी नहीं सोचा था। एंकर जैसे नींद से जागा, उसे अपनी भूल का अहसास हुआ। वह तुरन्त अनुनय करता हुआ शील से बोला, "आप नाराज न हों, शील जी! आप हमारे सम्मानित पैनलिस्ट हैं और जो चर्चा हो रही है, उस पर आपकी प्रतिक्रिया हम अवश्य लेंगे।" और सुलझे हुए व्यक्ति की तरह वह बोला, "दरअसल मैं चाहता था कि पहले सब लोग अपनी राय दे दें और सबके बाद आपकी राय ली जाये।"

"कब लेंगे आप मेरी राय? इतना समय तो बीत चुका है। आपके पास समय ही कहाँ रह जायेगा मेरी राय लेने का। सारा समय तो आप दूसरों को दे रहे हैं। उनसे कई-कई राउंड आप बात कर चुके हैं। बाद में कुछ सेकेंड या एक-आध मिनट का समय देकर मेरी राय नहीं लेंगे आप, बल्कि मेरी राय के नाम पर केवल खानापूर्ति ही कर सकेंगे। मुझे इस पर एतराज़ है। मैं खानापूर्ति के लिए नहीं हूँ।"

एंकर ने महसूस किया कि शील को बोलने का पर्याप्त समय नहीं दिया गया तो दलितों के बीच उसके कार्यक्रम और चैनल की छवि ख़राब होगी। इससे टी.आर. पी. भी प्रभावित हो सकती है। उसने तुरन्त स्थिति को सँभाला और 'शील' से बोला, "ऐसी बात है तो लीजिए, आपको पूरा मौक़ा देते हैं। कृपया आप हमें बतायें कि धर्मान्तरण के बारे में आपकी क्या राय है? दलित धर्मान्तरण क्यों करते हैं? क्या धर्मान्तरण के अलावा कोई अन्य विकल्प नहीं है? क्या धर्मान्तरण अन्तिम विकल्प है? और क्या धर्मान्तरण करने से दलित-आदिवासियों की सामाजिक-आर्थिक समस्याओं का समाधान हो जाएगा?"

शील कुर्सी पर बैठ गया और बोला, "मैं नहीं समझ पा रहा हूँ कि दलित-आदिवासियों के धर्मान्तरण को लेकर आप लोगों के बीच इतनी खींचातानी क्यों है। जिस तरह दलित-आदिवासियों के बारे में फ़ैसले की भाषा में यहाँ लोग बात कर रहे हैं, उससे ऐसा प्रतीत होता है जैसे दलित-आदिवासी आपके ग़ुलाम हैं और आप लोग उनके मालिक हैं। मैं आप सभी से यह कहना चाहता हूँ कि आप क्यों नहीं दलित-आदिवासियों को उनके हाल पर छोड़ देते। अपने जीवन के फ़ैसले उन्हें करने दीजिए। आप लोग उनके ठेकेदार न बनें। यदि उनकी बेहतरी के लिए कुछ कर सकते हैं तो वह करें और उनका दिल जीतें। दलितों को समानता चाहिए,

बँधुवापन, बेगारी, मैला ढोने, मरे पशुओं को उठाने जैसे घृणित कार्यों से मुक्ति तथा सम्मानजनक रोज़गार चाहिए। उनको भी अच्छी शिक्षा, अच्छे कपड़े, अच्छे मकान चाहिएं। हज़ारों साल से दलित जातिगत रूप से अस्पृश्य और घृणित, शिक्षा से वंचित, बहुत सारी वर्जनाओं के शिकार और आर्थिक रूप से विपन्न बने रहे हैं। उनकी इस स्थिति में बदलाव और उनके जीवन की बेहतरी के लिए क्या कार्यक्रम हैं आप लोगों के पास, इस पर बात कीजिए। दलित-आदिवासियों में शिक्षा का स्तर आज भी बहुत कम है, बहुत सारे छात्र बीच में ही पढ़ाई छोड़ने को बाध्य होते हैं। रोज़गार के अधिकांश अवसर निजी क्षेत्र में हैं, लेकिन वहाँ उनको नौकरी पर नहीं लिया जाता। सरकारी क्षेत्र में रोज़गार के अवसर वैसे ही बहुत कम हैं, लेकिन वहाँ पर भी नौकरियाँ निरन्तर कम होती जा रही हैं। धीरे-धीरे निजीकरण किया जा रहा है। जो नौकरियाँ हैं भी, उनमें दलित-आदिवासियों का आरक्षण कोटा आज तक पूरा नहीं हुआ है। ऐसे में कहाँ जायें दलित और आदिवासी? इन विषयों पर चर्चा क्यों नहीं करते आप लोग?"

इतना कहकर वह एक पल के लिए रुका और वहाँ उपस्थित सभी लोगों की ओर देखा। सब की निगाहें उसके चेहरे पर टिकी थीं और सब लोग उसे बहुत ध्यान से सुन रहे थे। वह आगे बोला, "आप लोग यहाँ बैठकर अपनी-अपनी तरह से निष्कर्ष निकाल रहे हैं और दलित-आदिवासियों के भाग्य का फ़ैसला कर रहे हैं। लेकिन इस मर्म को समझने की कोशिश नहीं की जा रही है कि धर्मान्तरण का निर्णय एक दिन में नहीं लिया गया, तात्कालिक निर्णय नहीं होता, बहुत सोच-विचार कर और कई बार ख़ुद से लड़कर, ख़ुद के ख़िलाफ़ जाकर यह निर्णय करना पड़ता है। अन्तिम समय तक व्यक्ति यह उम्मीद करता है कि शायद परिस्थितियाँ बदल जायें और उसे धर्मान्तरण न करना पड़े। मजबूर होकर, हर ओर से निराश होकर ही व्यक्ति धर्मान्तरण का कठोर निर्णय लेता है। दलितों को हर दिन, हर क़दम पर अपमान और ज़िल्लत का ज़हर पीना पड़ता है, आप लोगों में से कभी किसी ने अनुभव किया है उस ज़हर को। जब वे अपने श्रम से, अपने हाथों से बनाये गये मन्दिरों में से अपमानित कर दुत्कारे और भगाये जाते हैं, तो उनके कलेजे पर क्या गुज़रती है, क्या आप लोग अन्दाज़ा लगा सकते हैं इसका? केवल जातीय अहं की तुष्टि के लिए जब उनके घरों को जलाकर राख कर दिया जाता है, उनकी नृशंसतापूर्वक हत्याएँ की जाती हैं, स्त्रियों के साथ सामूहिक बलात्कार किये जाते हैं। आप लोग अनुभव कर सकते हैं उनकी पीड़ा के इस दंश को? तब कहाँ होते

हैं आप लोग और आपकी धार्मिक चेतना? हिन्दू, इस्लाम, इसाई—कौन सा धर्म है इस देश में जहाँ दलित-आदिवासियों के साथ भेदभाव नहीं होता है, अपने कलेजों पर हाथ रखकर बताइए आप लोग। कहाँ समझा जाता है उनको बराबर का मनुष्य? वे आप लोगों के लिए सिर्फ़ गिनती हैं अथवा आपके प्रयोजनों की पूर्ति के साधन। इससे अधिक कोई मूल्य नहीं है आप लोगों के लिए उनका। यदि ऐसा नहीं होता तो सदियों से लेकर आज तक वे इसी तरह दरिद्रता, दमन और अस्पृश्यता के शिकार नहीं होते। यदि आप लोगों को दलितों के जीवन की इस ज़िल्लत का थोड़ा-सा भी अहसास होता तो शायद आप लोग उनके दर्द को ठीक से समझ पाते। दलितों के दर्द और समस्याओं को ठीक से जाने बिना, उनकी मूक ज़बान से निकले शब्दों के अर्थों को समझे बिना उनके बारे में बात करना क्या उनके प्रति उपेक्षाभाव का द्योतक नहीं है। जैसे सदियों से दलित-आदिवासियों को बोलने का अवसर न देकर प्रभु लोग स्वयं ही उनके प्रवक्ता और वकील बने रहे हैं, क्या यहाँ भी वैसा ही नहीं हो रहा है? क्या आप लोग अभी भी ऐसा ही समझते हैं कि दलित-आदिवासी आपकी भेड़ हैं कि आप उन्हें जैसे चाहें, हाँक लेंगे। आप लोगों की इस बहस का कोई मतलब नहीं है उनके लिए। वे आपकी कोई लोरी या उपदेश नहीं सुनेंगे। अब वो पहले की तरह गूँगे, बहरे और लुंज-पुंज नहीं हैं। उनके पास विचार है, विवेक और विश्वास है। आप सब लोग अपनी-अपनी तरह से उनको अपनी ओर आकृष्ट करने की कोशिश कर रहे हैं। उनके पास जाने की, उनकी समस्याओं के समाधान की कोशिश कोई नहीं कर रहा है। आप सभी से मेरी अपील है कि दलित-आदिवासियों के धर्मान्तरण को मुद्दा मत बनाइए, उन पर अपना हक़ मत जताइए, उनको अपने धार्मिक हितों की पूर्ति का साधन मत समझिए। उनकी सामाजिक-आर्थिक स्थिति में बेहतरी के लिए कुछ कर सकते हैं तो वह कीजिए।"

शील की बात सुनकर सभी प्रतिभागियों में सन्नाटा-सा व्याप्त हो गया था। उसकी बात का खण्डन करें कि समर्थन वे कुछ समझ नहीं पा रहे थे। थोड़ी देर पहले उनमें अपनी बात कहने का जो उत्साह और उतावलापन था वह अब नहीं था। तेज़ गति से दौड़ती, धड़धड़ाती रेल में जैसे अचानक ब्रेक लग गया था, जिससे शरीर के साथ-साथ उनके मस्तिष्क भी सहसा सुन्न-से हो गये थे। विस्मय से वे एक-दूसरे को देख रहे थे। एंकर भी असमंजस में था कि किस बिन्दु से चर्चा को आगे बढ़ाया जाये। चर्चा के लिए बहुत समय भी अब नहीं रह गया था, इसलिए अन्य किसी प्रतिभागी से कोई सवाल न कर वह प्रभात प्रत्यूष को सम्बोधित करते हुए बोला, "प्रभात जी, शील जी ने बहुत महत्त्वपूर्ण और विचारणीय बात कही है।

कई मौलिक सवाल भी उन्होंने उठाये हैं। कार्यक्रम का समय समाप्ति की ओर है। अत: शील जी ने जो कुछ कहा है, कृपया उस पर संक्षेप में अपनी टिप्पणी दीजिए।"

प्रभात प्रत्यूष ने अपनी टिप्पणी देते हुए कहा, "शील जी ने जो कुछ भी कहा है, मैं उससे शत-प्रतिशत सहमत हूँ और उनके स्टैंड का समर्थन करता हूँ। दलित-आदिवासियों को लेकर बहुत चर्चा हो चुकी है। पिछले छह-सात दसक से उन पर चर्चा ही होती आ रही है, लेकिन उनकी सामाजिक-आर्थिक स्थिति आज तक नहीं बदली है, वह आज भी ज्यों की त्यों बनी हुई है। थोड़ा-बहुत सुधार हुआ है लेकिन वह पर्याप्त नहीं है। समाज और देश को आगे ले जाने के लिए दलित-आदिवासियों का आगे आना बहुत ज़रूरी है।"

प्रभात प्रत्यूष की टिप्पणी के साथ एंकर ने चर्चा का समापन किया, "आज हमने धर्मान्तरण के महत्वपूर्ण और ज्वलंत मुद्दे पर बहुत सार्थक चर्चा की। समय की मजबूरी है कि हमें चर्चा को यहीं विराम देना पड़ रहा है। चर्चा में भाग लेने के लिए सभी प्रतिभागियों के प्रति धन्यवाद और आभार प्रकट करते हुए हम चर्चा को यहीं विराम देते हैं। अगले सप्ताह फिर किसी नये मुद्दे पर नये प्रतिभागियों के साथ चर्चा के लिए उपस्थित होंगे। तब तक के लिए आप सभी को सुधीर तेजस का नमस्कार।"

समस्त प्रतिभागी अपनी-अपनी कुर्सियों से उठे और स्टूडियों से बाहर आ गये तथा एक-दूसरे से हाथ मिलाने की औपचारिकता पूरी कर अपने-अपने रास्तों को चल दिये। शील भी अपने रास्ते को चल दिया था। सबकी अपनी-अपनी घर वापसी हो रही थी।

आस्तिक

हवाई जहाज़ रात के ग्यारह बजे दिल्ली हवाई अड्डे पर उतरा। जहाज़ से बाहर आते ही डी.जी. मैडम को वीआईपी लाउंज में बैठाकर वह प्रोटोकॉल कर्मचारी के साथ सामान लेने लैगेज बेल्ट की ओर चला गया। सामान आते ही डी.जी. मैडम ने लाउंज से बाहर निकलकर निकासद्वार की ओर चलना शुरू कर दिया। अमन उनके साथ चल रहा था। अपनी गाड़ी की ओर बढ़ते हुए डी.जी. मैडम ने उससे पूछा, "तुम कैसे जाओगे?"

"मैं टैक्सी लूँगा मैडम, अमन ने कहा।

"क्यों? तुम्हारी कार ख़राब है क्या? या ड्राइवर छुट्टी गया हुआ है?"

"नहीं, मैडम! कार ठीक है, और ड्राइवर भी है।"

"तो फिर?...अपने ड्राइवर को नहीं बुलाया तुमने?" डी.जी. मैडम ने पूछा।

'मेडम, मेरा घर यहाँ से बहुत दूर है। इतनी रात में ड्राइवर को परेशानी होगी, बस इसलिए ड्राइवर को नहीं बुलाया है।"

अमन के मुँह से यह सुन डी.जी. मैडम को आश्चर्य हुआ। एक क्षण को उन्होंने प्रशंसात्मक दृष्टि से अमन की ओर देखा, और उसकी संवेदनशीलता की प्रशंसा करते हुए बोलीं, "ड्राइवर के बारे में भी इतना सोचते हो। तुम सचमुच बहुत अच्छे आदमी हो।"

डी.जी. मैडम के इन शब्दों पर अमन ने कुछ न बोलकर, विनम्रता से अपना सिर झुका लिया था।

घर पहुँचते-पहुँचते उसे रात के बारह बजे से ऊपर समय हो गया था। यात्रा की थकान भी थी। इस कारण अगले दिन वह थोड़ी देर से ऑफ़िस पहुँचा था। ऑफिस पहुँचते ही पी.ए. ने बताया, "सर, डी.जी. ऑफ़िस से दो बार फ़ोन आ चुका है। डी.जी. मैडम आपसे बात करना चाहती हैं।'

"कितनी देर पहले आया था फ़ोन?" उसने पी.ए. से पूछा।

"पहले दस बजे आया था। दूसरी बार अभी आया है चार-पाँच मिनट पहले ही।" पी.ए. ने बताया।

"क्या कुछ बताया उनके पी.एस. ने कि किस सन्दर्भ में बात करना चाहती हैं मैंडम?"

"नहीं सर, ऐसा कुछ नहीं बताया।"

"ठीक है, डी.जी. ऑफिस को फ़ोन मिलाओ।"

"ओके सर, अभी मिलाता हूँ।"

पी.ए. ने फ़ोन मिला दिया। 'हैलो सर', दूसरी ओर से डी.जी. के पी.एस. की आवाज़ आयी।

"मेरे पी.ए. ने बताया है कि आप दो बार फ़ोन कर चुके हो।"

"जी हाँ सर! डी.जी. मैडम कुछ बात करना चाहती हैं आपसे। कृपया उनसे बात कर लीजिए, मैं लाइन उनको दे रहा हूँ।"

"नमस्ते मैडम!" डी.जी. मैडम के फ़ोन उठाते ही अमन ने अत्यन्त सम्मान के साथ उनको अभिवादन किया।

"नमस्ते, अमन! देखो, अबकी बार देवगढ़ का प्रोग्राम अरेंज करो। इन्दौर भी होते आयेंगे और इस बार भी तुम ही साथ चलोगे। इसीलिए फ़ोन किया था तुम्हें।"

"ठीक है, मैडम, कब चलना है?"

"अगले सप्ताह ही चलेंगे।"

"ठीक है मैडम, मैं अरेंज करता हूँ।"

"गेस्ट हाउस की क्या स्थिति है, यह मालूम कर लेना। कई जगह सरकारी गेस्ट हाउस बहुत अच्छे नहीं हैं। गेस्ट हाउस ठीक न हो तो किसी ठीक-ठाक से होटल में करा लेना रहने का इन्तज़ाम।"

"जी मेडम!" डी.जी. मैडम के कहने का आशय अमन समझ गया था। "कितने दिन का कार्यक्रम रहेगा वहाँ का, मैडम और कहाँ-कहाँ जाना होगा? उसके अनुसार ही अरेंज करना होगा।"

"सोमवार को चलेंगे यहाँ से। उस दिन तो पहुँचेंगे ही। उस दिन कोई सरकारी मीटिंग नहीं करेंगे। मंगलवार को सुबह ग्यारह बजे मीटिंग रख लेना। लंच वहीं पर किया जा सकता है। शाम को लोकल में कुछ देख लेंगे।"

"ठीक है मैडम, मैं करता हूँ और बताता हूँ आपको।"

"बताना क्या है, बस कर लो इन्तज़ाम। कर लो बात जिस किसी से भी करनी हो। तुम बहुत समझदार व्यक्ति हो। तुम्हारे इन्तज़ाम हमेशा बहुत अच्छे होते हैं।"

"जी मैडम, करता हूँ।"

समय बहुत कम था। केवल तीन कार्य दिवस। बॉस के मुँह से निकले शब्द आदेश के समान होते हैं और उन पर अमल करना किसी भी अधीनस्थ कार्मिक की ड्यूटी होती है। सरकारी तन्त्र में, उच्च अधिकारियों के आदेश का, उनकी अपेक्षाओं के अनुरूप अमल करना सबसे बड़ी कार्यकुशलता होती है। तीन दिन के अन्दर सब कुछ करना बहुत कठिन था। किन्तु, अपनी कार्यकुशलता का परिचय देते हुए अमन ने किसी तरह सब व्यवस्थाएँ करायीं।

डी.जी. मैडम कठोर स्वभाव की तुनक मिज़ाज महिला थी। हालाँकि वह मन की बहुत कोमल थीं, किन्तु उनके मन की कोमलता स्टाफ़ के समक्ष कभी उजागर नहीं हुई थी। ज़ुबान की इतनी कड़ुवी थीं कि किस कार्मिक को कब क्या कहकर लज्जित या अपमानित कर दें, इसका कोई भरोसा नहीं था। भरी मीटिंग के दौरान किसी भी अधिकारी को कठोर शब्दों में फटकार देना या अपमानजनक तरीक़े से बात करना उनका जैसे स्वभाव था। बात-बात पर चार्जशीट और सस्पेंड करने की उनकी धमकी से सब अधिकारी और कर्मचारी सहमे-से रहते थे। उनके इस व्यवहार से सभी अधिकारियों का मनोबल टूटा हुआ था। सब उनसे डरते थे और उनके सामने पड़ने से कतराते थे। किन्तु अमन की कार्यकुशलता और विनम्र एवं शालीन व्यवहार से वह प्रभावित थीं। इसलिए अपने सरकारी दौरों में वह प्राय: अमन को अपने साथ लेकर जाती थीं। जहाँ का भी दौरा किया जाता, उन शहरों में स्थित कार्यालयों के अधिकारियों एवं राज्यों के प्रोटोकॉल अधिकारियों से सम्पर्क एवं तालमेल कर आवश्यक व्यवस्थाएँ कराना अमन का मुख्य काम होता था ताकि डी.जी. मैडम को किसी तरह की कोई तकलीफ़ नहीं हो।

डी.जी. मैडम निजी जीवन में अत्यन्त धार्मिक महिला थीं। वह जब भी कहीं सरकारी दौरे पर जातीं, वहाँ के मन्दिरों में देवी-देवताओं के दर्शन करने अवश्य जाती थीं। गणेश, शिव, विष्णु, लक्ष्मी, दुर्गा आदि किसी भी मन्दिर में जिस किसी भी देवी-देवता की मूर्ति स्थापित होती, वह सभी की पूजा-अर्चना करती थीं, और सभी के समक्ष कुछ न कुछ चढ़ावा चढ़ाती थीं। अमन जानता था कि लोकल में कुछ देखने के पीछे डी.जी. मैडम के दो ही आशय होते थे—मन्दिर और बाज़ार। बाज़ार भले ही न जा पायें, वह मन्दिर अवश्य जाती थीं। इसलिए अमन ने वहाँ के प्रोटोकॉल ऑफ़िसर से यह जानकारी ले ली थी कि वहाँ पर कौन सा बड़ा या प्रसिद्ध मन्दिर है,

और उसे बता भी दिया था कि सरकारी कार्यक्रम के अलावा डी.जी. मैडम मन्दिर जा सकती हैं, इसके लिए भी समुचित व्यवस्था कर ली जाये।

कार्यक्रम के अनुसार सुबह की फ़्लाइट पकड़कर वे लोग देवगढ़ पहुँच गये। एयरपोर्ट पर रिसीव करने आये प्रोटोकॉल अधिकारी ने बताया कि सरकारी गेस्ट हाउस बहुत अच्छा नहीं है। राज्य के सभी अतिथियों को होटल में ही ठहराया जाता है। उनके ठहरने की व्यवस्था भी एक अच्छे होटल में की गयी थी।

दोपहर का खाना खाने के दौरान डी.जी. मैडम ने अमन से कहा, "यहाँ पर एक शिव मन्दिर है। शाम को वहाँ दर्शन करने चलेंगे। मालूम कर लेना कितनी दूर है यहाँ से, और प्रोटोकॉल ऑफ़िसर से कहकर पहले ही इन्तज़ाम करा लेना, ताकि भीड़ से बचे रहें और ठीक से दर्शन हो जाये। सुना है, शाम को बहुत भीड़ हो जाती है यहाँ दर्शन करने वालों की। अभी दो घण्टे आराम करूंगी मैं। उसके बाद मुझे बता देना जैसा भी प्रोग्राम हो।"

"ज़रूर मैडम! मैं बात कर लेता हूँ।"

डी.जी. मैडम अपने कमरे में चली गयीं। अमन व्यवस्था करने में जुट गया। उसने प्रोटोकॉल अफ़सर को फ़ोन मिलाया और बोला, "डी.जी. मैडम शाम को शिव मन्दिर जाना चाहती हैं। कृपया इसके लिए व्यवस्था कर लें कि मैडम को भीड़ में नहीं जाना पड़े और वह ठीक से दर्शन कर लें।"

"आप भी अब बता रहे हैं, अमन जी! इतने कम समय में बहुत मुश्किल होगा यह व्यवस्था करना। आपका जो कार्यक्रम हमें मिला है, उसमें कल सुबह दुर्गा मन्दिर में जाने का है। आज का उसमें शामिल नहीं है। यदि कार्यक्रम में शामिल होता तो हम पहले से सारी व्यवस्था करके रखते। लेकिन अब...।"

"हाँ, वो तो ठीक है। लेकिन मैडम शिव मन्दिर जाकर भी दर्शन करना चाहती हैं तो क्या करें। आप तो प्रशासन के आदमी हैं, सब समझते हैं...वैसे कोई भी दिन हो, आपके लिए क्या दिक़्क़त है। मन्दिर के प्रबन्धक आदि से बात कर लीजिए।"

"शाम को तो मन्दिर में बहुत भीड़ रहती है और आज तो कुछ अधिक भीड़ रहेगी।"

"क्यों? आज ऐसी क्या विशेष बात है?"

"आज रविवार है न। आज के दिन अधिक लोग आते हैं मन्दिर में।"

"मैडम राज्य की स्टेट गेस्ट हैं, उनको वी.आई.पी. दर्शन कराइए ताकि उन्हें लाइन में नहीं लगना पड़े।"

"वी.आई.पी. के मामले में भी तो आसान नहीं है, साहब! यह बहुत प्रसिद्ध मन्दिर है। दूर-दूर से लोग आते हैं यहाँ दर्शन करने। वी.आई.पी. भी बहुत हो जाते हैं। उनकी भी लाइन लगती है।"

"वी.आई.पी. की लाइन होगी न? उसकी कोई बात नहीं। मैडम भी अन्य सभी वी.आई.पी. के साथ दर्शन कर लेंगी।"

"ठीक है, देखता हूँ मैं वी.आई.पी. पास के लिए और बताता हूँ आपको...दो ही आदमी हैं न आप लोग?"

"हैं तो हम दो लोग ही, लेकिन मुख्य तो मैडम ही हैं। मेरे लिए नहीं हो पाये इन्तज़ाम तो रहने दीजिए, उसके लिए परेशान मत होइएगा। मैडम को दर्शन हो जायें अच्छी तरह से, यह काफ़ी है। हाथी के पाँव में सब का पाँव...मेरी वैसे भी इस सब में कोई रुचि नहीं है।"

"आपकी रुचि और आस्था अपनी जगह है। उस बारे में मैं कुछ नहीं कह सकता। लेकिन आप मैडम के साथ हैं। उनके साथ आप भी हमारे मेहमान हैं। आप को कैसे छोड़ देंगे हम। मैं आप दोनों के लिए इन्तज़ाम करता हूँ...किस टाइम चलना चाहेंगे आप लोग यहाँ से?"

"यह आप देख लीजिए कि कौन सा समय अधिक सुविधाजनक रहेगा। मैडम तो साढ़े चार बजे के बाद कभी भी चल सकेंगी।"

"शाम को छह बजे आरती होती है। उस समय लोग जाना ज़्यादा पसन्द करते हैं। मन्दिर यहाँ से बहुत दूर नहीं है। आठ-दस किलोमीटर होगा यहाँ से। लेकिन शाम के समय ट्रैफ़िक थोड़ा ज़्यादा रहता है, इसलिए 40-45 मिनट का समय लग सकता है। पाँच-सवा पाँच बजे यहाँ से निकलना ठीक रहेगा। छह बजे तक आराम से वहाँ पहुँच जायेंगे।"

"मन्दिर में दर्शन करने से पहले मैडम शायद हाथ-पैर धोना चाहेंगी...इसके लिए भी व्यवस्था करनी होगी कुछ। मन्दिर का गेस्ट हाउस होगा या कोई कमरा हो मन्दिर परिसर में ही, जहाँ मैडम फ़्रेश हो सकें।"

"वो तो हो जायेगा। कमरे हैं वहाँ पर।"

"और हाँ, मन्दिर से प्रसाद मिलता होगा, उसकी व्यवस्था भी करवा दीजिएगा। मैडम प्रसाद पसन्द करती हैं। अच्छी तरह से दर्शन होने के साथ-साथ भगवान का प्रसाद भी मिल जायेगा तो मैडम ख़ुश हो जायेंगी।"

"प्रसाद की व्यवस्था वहाँ है। वी.आई.पी. लोगों को प्रसाद मिलता है। अधिक चाहिए तो ख़रीदा भी जा सकता है, उसकी भी सब व्यवस्था है। उसकी चिन्ता नहीं करें आप।"

"तब ठीक है। आप इन्तज़ाम कीजिए। पाँच बजे हम तैयार रहेंगे।"

शाम को छह बजे से कुछ पहले ही वे मन्दिर पहुँच गये थे। मन्दिर परिसर के अन्दर ही कुछ कमरे बने थे, जहाँ पर हाथ-मुँह धोकर थोड़ी देर विश्राम किया जा सकता था अथवा अपना क़ीमती सामान और जूते-चप्पल आदि वहाँ पर रखकर दर्शन के लिए मन्दिर में जा सकते थे। डी.जी. मैडम के लिए भी एक कमरे की व्यवस्था प्रोटोकॉल ऑफ़िसर ने करा ली थी और पुजारी से भी बात कर ली थी। दर्शन में अभी कुछ समय था। डी.जी. मैडम ने तब तक वहाँ आराम किया। समय हो जाने पर एक पुजारी वहाँ आ गया और वे दर्शन के लिए पुजारी के साथ मन्दिर के अन्दर चले गये।

मन्दिर में दर्शनार्थियों की बहुत भीड़ थी। पुजारी भीड़ से अलग अन्य रास्ते से उनको मन्दिर के अन्दर ले गया। डी.जी. मैडम पुजारी के साथ-साथ चल रही थीं। पुजारी उनको मन्दिर के इतिहास और वहाँ स्थापित देवी-देवताओं के बारे में बताता चल रहा था। किसी देवी या देवता की मूर्ति के पास से गुज़रते हुए पुजारी उसके बारे में बताता तो डी.जी. मैडम उस मूर्ति के समक्ष दोनों हाथ जोड़कर अत्यन्त श्रद्धा से सिर झुका लेती थीं। अमन, डी.जी. मैडम के क़दम से क़दम मिलाता हुआ उनके ठीक पीछे-पीछे चल रहा था। कहीं पर खुली जगह में मैडम के क़दमों की गति तेज़ होती तो अमन भी अपने क़दमों की गति बढा देता और मैडम के क़दमों की गति मन्द पड़ती तो अमन के क़दमों की गति भी उसी के अनुरूप मन्द हो जाती थी। एक स्थान पर किसी देवता की मूर्ति के समक्ष डी.जी. मैडम के क़दम कुछ रुके तो पुजारी ने कहा, "भगवान के दर्शन का समय हो रहा है। पहले चलकर भगवान के दर्शन कर लीजिए। उसके बाद आप इत्मीनान से मन्दिर को घूमकर देख लेना और सभी देवताओं के दर्शन कर लेना।"

पुजारी की बात मानते हुए डी.जी. मैडम बिना रुके तेज़ क़दमों से उसके साथ-साथ चल दीं। मन्दिर के द्वार खुलने से पहले ही कुछ अन्य वी.आई.पी. लोगों के साथ डी.जी. मैडम और अमन को भी पुजारी ने मुख्य मन्दिर के द्वार के ठीक सामने ले जाकर खड़ा कर दिया था ताकि द्वार खुलने पर सबसे पहले और तसल्ली से भगवान के दर्शन कर सकें। वह स्वयं भी उनके साथ खड़ा हो गया था।

मुख्य मन्दिर का दरवाज़ा खुलते ही बाहर खड़ी दर्शनार्थियों की भीड़ में दर्शन करने के लिए अफरा-तफरी-सी मचनी शुरू हो गयी। भगवान के दर्शन करने की जल्दी में लोग एक-दूसरे को धकेलकर रास्ता बनाने लगे। मन्दिर के कर्मचारी

श्रद्धालुओं की भीड़ को नियन्त्रित करने की कोशिश कर रहे थे। भीड़ का रेला आने से पहले सबसे आगे खड़े वी.आई.पी. लोग दर्शन कर चुके थे। डी.जी. मैडम इतने निकट से भगवान के दर्शन कर सन्तुष्ट हुईं। यह सन्तोष उनके चेहरे से झलक रहा था। मैडम ने भगवान को कुछ अर्पित करने की इच्छा से अमन की ओर देखा। अमन ने अपनी जेब से एक सौ रुपये का नोट निकालकर मैडम की ओर बढा दिया। डी.जी. मैडम ने पूर्ण श्रद्धा से भगवान की मूर्ति को नमन किया और सौ रुपये का वह नोट देवता की मूर्ति के समक्ष अर्पित कर पुजारी के साथ वहाँ की भीड़ से आगे बढ गयीं।

पुजारी उनको मन्दिर परिसर में स्थापित एक के बाद एक कई अन्य मन्दिरों में लेकर गया और वहाँ पर स्थापित देवताओं के दर्शन कराये। डी.जी. मैडम का यह एक धार्मिक नियम जैसा था कि किसी भी मन्दिर में देवी-देवताओं के दर्शन करते समय वह वहाँ पर चढ़ावा अवश्य चढ़ाती थीं। किन्तु, मन्दिर में जाते समय वह प्राय: बिना पर्स के ख़ाली हाथ होती थीं। इसलिए साथ चल रहा अमन अपनी ज़िम्मेदारी समझ दस, पचास और सौ रुपये के कई नोट अपने साथ लेकर चलता था। डी.जी. मैडम को जब भी कहीं चढ़ावा चढ़ाने अथवा दानपात्र में कुछ डालने की ज़रूरत होती, अमन तुरन्त उनकी ओर नोट बढ़ा देता था और वह अपनी श्रद्धा के अनुसार कोई एक नोट निकालकर देवी-देवता को चढ़ा देती थीं। यहाँ पर भी डी.जी. मैडम ने कई देवी-देवताओं के समक्ष चढ़ावा चढ़ाकर वह सुख प्राप्त किया। दर्शन कराने के पश्चात् पुजारी ने उनको मन्दिर का बना प्रसाद देकर विदा किया। प्रसाद देशी घी से बना था। प्रसाद पाकर मैडम को और अधिक प्रसन्नता हुई।

देवी-देवताओं के दर्शन और पूजा के पश्चात् डी.जी. मैडम को अतीव सुख और आत्मिक शान्ति की अनुभूति होती थी। उसके पश्चात् काफ़ी देर तक वह बहुत शान्त और सहज रहती थीं। उस दिन भी डी.जी. मैडम बहुत ख़ुश थीं। मन्दिर से लौटते हुए वह अमन से बोली, "अब तो कहीं जाना नहीं है। होटल में ही रहना है।"

अमन ने उनका आशय भाँपकर सहमति जतायी, "जी मैडम।"

"डिनर भी वहीं करेंगे?"

"हाँ, मैडम!"

"होटलों का खाना तो अकसर खाते रहते हैं। ऐसा करते हैं, आज होटल में नहीं खाते, कहीं बाहर चलकर खाते हैं।"

"ठीक है, मैडम! यह ठीक रहेगा!...होटल का खाना घर जैसा नहीं होता, कुछ अलग तरह का होता है। उनका फ़िक्स मेन्यू होता है।"

"यहाँ पर एक अच्छी जगह है, जहाँ स्ट्रीट फ़ूड मिलता है। आज स्ट्रीट फ़ूड ही खाते हैं। मेरा एक परिचित है यहाँ पर। मैं उससे कह देती हूँ। वह आ जायेगा। उसके साथ चले चलेंगे।"

"बहुत अच्छा है, मैडम! यह ठीक रहेगा।"

"ठीक है तब, अभी होटल चलते हैं। वहाँ एक कप चाय पियेंगे। साढ़े सात बजे के बाद स्ट्रीट फ़ूड के लिए चलेंगे।"

"ठीक है, मैडम!"

होटल पहुँचकर कार से उतरने पर डी.जी. मैडम अपने कमरे की ओर चलीं तो अमन से बोली, 'तुम्हें भी कुछ काम तो करना नहीं है अपने कमरे में जाकर अब। आ जाओ, मेरे कमरे में ही बैठते हैं। वहीं चाय पियेंगे।"

"ठीक है, मैडम!" कहते हुए अमन, डी.जी. मैडम के साथ उनके कमरे की ओर चल दिया।

डी.जी. मैडम बिल्कुल अनौपचारिक थीं। चाय पीते हुए उन्होंने अमन को बताया, "अभी जिस मन्दिर से हम होकर आये हैं, उसकी बड़ी मान्यता है। कहते हैं, यहाँ आदमी तभी दर्शन करने के लिए आता है जब भगवान उसे बुलाते हैं। मैं भी सोचती थी कि एक बार यहाँ ज़रूर आऊँगी। कई बार आने का विचार बनाया, लेकिन किसी न किसी कारण से हर बार आना टल गया। और अब देखो, अचानक ये प्रोग्राम बन गया और इतनी अच्छी तरह भगवान के दर्शन हो गये। ज़रूर भगवान ने यह चाहा होगा तभी यह सब हुआ है।"

अमन की चेतना को मन्दिर के अन्दर जाकर देवी-देवताओं के समक्ष सिर झुकाना और माथा टेकना स्वीकार्य नहीं था। किन्तु उच्च अधिकारी के साथ रहने के कारण, मन से नहीं विवशता से, दिखावे के लिए उसको भी वह सब करना पड़ता था। यह सब करने के लिए उसका मन उसे कचोटता था, किन्तु नौकरी का मामला था। अधिकारी रुष्ट न हो जाये, इस डर से वह अपनी चेतना के विरुद्ध जाकर यह सब करता था। वह समझ नहीं पा रहा था कि डी.जी. मैडम की इस आस्था पर वह क्या कहे। कुछ न बोलना भी उचित नहीं था। वह केवल इतना कहकर रह गया, "हाँ, ऐसा हो सकता है। आप ठीक कह रही हैं, मैडम!"

"लेकिन तुम तो नास्तिक हो। तुम तो मानते नहीं हो इन सब बातों को...मैंने देखा है तुम मन्दिर के अन्दर तो चले जाते हो लेकिन किसी देवी-देवता की पूजा नहीं करते हो। फिर तुम क्यों मेरी हाँ में हाँ मिला रहे हो?"

"हाँ मैडम, यह सच है कि मैं नास्तिक हूँ। मैं ईश्वर या देवी-देवता को नहीं मानता। लेकिन आप तो आस्तिक हैं। आप तो मानती हैं सबको। आपकी आस्था का प्रतिवाद कैसे कर सकता हूँ मैं।"

"बहुत समझदार हो तुम।" डी.जी. मैडम को अमन की यह बात बहुत अच्छी लगी। प्रशंसात्मक दृष्टि से उसकी ओर देखते हुए बोलीं, "सारी दुनिया ईश्वर को मानती है। सभी धर्मों के लोग किसी न किसी रूप में ईश्वर को मानते हैं, उनकी पूजा-प्रार्थना करते हैं। तुम्हें क्या परेशानी है ईश्वर को मानने से? तुम ईश्वर को क्यों नहीं मानते?"

अमन को छोड़कर ऑफ़िस के सभी अधिकारी और कर्मचारी ईश्वरवादी थे। सभी ईश्वर को मानते थे और किसी न किसी देवी-देवता की पूजा करते थे। अक्सर पारस्परिक चर्चाओं में किसी न किसी रूप में अपनी-अपनी आस्तिकता को व्यक्त करते रहते थे। जब भी ऑफ़िस में इस प्रकार की कोई चर्चा होती, अमन प्राय: उदासीन बना रहता था। उसकी इस तरह की चर्चाओं में कोई रुचि नहीं होती थी। लेकिन आज डी.जी. मैडम ने उससे इस सम्बन्ध में सीधे-सीधे पूछ लिया तो इससे बचना उसके लिए मुश्किल हो गया था। अपनी मुश्किल पर क़ाबू पाता हुआ वह अत्यन्त संयत और सधे हुए शब्दों में बोला, "मैडम, सदियों से मेरा परिवार, पूर्वज और समाज ईश्वर के प्रति आस्थावान रहे, देवी-देवताओं की पूजा-प्रार्थना करते रहे, उनसे सुखी जीवन की कामना करते रहे, किन्तु उनके जीवन में कहीं कोई सुख, सम्मान और समृद्धि नहीं आ सकी। वे सदैव अभाव, शोषण, अपमान, उपेक्षा, अस्पृश्यता के शिकार रहे। उनके जीवन में कहीं कोई बदलाव नहीं आया। आज भी दलितों के साथ आये दिन अत्याचार और उत्पीड़न की घटनाएँ होती हैं। वे पूरे समाज की वास्तविकता को दर्शाती हैं। आप ये ही देख लीजिए न, बहुत से मन्दिरों में दलितों का प्रवेश आज भी वर्जित है। भगवान किसी को भी ऐसी वर्जना लगाने से रोक नहीं रहा है, न किसी को सद्‌बुद्धि दे रहा है कि वे दलितों के साथ इस तरह का अमानवीय व्यवहार न करें। तब, दलितों के लिए मन्दिर और भगवान का क्या महत्त्व है? ऐसे भगवान को लेकर दलित क्या करें, जो न उनकी व्यथा सुनता है, न उनकी कोई मदद करता है, और न उनके साथ हिंसा और भेदभाव करने वालों को कोई सजा देता है? फिर वे ईश्वर के प्रति आस्थावान क्यों हों?"

डी.जी. मैडम अच्छी तरह जानती थीं कि अमन दलित समुदाय से है। अमन की बात पर विचार करते हुए वह बोली, "बात तो तुम सही कह रहे हो। दलितों की

स्थिति सच में बहुत दयनीय है। जो कुछ तुम कह रहे हो, मैंने ख़ुद यह सब देखा और अनुभव किया है...लेकिन एक बात मेरी समझ में नहीं आती तुम्हारी, कि जब तुम नास्तिक हो, ईश्वर को नहीं मानते हो तो फिर मन्दिर में जाते क्यों हो?"

डी.जी. मैडम के इस प्रश्न ने उसे संकट में डाल दिया था। सच यह था कि वह और उसके परिवार का कोई भी सदस्य कभी किसी मन्दिर में नहीं जाता था। लेकिन मैडम के साथ वह मन्दिरों के अन्दर जा रहा था। वह जानता था मैडम बहुत गुस्सैल हैं। उनको कोई बात बुरी लग गयी तो मुश्किल खड़ी कर सकती हैं। इसलिए असमंजस में था कि मैडम के इस प्रश्न का क्या जवाब दे कि सच बात भी कह दे और डी.जी. मैडम को बुरा भी नहीं लगे। सोचते हुए वह थोड़ा संकोच के साथ बोला, "मैडम, आप बुरा नहीं मानें तो सच बात कहूँ?"

"हाँ, बिल्कुल। सच बात ही कहो और खुलकर कहो। मुझे बिल्कुल भी बुरा नहीं लगेगा, बल्कि मैं इस बारे में तुमसे सच ही जानना चाहती हूँ।"

डी.जी. मैडम के इन शब्दों से उसका साहस बढ़ा। अत्यन्त सहजता से वह बोला, "मैडम, मैं अपने मन से कभी मन्दिर नहीं गया हूँ। जब कभी भी किसी मन्दिर में गया हूँ तो किसी न किसी के साथ गया हूँ...मन्दिर के अन्दर जाने में मुझे कोई एतराज़ नहीं है। मैं मन्दिर जाता हूँ, लेकिन अपनी आस्था से नहीं, साथ जाने वालों की आस्था के साथ जुड़कर जाता हूँ। जब आपके साथ जाता हूँ तो आपकी आस्था के साथ जुड़कर जाता हूँ, और जब किसी और के साथ जाता हूँ तो उसकी आस्था के साथ जुड़कर जाता हूँ।"

"अरे...बहुत व्यावहारिक व्यक्ति हो तुम तो।" डी.जी. मैडम सुखद आश्चर्य से अमन की ओर देखती हुई बोलीं।

कुछ देर अमन की ओर देखते रहने के पश्चात् वह आगे बोलीं, "आज के समय में जब लोग अपनी-अपनी आस्थाओं से इतने बँधे हों कि उसे ही सर्वोपरि मानते हों और दूसरों की आस्थाओं की कोई परवाह नहीं करते हों, ऐसे में दूसरों की आस्था का इतना सम्मान करना निस्सन्देह एक दुर्लभ चीज़ है...तुम सच में बहुत अच्छे इन्सान हो।"

"मैडम, दुनिया में सभी धर्म, धार्मिक प्रतीक और स्थल, सब मनुष्य द्वारा ईजाद और निर्मित हैं, और सब मनुष्य के लिए हैं। मनुष्य से बढ़कर कोई चीज़ नहीं है। मनुष्यों ने अपने-अपने हितों के लिए अलग-अलग रूपों में ईश्वर और देवी-देवताओं की कल्पना कर उनकी पूजा शुरू कर दी...हम जीवन में जो कुछ भी प्राप्त करते हैं,

वह अपने श्रम और प्रयासों के बल पर प्राप्त करते हैं। ईश्वर का आलम्ब मुझे ज़रूरी नहीं लगता।"

"बड़ी क्रान्तिकारी सोच है तुम्हारी तो..." कहते हुए डी.जी. मैडम ने कुछ इस तरह संशय और आश्चर्य से अमन की ओर देखा जैसे कि वह उनका अधीनस्थ कार्मिक नहीं, कोई विद्रोही क्रान्तिकारी है। कुछ देर इसी तरह आश्चर्यमिश्रित दृष्टि से अमन की ओर देखते हुए वह बोलीं, "क्रान्तिकारी की भी कोई न कोई आस्था होती है। बड़े से बड़े क्रान्तिकारी का भी कोई न कोई आराध्य होता है, जिसकी वे पूजा-प्रार्थना करते रहे हैं। कोई तो आराध्य होगा तुम्हारा भी? किसी को तो मानते होगे तुम?"

"मैडम, मैं तो केवल बाबासाहब अम्बेडकर को मानता हूँ।"

डी.जी. मैडम ने समाज के जिस यथार्थ को देखा था और उन्हें जो अनुभव हुए थे, उसके आधार पर उनकी पहले से यह धारणा थी कि दलित अम्बेडकरवादी होते हैं। इसलिए अमन के इस कथन पर उन्हें कोई आश्चर्य नहीं हुआ। किन्तु वह जो जानना चाहती थीं, वह उन्हें स्पष्ट नहीं हुआ। अत: अपनी बात को स्पष्ट करते हुए वह अमन से बोली, "बाबासाहब को मानते हो, यह तो ठीक है। लेकिन वह तो मनुष्य हुए। मेरा तात्पर्य किसी देवी-देवता से है। कोई ना कोई तो होगा तुम्हारा भी देवता, जिसे तुम्हारा परिवार मानता होगा, कोई कुलदेवता या कोई और?"

"देवता, कुलदेवता या जो भी कहो, मैडम, हमारे लिए तो सब कुछ बाबासाहब अम्बेडकर हैं। कोई देवता किसी को कुछ देगा या नहीं, लेकिन बाबासाहब अम्बेडकर ने हमें ज्ञान, चेतना, सम्मान, स्वाभिमान सब कुछ दिया है। हम आज जो कुछ भी हैं, वह उन्हीं की वजह से हैं। यदि वह सामाजिक दासता से हमारी मुक्ति और मानवीय अधिकारों के लिए संघर्ष नहीं करते, संविधान में हमारे लिए शिक्षा और समानता का अधिकार नहीं देते, सरकारी नौकरियों में आरक्षण की व्यवस्था नहीं करते तो हम आज भी उसी अमानवीय स्थिति में जी रहे होते, जिस स्थिति में सदियों पहले थे। शिक्षा, नौकरी, मकान, वाहन, मान-सम्मान, हमारे पास जो कुछ भी है, वह सब बाबासाहब अम्बेडकर की देन है। सदियों से हम देवी-देवताओं की पूजा करते रहे, लेकिन उन देवी-देवताओं से आज तक कभी कुछ नहीं मिला हमें। जो कुछ मिला है, बाबासाहब के प्रयासों से, उनके त्याग और संघर्ष से मिला है। तब बाबासाहब से बढ़कर और किसे मानें हम? हमारे लिए तो बाबासाहब अम्बेडकर ही देवता और भगवान हैं।"

"तुम अम्बेडकर साहब को देवता की तरह मानते हो। यह तुम्हारी अपनी आस्था है उनके प्रति। लेकिन, उन्हें देवता मानते हो तो उनकी पूजा तो करते होगे?" डी.जी. मैडम ने पूछा।

"नहीं मैडम, हम बाबासाहब अम्बेडकर की पूजा नहीं करते, उनको नमन करते हैं।"

"नमन करना भी तो पूजा ही है...तुम्हारा भी अपना देवता है। तुम अपने देवता की पूजा करते हो। तब तो तुम भी आस्तिक ही हुए। नास्तिक कहाँ रहे तुम?"

"आप ऐसा मान सकती हैं, मैडम, लेकिन बाबासाहब अम्बेडकर को नमन करना देवी-देवताओं की पूजा करने से भिन्न है। मन्दिरों में लोग देवी-देवताओं की पूजा कर उनका आशीर्वाद लेने, उनसे कुछ माँगने जाते हैं। लेकिन बाबासाहब अम्बेडकर देवी-देवताओं की तरह अलौकिक शक्ति वाले नहीं हैं। वह मनुष्य हैं, महान गुण, योग्यता और क्षमताओं से सम्पन्न मनुष्य। इसलिए बाबासाहब अम्बेडकर से हम कुछ माँगते नहीं हैं, अपितु उनसे प्रेरणा ग्रहण करते हैं। बाबासाहब, मन्दिरों में स्थापित देवी-देवताओं से भिन्न हैं। वे वरदान देने वाले, मन्नतें पूरी करने वाले देवता या अवतार नहीं हैं, अपितु अपने ज्ञान, चेतना और विवेक के आलोक में चलने की प्रेरणा देने वाले महापुरुष हैं। उनके दर्शन करके अपने ज्ञान और क्षमता पर भरोसा होता है तथा अपने विवेक और विश्वास के बल पर जीवन-पथ पर आगे बढ़ने की प्रेरणा मिलती है। बाबासाहब ने हमे जो मानवीय अधिकार दिलाये तथा सम्मान और स्वाभिमान से जीने की राह दिखायी, उसके लिए, उनको नमन करके, हम उनके प्रति अपनी कृतज्ञता व्यक्त करते हैं और कामना करते हैं कि हमारे अन्दर उन मानवीय मूल्यों का संचार हो, जो बाबासाहब के अन्दर थे, और जो वह हमारे अन्दर पैदा करना चाहते थे। मैं मनुष्यता में विश्वास रखता हूँ, मैडम! मानव-प्रेम और मानव-कल्याण को मैं सभी पूजा-प्रार्थना से ऊपर मानता हूँ। इसे मेरी आस्तिकता कह लीजिए या नास्तिकता। मेरा धर्म और अध्यात्म बस यही है।"

"हुम्मम्मम..." अमन की बात सुन डी.जी. मैडम ने एक लम्बी हुँकारी के साथ एक दृष्टि उस पर डाली और आँखें बन्द कर विचार-मग्न हो गयीं। अमन चुपचाप बैठा उनकी विचार-तन्द्रा टूटने की प्रतीक्षा करता रहा।

थोड़ी देर में चाय आ गयी। दोनों ने चाय पी। इसी दौरान मैडम का परिचित व्यक्ति भी रिसेप्शन पर आ गया था। चाय ख़त्म कर वे दोनों कमरे से बाहर आ गये और उस व्यक्ति के साथ स्ट्रीट फ़ूड खाने के लिए निकल गये।

अगले दिन सुबह डी.जी. मैडम का दुर्गा मन्दिर जाने का कार्यक्रम था। नाश्ते के समय अमन ने उनसे पूछा, "मन्दिर किस समय चलना चाहेंगी, मैडम?"

"बस, नाश्ता कर लें, फिर चलते हैं।"

नाश्ता करते ही वे गाड़ी में बैठकर मन्दिर की ओर चल दिये। मन्दिर तक पहुँचने में लगभग पन्द्रह मिनट का समय लगा। अक्सर गाड़ी में बैठे हुए डी.जी. मैडम कुछ न कुछ बात करते हुए चलती थीं, लेकिन आज वह बहुत गम्भीर और मौन थीं। उन्होंने कोई बात नहीं की। ड्राइवर ने मन्दिर के गेट के ठीक सामने गाड़ी रोक दी। प्रोटोकॉल ऑफ़िसर पहले से ही वहाँ उपस्थित था। डी.जी. मैडम के गाड़ी से उतरते ही वह उनके पास आया। "आइए मैडम" कहकर स्वागत किया और उन्हें मन्दिर के अन्दर चलने का संकेत करते हुए बोला, "पूजा की सब व्यवस्थाएँ मैंने करा ली हैं, मैडम! अन्दर चलिए।"

मन्दिर के बाहर कई भूखे, अपाहिज लोग ज़मीन पर पंक्तिबद्ध बैठे थे और मन्दिर आने-जाने वाले लोगों की ओर उम्मीद से हाथ फैला रहे थे। अक्सर डी.जी. मैडम भिखारियों की ओर विशेष ध्यान न देखकर आगे बढ़ जाया करती थीं, किन्तु आज उन भूखे, अपाहिज लोगों को देखकर उनके पैर ठिठक गये। उनकी ओर करुणापूर्ण दृष्टि से देखती हुई वह प्रोटोकॉल ऑफ़िसर से बोली, "नहीं, उसकी कोई ज़रूरत नहीं है आज।"

डी.जी. मैडम से यह सुन प्रोटोकॉल ऑफ़िसर के साथ-साथ अमन को भी गहरा आश्चर्य हुआ। एक घोर धार्मिक महिला का मन्दिर के द्वार तक आकर, मन्दिर के अन्दर जाकर पूजा करने के प्रति अनिच्छा व्यक्त करना निश्चित रूप से आश्चर्य की बात थी। उनकी तुनकमिज़ाजी से भलि-भाँति परिचित अमन के मस्तिष्क को झटका लगा। 'कहीं डी.जी. मैडम किसी बात पर नाराज़ तो नहीं हो गयी हैं?' उसके मन में तुरन्त यह आशंका उभरी। ऐसे में उनसे क्या कहे। कुछ क्षण के लिए वह अवाक् डी.जी. मैडम की ओर देखता रह गया। साथ ही, मन के किसी कोने में एक यह आशंका भी उभर आयी थी कि कहीं डी.जी. मैडम की तबीयत को तो कुछ हो नहीं गया है?"

इससे पहले कि अपने असमंजस से उबरकर अमन कुछ बोल पाता, प्रोटोकॉल ऑफ़िसर ने डी.जी. मैडम से कहा, "लेकिन आपने तो कल कहा था, मैडम, इस मन्दिर में दर्शन करने के लिए..."

"हाँ, वो तो है...मन्दिर आ तो गये हैं।"

"मन्दिर आ गये हैं तो अन्दर चलकर दर्शन भी कर लीजिए। मैंने मन्दिर के प्रबन्धकों से बात करके आपके लिए भगवान के विशेष दर्शन कराने की व्यवस्था करा दी है।"

"मन्दिर के अन्दर जाने और विशेष पूजा की अब कोई ज़रूरत नहीं है। बस्स, हो गए दर्शन।"

"दर्शन हो गये?...यहीं से..? भगवान की मूर्ति तो अन्दर है गर्भ-गृह में।"

"हाँ, यहीं से हो गये।" मन्दिर के बाहर पंक्तिबद्ध बैठे भिखारियों की ओर देखते हुए उन्होंने प्रोटोकॉल ऑफ़िसर से कहा और फिर अमन को सम्बोधित करते हुए बोलीं, "कुछ खुले पैसे होंगे तुम्हारे पास?"

"जी हाँ मैडम! यह लीजिए।" कहते हुए अमन ने अपनी जेब से रुपये निकालकर डी.जी. मैडम की ओर बढा दिये।

डी.जी. मैडम ने उनमें से पचास-पचास रुपये के नोट निकाले और वहाँ बैठे भिखारियों में बाँटने लगीं।

प्रवचन

शहर में चारों ओर स्वामी स्वरूपानन्द के पोस्टर लगे थे। सभी प्रमुख सड़क, रास्ते और स्थान स्वामी स्वरूपानन्द के बड़े-बड़े होल्डिंग, बैनर और पोस्टरों से अटे पड़े थे। धार्मिक लोगों में स्वामी स्वरूपानन्द की समरसतावादी कथावाचक और तत्वमर्मज्ञ के रूप में बड़ी प्रसिद्धि थी। उनके बारे में विख्यात था कि वह न केवल बहुत रोचक ढंग से धर्म-कथा सुनाते थे, अपितु धर्म की मानवीय व्याख्या करते थे। बड़ी संख्या में लोग उनके प्रवचन और धर्म-कथाएँ सुनने के लिए आते थे, जिनमें समाज के सभी वर्गों, जातियों, सम्प्रदायों के लोग शामिल होते थे। उन्हें धर्म का साक्षात रूप समझा जाता था। देश के कई शहरों में उनके आश्रम थे, इसलिए किसी एक जगह पर नहीं रहकर वह कभी यहाँ और कभी वहाँ आते-जाते रहते थे। जिस शहर में भी वह जाते थे, वहीं पर उनके दर्शन करने और प्रवचन सुनने वालों का ताँता लग जाता था। दिल्ली के पास गुड़गाँव में भी उनका एक आश्रम था। आजकल स्वामी स्वरूपानन्द गुड़गाँव आये हुए थे और प्रतिदिन अपने आश्रम में आने वाले भक्तों को धर्म का प्रवचन देते थे।

असीम कुमार गुड़गाँव स्थित एक बहुराष्ट्रीय कम्पनी में काम करता था। कम्प्यूटर साइंस में बी.टेक. करते हुए ही अन्य बहुत से युवाओं की तरह उसकी भी ऑन कैम्पस प्लेसमेंट हो गयी थी। इसलिए वह अभी बहुत युवा था और कम्पनी के अपने दो अन्य साथियों सुजीत और क्षितिज के साथ किराये के एक फ़्लैट में रहता था। सुजीत और क्षितिज दोनों धार्मिक प्रवृत्ति के थे और स्वामी स्वरूपानन्द के भक्त थे। जब भी स्वामी स्वरूपानन्द गुड़गाँव में होते थे तो प्रायः प्रत्येक रविवार को वे दोनों स्वामी स्वरूपानन्द के दर्शन करने और उनके प्रवचन सुनने के लिए उनके आश्रम में जाते थे। वे असीम कुमार से भी साथ चलने का आग्रह करते थे, किन्तु असीम कुमार धार्मिक भक्ति-भावना से मुक्त, खुली सोच का व्यक्ति था। उसकी

बाबाओं के प्रवचन आदि सुनने में कोई रुचि नहीं थी। वह किसी न किसी बहाने सुजीत और क्षितिज के आग्रह को टाल देता था। एक दिन सुजीत और क्षितिज स्वामी स्वरूपानन्द के आश्रम जाने के लिए तैयार हुए तो सुजीत ने असीम कुमार से भी साथ चलने का आग्रह करते हुए कहा, "तुम भी चलो न साथ, यहीं क्या करोगे?"

असीम कुमार उसे टालते हुए बोला, "नहीं, मैं बिल्कुल भी बोर नहीं होऊँगा। मेरी चिन्ता मत करो। तुम लोग निश्चिन्त होकर जाओ। मुझे कुछ ज़रूरी काम है, वह निपटाना है।"

इस बार क्षितिज ने आग्रह किया, "काम तो हमेशा रहते हैं। लेकिन स्वामी स्वरूपानन्द जी जैसे बड़े महात्मा के प्रवचन सुनने के अवसर हमेशा नहीं मिलते। बहुत अच्छा प्रवचन देते हैं वह। मन को बड़ी शान्ति और आध्यात्मिक सुख मिलता है उनके प्रवचन सुनकर। सुना है, बहुत-सी जगहों पर तो उनके प्रवचन सुनने की अच्छी ख़ासी फ़ीस लगती है। लेकिन संयोग से यहाँ पर कोई फ़ीस नहीं है। यह एक अलग फ़ायदा है कि यहाँ उनके प्रवचन सुनने का लाभ मुफ़्त में मिल रहा है।"

असीम कुमार ने पूर्ववत् टालते हुए कहा, "लेकिन यार, तुम लोग जानते हो, इस सब में मेरी कोई रुचि नहीं है। तुम लोगों की रुचि है तुम लोग अवश्य जाओ और उनके प्रवचन का लाभ लो। मैं यहीं पर ठीक हूँ।"

"अकेले पड़े क्या करोगे यहाँ पर? बोर ही तो होवोगे। इससे अच्छा है, हमारे साथ चलो तुम भी...ठीक है, तुमको बाबाओं के प्रवचन पसन्द नहीं हैं। लेकिन एक बार चलकर देखो तो सही तुम...तुम ही तो कहते हो हमेशा कि किसी भी व्यक्ति या विचार के बारे में स्वयं देखकर, सुनकर और अनुभव करके ही कोई राय बनानी चाहिए। केवल सुनी-सुनायी बातों के आधार पर नहीं। स्वामी स्वरूपानन्द से भी तुम्हें अवश्य मिलना चाहिए और कम से कम एक-दो बार उनके प्रवचन सुनने चाहिए। उसके पश्चात् जैसा तुमको लगे, उसके अनुसार उनके बारे में अपनी राय बना लेना। क्या पता तुम्हें भी स्वामी स्वरूपानन्द और उनका प्रवचन अच्छा लगे। और यदि तुमको पसन्द नहीं आये तो दोबारा मत जाना। तब हम भी तुमसे वहाँ चलने के लिए नहीं कहेंगे।" क्षितिज ने ज़ोर देते हुए कहा।

क्षितिज से यह सुन असीम कुमार कुछ समय के लिए उसकी ओर देखता हुआ सोचने लगा जब क्षितिज और सुजीत इतने प्यार और आग्रह से कह रहे हैं साथ चलने को तो मुझे उनकी बात मानकर उनके साथ चल देना चाहिए। एक बार जाने में कोई बुराई नहीं है। इसी बहाने स्वामी स्वरूपानन्द का यथार्थ को भी देखने का मौक़ा मिलेगा। "यहाँ होता या नहीं होता लेकिन वहाँ स्वामी स्वरूपानन्द का प्रवचन

सुनकर अवश्य बोर होऊँगा मैं। लेकिन तुम लोग इतना कह रहे हो तो चलो, आज चलता हूँ तुम्हारे साथ।" इतना कहकर वह जल्दी से तैयार हुआ तथा सुजीत और क्षितिज के साथ स्वामी स्वरूपानन्द का प्रवचन सुनने के लिए उनके आश्रम की ओर चल दिया।

आश्रम भक्तों से खचाकर भरा था। आश्रम के अन्दर बड़े-से ख़ाली मैदान में कपड़े के शामियाने के नीचे एक ओर लकड़ी के तख़्त के ऊपर रखे एक बड़े-से गद्देदार सोफ़े पर बैठे स्वामी स्वरूपानन्द प्रवचन दे रहे थे और उनके सामने पंक्तिबद्ध बैठे भक्त पूरी श्रद्धा और भक्ति से प्रवचन सुनने में लीन थे। सुजीत, क्षितिज और असीम कुमार भी भक्तों के बीच एक पंक्ति में जाकर बैठ गये थे। स्वामी स्वरूपानन्द पुराणों की एक कथा सुना रहे थे। कथा को रोचक बनाने के लिए वह कथा के बीच-बीच में समाज और राजनीति आदि की घटनाओं से लेकर क़िस्से, कहानी और सिनेमा के गीतों तक का रोचक ढंग से उल्लेख करते हुए मनोरंजन का तड़का भी लगाते जा रहे थे। इससे श्रोता बोर नहीं हो रहे थे और प्रवचन का भरपूर आनन्द ले रहे थे। प्रवचन के नाम पर घिसी-पिटी कथा और ऊपर से क़िस्से-कहानियों के माध्यम से हास-व्यंग्य में असीम कुमार को कोई आनन्द नहीं आ रहा था। स्वामी स्वरूपानन्द का प्रवचन सुनकर उसके मन में यह प्रश्न उठ रहा था कि 'यहाँ लोग प्रवचन सुनने आते हैं या चुटकुले सुनने के लिए?' उसका मन हो रहा था कि वह खड़ा होकर अपने मन की यह बात स्वामी स्वरूपानन्द से कह दे, किन्तु उपस्थित लोगों को इस चुटकुलेबाज़ी में आनन्द लेते देख उसने कुछ नहीं कहना उचित समझा तथा एक मूक श्रोता और दर्शक बना बैठा रहा।

स्वामी स्वरूपानन्द प्रवचन देते हुए कह रहे थे, "हर जगह, कण-कण में परमात्मा है। हर चीज़, हर चप्पे पर परमात्मा की छाप है। इस मायारूपी संसार में मनुष्य इधर से उधर भटकता है। यह पा लूँ, वह पा लूँ। यह नहीं मिला, वह नहीं मिला। इन्हीं सबके बन्धनों में जकड़ा रहता है। मनुष्य दुनिया में ख़ाली हाथ आता है और ख़ाली हाथ ही सबको इस दुनिया से चले जाना है। फिर इतनी हाय-तौबा, मारा-मारी किसलिए? ख़ूब सारा धन मिल जाये लेकिन परमात्मा की कृपा न हो तो उससे भी कोई सुख नहीं मिलता। व्यक्ति निर्धन हो और परमात्मा से लौ लग जाये तो वह आनन्द से भर जाता है। उसके लिए परमात्मा को छोड़कर बाक़ी सब चीज़ें महत्त्वहीन और मिट्टी हो जाती हैं। सुख धन, सम्पदा, या सन्साधनों में नहीं, सन्तोष में है। व्यक्ति कम में सन्तोष कर ले। जो कुछ भी उसके पास है, जैसा भी है, उसे सहज रूप में वैसा ही स्वीकार कर ले तो मनुष्य का जीवन सुख से भर सकता है।

सन्तोष परम सुख है। मनुष्य को सन्तोष करना चाहिए। जो मिल जाये उसमें सन्तोष करे, कुछ नहीं मिले तो भी सन्तोष करे कि उस दाता ने, ईश्वर ने कुछ सोचकर ही कम दिया होगा या नहीं दिया होगा। सब ईश्वर पर छोड़ दो। ईश्वर की भक्ति और आराधना करो, उससे बड़ा सुख और आनन्द कहीं नहीं है। जिसने यह सुख पा लिया, समझो उसका जीवन सफल हो गया।" इतना कहकर स्वामी स्वरूपानन्द ने अपनी वाणी को विराम दिया और एक कृपापूर्ण दृष्टि सामने बैठे भक्तों पर डालते हुए बोले, "आज इतना ही। ईश्वर आप सबका कल्याण करें।"

प्रवचन समाप्त कर स्वामी स्वरूपानन्द ने अपने दोनों हाथ आकाश की ओर उठाये और साक्षात् धर्म के अवतार की मुद्रा में उपस्थित भीड़ को सम्बोधित करते हुए बोले, "बोलो धर्म की जय हो"

भक्तों की भीड़ ने स्वामी स्वरूपानन्द का अनुसरण करते हुए पूरी श्रद्धा और भक्ति से दोनों हाथ ऊपर उठाये और उच्च स्वर में उनके शब्दों को दोहराया, "धर्म की जय हो।"

स्वामी स्वरूपानन्द ने पुन: उद्घोष किया, "अधर्म का नाश हो।"

भक्तों की भीड़ ने पुन: स्वामी स्वरूपानन्द का अनुसरण किया और उनके शब्दों को दोहराया, "अधर्म का नाश हो !"

इसके पश्चात् स्वामी स्वरूपानन्द अपने आसन से उठे तथा अपने दोनों हाथों से भक्तजनों को आशीर्वाद लुटाते हुए प्रवचन स्थल से नीचे उतरे। मंच के पास खड़ी आश्रम की एक सेविका तत्काल सहायता के लिए आगे बढ़ी। स्वामी स्वरूपानन्द ने अपने एक हाथ से सेविका के कन्धे का सहारा लेकर पैरों में खड़ाऊँ पहनीं तथा सेविका के साथ अपने कक्ष की ओर चल दिये।

प्रवचन समाप्त होते ही बहुत-से श्रद्धालु अपने स्थान से उठ स्वामी स्वरूपानन्द के पास जाकर आशीर्वाद लेने के लिए उनके पैर छूने लगे। इसके लिए भी श्रद्धालुओं में होड़-सी लगी थी। सुजीत और क्षितिज भी स्वामी स्वरूपानन्द का आशीर्वाद लेने के लिए भीड़ के बीच से रास्ता बनाते हुए उनकी ओर चल दिये थे। असीम कुमार बहुत देर से स्वामी स्वरूपानन्द के पास जाकर अपनी जिज्ञासा व्यक्त करने के लिए कुलबुला रहा था। सुजीत और क्षितिज स्वामी जी की ओर चले तो उनके साथ-साथ वह भी स्वामी स्वरूपानन्द की ओर चल दिया तथा उनके पास पहुँचकर विनम्र स्वर में बोला, "स्वामी जी, आपसे कुछ जानना चाहता हूँ, यदि आप बुरा ना मानें तो।"

धीमे-धीमे क़दमों से चलते हुए स्वामी स्वरूपानन्द ने अपने क़दमों को हल्का-सा विराम दिया तथा असीम कुमार पर एक दृष्टि डालते हुए बोले, "हाँ-हाँ, क्यों

नहीं। पूछो क्या जानना चाहते हो। भक्तों की शंकाओं का समाधान करना तो हमारा धर्म है।"

असीम कुमार ने अत्यन्त सहजता और सम्मान के साथ पूछा, "स्वामी जी, अभी आपने कहा धर्म की जय हो। मैं यह जानना चाहता हूँ कि धर्म क्या है?"

स्वामी स्वरूपानन्द असीम कुमार की ओर देखते हुए उपदेशात्मक स्वर में बोले, "यह तो बड़ी सामान्य-सी बात है, बच्चा! सत्य बोलना, चोरी नहीं करना, नैतिकता और सदाचार का पालन करना, बड़ों का आदर और सेवा करना, बीमार और दीन-दु:खयों की सेवा-सहायता करना, व्यभिचार न करना और भगवान का नाम लेना, उसके भजन करना, यही सब धर्म है।"

"और अधर्म क्या है, स्वामी जी?" असीम कुमार ने अगला प्रश्न किया।

स्वामी स्वरूपानन्द पूर्ववत् उपदेशात्मक स्वर में बोले, "झूठ बोलना, चोरी, व्यभिचार करना, किसी को सताना, हिंसा करना, अनैतिक आचरण करना, बड़ों का सम्मान नहीं करना, पाप कर्म करना और भगवान का नाम नहीं लेना अधर्म है।"

"समाज में लोग एक-दूसरे के साथ ऊँच-नीच, भेदभाव और अस्पृश्यता का व्यवहार करते हैं। इसके विषय में क्या कहेंगे, स्वामी जी! यह धर्म या अधर्म है?" असीम कुमार ने स्वामी स्परूपानन्द की ओर देखते हुए पूछा।

असीम कुमार के इस प्रश्न पर स्वामी स्वरूपानन्द सहसा कुछ असहज हुए, किन्तु तत्काल स्वयं को सहज करते हुए बोले, "अस्पृश्यता वैसे तो लोक व्यवहार का विषय है। लेकिन तुम धर्म-अधर्म के सम्बन्ध में पूछ रहे हो तो मैं कहूँगा कि अस्पृश्यता अधर्म है।"

"आपने आह्वान किया कि अधर्म का नाश हो। यदि अस्पृश्यता अधर्म है तब तो अस्पृश्यता का नाश होना चाहिए। अस्पृश्यता करने वालों का भी नाश होना चाहिए।" यह कहते हुए असीम कुमार ने प्रश्नसूचक दृष्टि से स्वामी स्वरूपानन्द की ओर देखा।

असीम कुमार के इन शब्दों पर स्वामी स्वरूपानन्द ने कोई शाब्दिक प्रतिक्रिया व्यक्त न कर एक मौन दृष्टि उसके चेहरे पर डाली तथा धीरे से अपनी गर्दन हिला दी।

असीम कुमार ने उनकी मौन की भाषा को बहुत सहजता से पढ़ और समझ लिया था। स्वामी स्वरूपानन्द के मौन से उसे उनकी प्रतिक्रिया मिल गयी थी और उसे विश्वास हो गया था कि इस तरह के सामाजिक व्यवहार के प्रश्नों पर कोई स्पष्ट प्रतिक्रिया देने से वह बचना चाहते हैं। तथापि, उसने अगला प्रश्न किया, "स्वामी जी, जातिगत भेदभाव धर्म है या अधर्म है?"

स्वामी स्वरूपानन्द ने असीम कुमार के प्रश्न पर फिर से स्वयं को असहज महसूस किया, किन्तु अपनी असहजता को छिपाते हुए वह बोले, "किसी के साथ भेदभाव करना अधर्म है।"

असीम कुमार ने पूर्ववत् स्वामी स्वरूपानन्द की ओर प्रश्नसूचक दृष्टि से देखते हुए कहा, "तब तो जाति का नाश होना चाहिए और जातिगत भेदभाव करने वालों का भी।"

असीम कुमार के इन शब्दों पर भी स्वामी स्वरूपानन्द पूर्वत् मौन रहे और तीक्षण दृष्टि से असीम कुमार की ओर देखते रहे।

असीम कुमार स्वामी स्वरूपानन्द के हाव-भाव देखकर अच्छी तरह समझ रहा था कि उसके प्रश्नों से वह असहज और अप्रसन्न थे, किन्तु आसपास खड़े और उनकी बात सुन रहे भक्तों की भीड़ को कोई ग़लत सन्देश नहीं जाये, इस कारण से वह कोई शाब्दिक प्रतिक्रिया नहीं दे रहे थे। तीक्षण दृष्टि से देखने का उनका संकेत भी यही था कि इस तरह का और कोई प्रश्न उनसे नहीं पूछा जाये। किन्तु, इसके उपरान्त उसने स्वामी स्वरूपानन्द से अगला प्रश्न किया, "स्वामी जी, जातियों की उत्पत्ति वर्णों से ही हुई है। यदि जातिगत भेदभाव अधर्म है तो वर्णों का भेद भी तो अधर्म ही होगा न? तब तो यह भी कहना चाहिए न कि वर्ण-व्यवस्था का नाश हो? तथा वर्ण-व्यवस्था को मानने और उसका पोषण करने वालों का भी नाश हो?"

स्वामी स्वरूपानन्द ने असीम कुमार के इस प्रश्न पर भी कोई प्रतिक्रिया व्यक्त नहीं की पुन: एक तीक्षण दृष्टि से असीम कुमार की ओर देख, अपने साथ चल रहे एक सेवक को, जो उनका सुरक्षाकर्मी भी था, कुछ संकेत कर आगे बढ़ गये। सेवक ने तत्काल अपने एक हाथ से असीम कुमार को स्वामी स्वरूपानन्द के साथ चलने से रोका तथा क्रोधपूर्ण स्वर में बोला, "देख नहीं रहे हो स्वामी जी कितने थके हुए हैं? सवाल पर सवाल पूछकर उनको परेशान किये जा रहे हो...चलिए, अलग हटिए यहाँ से। स्वामी जी अब विश्राम करेंगे। उनसे फिर बात करना।"

असीम कुमार ने उसके कहने का आशय समझ लिया था। उस सेवक से कोई प्रतिवाद न कर वह वहीं रुक गया।

स्वामी स्वरूपानन्द अपने कक्ष के अन्दर चले गये तो भक्तों की भीड़ आश्रम से बाहर निकलने लगी। असीम कुमार भी क्षितिज और सुजीत के साथ आश्रम से बाहर आ गया। अब तक दोपहर का समय हो गया था।

घर पहुँचते ही उन्होंने एक रेस्टोरेंट को फ़ोन कर वहाँ से खाना मँगवाया तथा खाना खाकर अपने-अपने कमरों में चले गये। असीम कुमार अपने कमरे में

आकर बिस्तर पर लेट गया किन्तु उसका मस्तिष्क स्वामी स्वरूपानन्द के इर्दगिर्द घूम रहा था। वह सोच रहा था "जनता कितनी भोली है कि भगवा वस्त्रधारी किसी भी व्यक्ति को सत्पुरुष समझ बैठती है और अज्ञानतावश उनके द्वारा कहे गये शब्दों को आप्तवचन की तरह मानती है, जैसे कि वे साक्षात् ईश्वर का रूप हों। और स्वरूपानन्द जैसे बाबाओं द्वारा कितने कुटिलतापूर्ण ढंग से धर्म के नाम पर अन्धविश्वास और पाखण्डों को बढ़ावा देकर ब्राह्मणवाद का पोषण तथा मानवीय समानता, प्रेम और भ्रातृत्व का गला घोटा जाता है। बाबाओं का यह प्रभाव समाज में वैज्ञानिक चेतना के प्रसार में बहुत बड़ी बाधा है। इन बाबाओं के ज्ञान के आडम्बर और उनकी चेतना के यथार्थ को जनता के सामने बेपर्दा किया जाना आवश्यक है ताकि उनकी अन्धभक्त बनी जनता का मोह उनसे भंग हो और वे अज्ञानता की जड़ता से मुक्त होकर यथार्थ को समझ सकें।" उसने मन ही मन यह तय किया कि वह धर्म का साक्षात् रूप बने स्वामी स्वरूपानन्द के यथार्थ को जनता के समक्ष लायेगा कि धर्म के आवरण के अन्दर वह कितना वर्णवादी, जातिवादी और असमानवादी है।

पहले दिन वह सुजीत और क्षितिज के आग्रह पर स्वामी स्वरूपानन्द का प्रवचन सुनने के लिए गया था। किन्तु यह सोचकर कि "आज उनसे ईश्वर तथा धर्म-अधर्म आदि के बारे में भी पूछूँगा", आज उसने स्वयं सुजीत और क्षितिज से स्वामी स्वरूपानन्द के आश्रम चलने के लिए कहा।

असीम कुमार में अचानक आये इस परिवर्तन को देख वे दोनों हतप्रभ थे। सुजीत को उसकी बात पर जैसे विश्वास नहीं हो रहा था। वह आश्चर्य व्यक्त करते हुए बोला, "क्या कहा तुमने?...तुम स्वामी स्वरूपानन्द का प्रवचन सुनने के लिए जाना चाहते हो?"

इससे पहले कि असीम कुमार कुछ कह पाता, क्षितिज बोल उठा, "मैं कहता था न कि तुम सुनोगे तो तुमको भी स्वामी जी का प्रवचन अच्छा लगेगा। वही हुआ न?...कल तक तुम वहाँ जाने से मना किया करते थे। कल भी तुम हमारे साथ आधे-अधूरे मन से ही वहाँ गये थे। और आज देखो ख़ुद वहाँ जाने के लिए कह रहे हो।'

असीम कुमार ने महसूस किया कि क्षितिज इसे उस पर अपनी वैचारिक विजय के रूप में देख रहा था। उसका मन किया कि वह क्षितिज की इस बात का प्रतिकार करे और बताये कि वह वहाँ क्यों जाना चाहता है। किन्तु अपने मन की बात को दबाते हुए क्षितिज के कथन पर कोई प्रतिक्रिया व्यक्त न कर उसने कहा, "प्रवचन सुनने से अधिक मेरी रूचि स्वामी स्वरूपानन्द से मिलने में है। मेरी जिज्ञासा उनसे

धर्म के बारे में विस्तार से जानने की है। कल मैंने उनसे कुछ बातें जानने की कोशिश की थी। उनसे मिलकर कुछ और बातें जानना चाहता हूँ मैं।"

"जिज्ञासा व्यक्त की थी?...अरे भाई तुमने तो सवालों के गोले दाग़े थे। आज मिसाइल दाग़ने का इरादा है क्या?" सुजीत ने परिहास करते हुए कहा।

"हाँ, आज मिसाइल ही दाग़ूँगा।" असीम कुमार ने भी परिहास का रूप देते हुए अपने मन की बात कह दी।

"चलो, ठीक है। दाग़ो तुमको जो भी दाग़ना है। हम तो तुम्हारे साथ हैं भई !" असीम कुमार से यह कहते हुए सुजीत ने क्षितिज की ओर देखा और बोला, "चलो क्षितिज, आज ख़ुद असीम बाबू कह रहे हैं स्वामी स्वरूपानन्द के आश्रम चलने के लिए तो हो जाओ तैयार जल्दी से। पहले पहुँचेंगे तो आगे की लाइन में जगह मिल जायेगी नहीं तो बहुत पीछे बैठना पड़ेगा। वहाँ से न ठीक से कुछ दिखायी देता है और न कानों में ठीक से सुनाई पड़ता है।"

"चलना तो होगा ही। आज असीम के अन्दर भी धार्मिकता का उदय हो रहा है। यह तो एक तरह से सेलिब्रेशन का अवसर है।" यह कहते हुए क्षितिज भी स्वामी स्वरूपानन्द के आश्रम चलने के लिए तैयार होने लगा।

आश्रम से द्वार पर, आश्रम के अन्दर प्रवेश करने वालों की कई लम्बी लाइनें लगी थीं। आश्रम के सुरक्षाकर्मी एवं अन्य कर्मचारी उनकी सुरक्षा जाँच कर और सन्तुष्ट होने पर अन्दर भेज रहे थे। सुजीत और क्षितिज के साथ असीम कुमार भी एक लाइन में लगा था। लाइन धीरे-धीरे आगे बढ़ रही थी। किन्तु जैसे ही असीम कुमार आश्रम के द्वार तक पहुँचा, वहाँ तैनात कर्मियों ने उसे अन्दर जाने से रोक दिया, "आप अन्दर नहीं जा सकते।"

असीम कुमार को सुरक्षाकर्मी की बात पर बहुत आश्चर्य हुआ। वह बोला, "लेकिन क्यों, भाई?"

सुरक्षाकर्मी ने बहुत सहजता से जवाब देते हुए कहा, "आप अजनबी व्यक्ति हैं और कुछ सन्दिग्ध लगते हैं।"

सुरक्षाकर्मी से यह सुन वह घोर आश्चर्य में डूब गया और अपना आश्चर्य व्यक्त करते हुए बोला, "मैं सन्दिग्ध लगता हूँ? कैसे भाई?...यह क्या कह रहे हो तुम?"

सुरक्षाकर्मी ने पूर्ववत् जवाब दिया, "इसके बारे में मैं कुछ नहीं कह सकता। हमको जो आदेश मिला है, हम उसका पालन कर रहे हैं।"

"यह लीजिए मेरा परिचय-पत्र...और क्या पहचान चाहिए आपको मेरी?"

यह कहते हुए असीम कुमार ने अपना परिचय-पत्र निकालकर सुरक्षाकर्मी की ओर बढ़ाया।

परिचय-पत्र की ओर न देखकर सुरक्षाकर्मी उपेक्षापूर्ण स्वर में बोला, "परिचय-पत्र ही काफ़ी नहीं होता है। सरकारी इमारतों में जाकर हमला करने वाले आतंकवादियों के पास भी परिचय-पत्र होते हैं। परिचय-पत्र के अलावा भी बहुत चीज़ें देखनी होती हैं।"

असीम कुमार को सुरक्षाकर्मी का व्यवहार बहुत चौंका रहा था। कल उसे बहुत सहजता से आश्रम के अन्दर जाने दिया था और आज नहीं जाने दिया जा रहा था। वह समझ नहीं पा रहा था कि कल और आज में ऐसा क्या अन्तर आ गया है। वह सुरक्षाकर्मी से तर्क करते हुए बोला, "लेकिन मैं तो कल भी आया था। मेरे ये दोनों मित्र नियमित रूप से आश्रम में आते हैं। इनको आप लोग पहचानते होंगे। कल भी इनके साथ आया था मैं और आप लोगों को कोई आपत्ति नहीं हुई थी। आज ऐसा क्या हो गया है जो मेरे प्रवेश पर आप लोगों को आपत्ति हो रही है?"

सुरक्षाकर्मी ने असीम कुमार के साथ खड़े सुजीत और क्षितिज की ओर देखते हुए कहा, "हाँ, हम इनको जानते हैं। ये अन्दर जा सकते हैं...और आपको कल अन्दर जाने दिया तो इसका यह मतलब नहीं है कि उसके आधार पर आपको आज भी अन्दर जाने दिया जाये।"

"हम काफ़ी समय से यहाँ आ रहे हैं। अब से पहले तो ऐसा कभी नहीं देखा कि किसी को अन्दर जाने से रोका गया हो। यह पहली बार देख रहे हैं किसी को अन्दर जाने से रोका जा रहा है। आख़िर इसके अन्दर जाने में दिक़्क़त क्या है?" सुजीत ने हस्तक्षेप करते हुए सुरक्षाकर्मी से पूछा।

"नहीं, हम आपके सवालों के जवाब नहीं दे सकते। आप दोनों को अन्दर जाना है तो आप लोग जाइए। लेकिन ये अन्दर नहीं जा सकते।" सुरक्षाकर्मी ने बेरुख़ी से जवाब दिया।

सुरक्षाकर्मी के व्यवहार में बेरुख़ापन देख सुजीत ने उससे ज़्यादा बात करना उचित नहीं समझा और असीम को समझाते हुए बोला, "कोई बात नहीं, असीम!" जब ये नहीं जाने दे रहे हैं तो इनसे क्या बहस करनी बेकार में। चलो चलते हैं यहाँ से। हम लोग भी अन्दर नहीं जायेंगे।"

असीम कुमार की रुचि अब स्वामी स्वरूपानन्द से धर्म-अधर्म के बारे में कुछ और प्रश्न करके उसका सत्य जानने से बढ़कर इस बात में हो गयी थी कि उसे अन्दर क्यों नहीं जाने दिया जा रहा है। वह सुजीत और क्षितिज से बोला, "ठहरो ज़रा।"

और फिर सुरक्षाकर्मी से बोला, "आपको कोई सन्देह है किसी प्रकार का और परिचय-पत्र काफ़ी नहीं है तो आप इसके अलावा जो कुछ भी मुझसे पूछना चाहें पूछ सकते हैं।"

"नहीं-नहीं, हमारे पास इतना समय नहीं है। आप अलग हटिए, अन्य भक्तों का रास्ता मत रोकिए। उनको अन्दर आने दीजिए।" यह कहते हुए सुरक्षाकर्मी ने लगभग धकेलते हुए असीम कुमार को लाइन से अलग कर दिया।

सुरक्षाकर्मी के इस अपमानजनक व्यवहार से असीम कुमार क्रोध से तमतमा उठा। उसने अपने एक हाथ से सुरक्षाकर्मी के हाथ को पकड़कर झटके से अपने शरीर से अलग किया और दूसरे हाथ की अंगुली से उसे चेतावनी देते हुए बोला, "तेरी हिम्मत कैसे हुई धक्का देने की। यह जगह जहाँ मैं खड़ा हूँ। किसी के बाप की नहीं है। यह सार्वजनिक जगह है।"

सुरक्षाकर्मी का यह व्यवहार सुजीत और क्षितिज को भी बहुत विचित्र और आपत्तिजनक लगा। उन दोनों ने एक स्वर में सुरक्षाकर्मी के व्यवहार का प्रतिकार करते हुए कहा, "यह क्या बदतमीज़ी है तुम्हारी। इस तरह धक्का क्यों दे रहे हो तुम?" इतना कहने के साथ असीम कुमार को पकड़कर वहाँ से अलग ले जाते हुए बोले, "चलो असीम, इसके मुँह मत लगो। यह आदमी बात करने लायक़ नहीं है।"

असीम कुमार ने आश्रम के अन्दर की ओर नज़र घुमायी तो उसने देखा आश्रम के अन्दर कुछ क़दम की दूरी पर स्वामी स्वरूपानन्द का वही सेवादार खड़ा आश्रम के द्वार की ओर देख रहा था, जो कल प्रवचन के पश्चात उनके साथ चल रहा था और उसने उनसे प्रश्न करने से रोक दिया था। असीम कुमार को यह समझने में देर नहीं लगी कि उस सेवादार के निर्देश पर ही सुरक्षाकर्मी उसे अन्दर नहीं जाने दे रहा है। वह लगभग चीख़ते हुए सुरक्षाकर्मी को सम्बोधित करते हुए बोला, "मैं जानता हूँ, क्यों अन्दर नहीं जाने दिया जा रहा है मुझे...मत जाने दो मुझे अन्दर। कह देना अपने स्वामी स्वरूपानन्द से कि जिन प्रश्नों को सुनने और उनके जवाब देने से वह बच रहा है, वे प्रश्न हमेशा उसका पीछा करेंगे। वर्ण-व्यवस्था, जातिवाद और अस्पृश्यता पर कोई बात करने से बचकर या लीपापोती करके वह इनका समर्थन और पोषण कर रहा है। और भोली-भाली जनता को भक्ति का रस पिलाकर मूर्ख बना रहा है। यह धर्म नहीं है, धर्म की आड़ में एक ढोंग है। यह ढोंग बहुत दिन तक रहेगा नहीं, इसका पर्दाफ़ाश अवश्य होगा और बहुत जल्दी होगा।"

असीम कुमार की बातें वहाँ लाइनों में लगे लोग अच्छी तरह सुन रहे थे। उसकी बातें अनेक लोगों को आकर्षित कर रही थीं। कई लोग, जो लाइन में बहुत पीछे थे और उन तक असीम कुमार की आवाज़ ठीक से नहीं पहुँच रही थी, वे लाइन से निकलकर असीम कुमार के पास आकर खड़े हो गये। सुरक्षाकर्मी ने पहले असीम कुमार को आश्रम के द्वार से दूर भेजने की कोशिश की, किन्तु उसके आसपास लोगों की भीड़ जमा होते देख उसने अपनी यह कोशिश छोड़ दी और असीम कुमार को सम्बोधित करते हुए बोला, "आपको जो भी कहना या करना हो, करें। लेकिन कृपया यहाँ से थोड़ा-सा अलग हटकर खड़े हो जायें ताकि आश्रम में प्रवेश करने वालों को कोई बाधा नहीं पहुँचे।"

"अवश्य। हट जाता हूँ यहाँ से। मैं किसी के रास्ते का बाधक नहीं बनना चाहता।" सुरक्षाकर्मी से इतना कह असीम कुमार आश्रम के द्वार से अलग हटकर सड़क पर आकर खड़ा हो गया और अपने आपसपास खड़े लोगों को सम्बोधित करते हुए बोला, "यह स्वामी स्वरूपानन्द नहीं मिथ्यानन्द और पाखण्डानन्द है। धर्म के नाम पर बड़ी-बड़ी बातें करता है। परलोक, पुनर्जन्म और स्वर्ग-सुख के सपने दिखाता है। अध्यात्म का पाठ सिखाता है। किन्तु इस लोक, इस जन्म में लोगों के दुःख, शोषण और अन्याय से मुक्ति के बारे में कुछ नहीं कहता। मनुष्य मनुष्य में भेदभाव और ऊँच-नीच पैदा करने वाली वर्ण-व्यवस्था, जातिवाद और अस्पृश्यता के विरुद्ध एक शब्द भी नहीं बोलता। यह स्वामी या सन्त नहीं, ढोंगी, पाखण्डी और ब्राह्मणवाद का पोषक महा-ब्राह्मणवादी व्यक्ति है। वह जो कुछ बोलता और करता है वह धर्म नहीं अधर्म है। क्या लाभ है ऐसे ढोंगी का निरर्थक प्रलाप सुनने से।"

इतना कहकर असीम कुमार ने सुजीत और क्षितिज के हाथ पकड़े और वहाँ से चल दिया। उनके साथ-साथ वहाँ पर खड़े बहुत-से अन्य लोग भी आश्रम के अन्दर-न जाकर वहाँ से वापस चल दिये थे।

मास्टर धर्मदास

उनका स्वभाव सन्तों जैसा था, अत्यन्त सहज, शान्त और गम्भीर। करुणा और प्रेम से भरा हुआ। उनकी जीवन-शैली भी लगभग वैसी ही थी। साधारण-सा खादी का कुर्ता-पाजामा, गले में भी खादी ग्रामोद्योग का बना थैला, पैरों में साधारण-सी चप्पलें, यह उनका पहनावा था। खाने में भी सुबह को दलिया और शाम को खिचड़ी। भुने हुए चने अवश्य हमेशा उनके थैले में रहते थे और जब भी उनको भूख लगती थी अथवा वह घर से बाहर रहते थे तो खाने के समय पर वह कुछ और न खाकर केवल चने खाते थे। ऊपर से दो-तीन गिलास पानी पी लेते थे। यही उनका भोजन हो जाता था। हृदय से एक़दम शुद्ध और सरल। मन में किसी के भी प्रति कोई कलुषता या कड़ुवाहट नहीं। सबको समभाव से देखना तथा दूसरों के दु:ख, संकट या ज़रूरत के समय, बिना कहे या माँगे ही सहायता के लिए तत्पर रहना। सबसे बड़ी बात यह कि किसी के लिए कुछ भी कर के भूल जाना। अपने लिए कभी किसी को कष्ट नहीं देना और न किसी से किसी प्रकार की कोई अपेक्षा करना। उनके इस सरल, निर्मल स्वभाव के कारण लोग उनको सन्त आदमी कहते थे।

उनका माता-पिता का दिया हुआ नाम धर्मानन्द था। स्कूल और सरकारी दस्तावेज़ों में भी उनका यही नाम दर्ज था। लेकिन कबीरपन्थ में दीक्षित होने के बाद वह अपने नाम के साथ 'दास' उपनाम लगाने लगे थे और धर्मानन्द से धर्मानन्द दास हो गये थे। किन्तु, बोलने में धर्मानन्द दास कुछ लम्बा नाम पड़ता था और लोग छोटे नाम लेने के आदी थे। इसलिए लोग उनको धर्मदास कहकर सम्बोधित करने लगे थे। उनका जीवन और स्वभाव सन्तों जैसा था, किन्तु न तो उन्होंने अपना कोई आश्रम खोला था और न किसी अन्य सन्त के आश्रम में रहते थे। वह भीख माँगकर अथवा दूसरों की कमाई पर जीवित न रहकर, कबीर की परम्परा का निर्वाह करते हुए अपनी कमाई से अपनी आजीविका चलाते थे। एक इंटरमीडिएट कॉलेज

में अध्यापक की नौकरी करते थे, इसलिए मास्टर उनका उपनाम जैसा हो गया था और वह मास्टर धर्मदास के नाम से जाने जाते थे। हिन्दी के अध्यापक थे तो हिन्दी की परम्परा के अनुसार बहुत-से छात्र उनको गुरु जी कहकर सम्बोधित करते थे। छात्रों को वह हमेशा अपने माता-पिता, बड़े-बुज़ुर्गों तथा गुरुओं के रोज़ पैर छूने की शिक्षा देते थे। उनकी शिक्षाओं का असर था कि लगभग सभी छात्र उनके पैर छूते थे और वह सभी को मुक्त हृदय से आशीर्वाद देते थे।

मास्टर धर्मदास की पढ़ाने की एक अलग पद्धति और शैली थी। कबीर के मानववाद का उन पर गहरा प्रभाव था, इसलिए किसी भी पाठ की व्याख्या वह मानववादी दृष्टि से करते थे। पाठ्यक्रम से अलग भी वह छात्रों को मानववाद का पाठ पढ़ाते थे। वह बच्चों को परस्पर प्रेम, सौहार्द्र, शान्ति और सह-अस्तित्व के साथ जीने की तथा बीमार और दुर्बल लोगों की सेवा और सहायता करने की प्रेरणा देते थे। कोई काम छोटा या बड़ा नहीं है, न ही कोई मनुष्य एक-दूसरे से छोटा या बड़ा है। सब मनुष्य समान हैं। इसलिए किसी भी मनुष्य से कभी किसी भी तरह का भेदभाव न करें, इस बात की शिक्षा भी वह अपने छात्रों को देते थे। अत्यन्त शान्तभाव से तथा सरल शब्दों में उदाहरण दे-देकर समझायी गयी उनकी बातें छात्रों के मानस में अन्दर तक उतरती थीं। इस कारण छात्र उनका अत्यन्त आदर और सम्मान करते थे।

मास्टर धर्मदास गृहस्थ व्यक्ति थे। परिवार में उनकी पत्नी और दो बच्चे थे। उनका परिवार उनके गाँव में ही रहता था। यहाँ पर वह अकेले रहते थे। प्रायः वार्षिक परीक्षाओं के पश्चात् होने वाली छुट्टियों में अथवा दीपावली, दशहरा आदि पर्वों पर वह अपने गाँव जाते थे। उनकी पत्नी और बच्चे कभी-कभार छुट्टियों में उनके पास यहाँ आ जाते थे, लेकिन कुछ दिन रहकर वापस लौट जाते थे। इस तरह वह गृहस्थ होते हुए वानप्रस्थी जीवन व्यतीत करते थे। ऐसा नहीं था कि उनको अपनी पत्नी और बच्चों से मोह नहीं था और इसलिए वह उनको अपने साथ नहीं रखते थे। वह अपने परिवार के सभी सदस्यों को बहुत प्यार करते थे और उनको अपने साथ रखना भी चाहते थे। किन्तु, गाँव में उनका एक छोटा-सा खेत था, उसकी देखभाल के लिए उनकी पत्नी का वहाँ रहना आवश्यक था। इसलिए मास्टर धर्मदास ने अपने परिवार को गाँव में छोड़ा हुआ था। परिवार की सुविधा का वह बहुत ध्यान रखते थे और हर महीने वेतन मिलते ही, अपने ख़र्चे के लिए थोड़े-से पैसे रखकर बाक़ी सब पैसे अपनी पत्नी को मनीऑर्डर कर दिया करते थे। यद्यपि

परिवार का पूरा ख़र्च था और थोड़े-से वेतन से यह सब करना उनके लिए कठिन होता था, किन्तु वह किसी तरह व्यवस्था चला लेते थे।

मास्टर धर्मदास अपना अधिकांश समय पढ़ने और पढ़े हुए पर चिन्तन और चर्चा करने में व्यतीत करते थे। सुबह नहा-धोकर और थोड़ा दलिया बनाकर और खाकर वह स्कूल चले जाते थे। स्कूल की छुट्टी के पश्चात् अपने कमरे तक पहुँचने में उनको काफ़ी समय लग जाता था। गाँव की गलियों से गुज़रते हुए और बहुत-से लोगों से प्रणाम, नमस्ते करते हुए खपरैल की छतवाले अपने कमरे में आकर वह एक मुट्ठी भुने हुए चने खाते थे और ऊपर से दो गिलास पानी पीकर थोड़ी देर विश्राम करते थे। उसके पश्चात् कोई न कोई किताब लेकर पढ़ने बैठ जाते थे। उनके पास अधिक किताबें नहीं थीं कि रोज़ नयी-नयी किताबें पढ़ते। थोड़ी-सी किताबें ही उनके पास थीं, उनमें कबीर का 'बीजक' और उन पर लिखीं दो-तीन किताबें, 'सत्यार्थ प्रकाश', 'गीता', दो-तीन उपनिषद, डॉ अम्बेडकर की 'जातिभेद का मूलोच्छेद', 'बुद्ध और उनका धर्म', पेरियर रामास्वामी नायकर की 'मनुस्मृति का विरोध क्यों?', ललई सिंह यादव की 'सच्ची रामायण', अश्वघोष की 'बज्रसूची', राहुल सांकृत्यायन की 'भागो नहीं दुनिया को बदलो' आदि पुस्तकें शामिल थीं। उन किताबों को ही वह बार-बार पढ़ते थे। जितना पढ़ते थे, उससे अधिक वह उस पढ़े हुए पर चिन्तन-मनन करते थे। अपने अध्ययन और चिन्तन के दायरे में वह एक छोटे-से समाजशास्त्री, दार्शनिक और तर्कशास्त्री थे। परम्पराओं, किंवदन्तियों और सुनी-सुनायी बातों को स्वीकार करने की अपेक्षा वह तार्किक ढंग से सोचते थे और लोगों से बात करते समय भी वह अपनी तर्कबुद्धि का ही प्रयोग करते थे। उनको इस विद्यालय और गाँव में आये अधिक समय नहीं हुआ था, किन्तु इतने कम समय में ही गाँव के लोगों के साथ उनका गहरा अपनापन हो गया था। गाँव के लोगों में भी उनके प्रति अत्यधिक आत्मीयता और सम्मान पैदा हो गया था।

अन्य गाँवों की तरह इस गाँव में भी एक मन्दिर था और उसमें एक पुजारी रहता था। पुजारी को यहाँ आये कई साल हो गये थे। गाँव की आबादी भी अच्छी थी और मन्दिर में अच्छा चढ़ावा आ जाता था। इसलिए पुजारी यहाँ पर अच्छी तरह से जम गया था। पहले वह अकेला आया था, लेकिन अब वह अपने परिवार को भी यहाँ ले आया था। दीपावली आदि कुछ ख़ास पर्वों पर मन्दिर में आने वाले लोगों की संख्या बहुत अधिक हो जाती थी। ऐसे समय पर अपनी सहायता के लिए वह गाँव से अपने परिवार अथवा कुछ नज़दीकी रिश्तेदारों को कुछ दिन के लिए यहाँ बुलवा लेता था।

वह जब यहाँ आया तो ख़ाली हाथ आया था, लेकिन अब उसने कई खेत भी ख़रीद लिये थे और मन्दिर के अलावा खेतों से भी उसको अच्छी आमदनी हो जाती थी।

गाँव के लोग धार्मिक प्रवृत्ति के थे और अपने-अपने विश्वास के अनुसार किसी न किसी देवी-देवता की पूजा करते थे। उनके लिए देवी-देवताओं की पूजा और भजन-कीर्तन करना ही मात्र धर्म था। इससे अधिक हुआ तो विशेष धार्मिक पर्वों पर पुजारी से सत्यनारायण अथवा पुराणों की कोई कथा सुनने को वे धर्म मानते थे। इसके अलावा, धर्म क्या है, वे कुछ नहीं जानते थे। दिन-रात खेतों में काम करने वाले उन अशिक्षित और साधारण लोगों को धर्म के बारे में इससे अधिक जानने की न फ़ुर्सत थी और न प्रयास था। पुजारी वेद-शास्त्र का नाम लेकर जो कुछ भी बोल देता था, वही उनके लिए वेद-शास्त्र हो जाता था। धार्मिक व्यक्ति धर्मभीरु होता है। वे लोग भी धर्मभीरु थे। कहीं कोई धर्म-विरुद्ध कर्म या पाप न हो जाये, इसको लेकर वे बहुत भयभीत और सावधान रहते थे। यह बात उनके मन में बैठी हुई थी कि अधर्म होने से भगवान रुष्ट हो सकते हैं और कोई अहित कर सकते हैं। इसलिए भगवान को प्रसन्न रखने के लिए वे पूजा, आरती, भजन-कीर्तन, रतजगा, भोग, चढ़ावा आदि, जो कुछ भी कर सकते थे, वह सब करते थे।

एक दिन कथा सुनाते हुए पुजारी बता रहा था, "भगवान हमें कहीं दिखायी नहीं देता, लेकिन वह..." और सिर उठाकर आकाश की ओर देखते हुए आगे बोला, "वहीं से हम सबको देखता रहता है। हमारे छोटे-बड़े, अच्छे-बुरे सब कर्मों पर उसकी नज़र रहती है। भगवान को हमेशा याद करो। सच्चे मन से भक्ति करके भगवान को प्रसन्न रखने का प्रयत्न करो। भगवान जिससे प्रसन्न हो जाये, जिस पर भगवान की कृपा हो जाये, उसके सब कष्ट, दुःख-तकलीफ़ पल भर में ख़त्म हो जाते हैं। ऐसा व्यक्ति मिट्टी को भी हाथ लगा दे तो वह सोना बन जाती है। जीवन आनन्द से भर जाता है...और भगवान जिससे रुष्ट हो जाये वह लाख यत्न कर ले, उसको कभी बरकत नहीं होती, कभी सुख नसीब नहीं होता। इसलिए भगवान का नाम लेना, उसका ध्यान करना कभी मत भूलो। सन्तों की, साधु-महात्माओं की सेवा करो। मन्दिर भगवान के घर हैं, इसलिए मन्दिरों को दान ज़रूर दो और दिल खोलकर दो।" इतना कहकर पुजारी ने पास में पुराने अख़बार के टुकड़े पर रखे गेंदा के फूलों के पत्तों को हाथ में लेकर सामने बैठे भक्तों के ऊपर फेंका। लोगों ने श्रद्धा से अपनी आँखें बन्द कर लीं। उन्होंने महसूस किया जैसे यह पुष्पवर्षा आकाश में बैठे भगवान ने ही की है, और पुष्प के रूप में अपनी कृपा और आशीर्वाद बरसाया है।

जिसके सिर पर भी फूल या कोई पँखुड़ी आकर गिर गयी, उसने स्वयं को ख़ुशनसीब और धन्य समझा।

एक दिन किसी पर्व के अवसर पर पुजारी धर्म-कथा सुनाते हुए कह रहा था, "नियति से बड़ी कोई चीज़ नहीं होती। जो आपकी नियति में है, वही आपको मिलेगा, जो आपकी नियति में नहीं है, वह आपको नहीं मिलेगा। सबकी नियति पहले से ही लिखी होती है। सब अपने जन्म के साथ ही अपनी नियति लेकर आते हैं।" लोग बहुत ही श्रद्धाभाव और मनोयोग से उसकी बात सुन रहे थे। कुछ लोग उसके विचार की स्वीकृति में सिर भी हिला रहे थे।

पुजारी मन्दिर में आने वाले लोगों को अकसर इसी तरह धर्म-कथा सुनाता था और उनको दान देने के लिए प्रेरित करता था। मास्टर धर्मदास को पुजारी की ये कथाएँ जीवन के यथार्थ से दूर, बेतुकी और अन्धविशवास फैलाने वाली लगती थीं। उनका मन पुजारी की बातों का विरोध करने को करता था, किन्तु लोगों की गहरी धार्मिक आस्था और पुजारी के प्रति उनकी श्रद्धा और सम्मान-भावना के समक्ष उनकी विरोध-भावना दब जाती थी। इसका एक कारण यह भी था कि वह बाहर के आदमी थे और उन्हें गाँव में आये बहुत अधिक समय नहीं हुआ था, इसलिए पुजारी के विरोध में कुछ बोलने के बजाय वह चुपचाप देखना और सुनना बेहतर समझते थे। लेकिन उनकी चुप्पी उन्हें परेशान करती रही और बहुत दिन तक वह अपनी चुप्पी बर्दाश्त नहीं कर सके।

मास्टर धर्मदास ने यह महसूस किया कि गाँव के कुछ अन्य लोग भी पुजारी की कथाओं में कोई रुचि नहीं लेते थे। ऐसे लोग उनको अपने विचारों के अनुकूल लगते थे और यदा-कदा उनके साथ वह अपने विचारों का आदान-प्रदान कर लिया करते थे। वे लोग मास्टर धर्मदास की बात ध्यान से सुनते थे और उनका प्रभाव ग्रहण करते थे। वह अकेले रहते थे, इसलिए गाँव के बहुत-से लोग, जब भी उनके घर अच्छा भोजन या पकवान बनते थे, वे मास्टर धर्मदास को अपने घर भोजन के लिए आमन्त्रित कर लेते थे। उनके न आ सकने पर उनके कमरे पर ही खाना पहुँचवा देते थे। जिस घर भी वह जाते थे, वहाँ के पुरुषों को स्त्रियों का सम्मान और लड़के-लड़की में भेद नहीं करने तथा लड़कियों को अनिवार्य रूप से शिक्षित करने की शिक्षा अवश्य देते थे। सभी गृहस्थों के लिए 'लड़का-लड़की एक समान' उनका एक मन्त्र जैसा था। शिक्षा पर बहुत बल देते थे। वह लोगों को यह समझाते थे, "चाहे एक टाइम भूखे रह लो, फटे कपड़े पहन लो, लेकिन बच्चों को ज़रूर

पढ़ाओ।" स्त्रियों से विशेष रूप से कहते थे, "गहने नहीं हैं तुम्हारे पास या अच्छी साड़ी नहीं है, तो कोई बात नहीं। गहनों और कपड़ों पर ज़ोर मत दो। उनके लिए अपने पति से मत लड़ो। तुम्हारे बच्चे पढ़-लिख जायेंगे तो वे तुम्हारे सबसे बड़े और सुन्दर गहने होंगे। इसलिए गहनों के लिए नहीं, पति से लड़ो तो अपने बच्चों की पढ़ाई के लिए लड़ो। जितनी भी ज़िद कर सकती हो, उनकी पढ़ाई के लिए ज़िद करो। अपने बच्चों के लिए जो भी त्याग कर सकती हो, उनकी पढ़ाई के लिए करो। वे ठीक से पढ़-लिख जायेंगे तो तुम्हारा भी जन्म सुधर जायेगा और तुम्हारी आने वाली पीढ़ियों का भी सुधर जायेगा।"

इसके अलावा वह स्त्रियों को यह भी समझाते थे, "तुम्हारी भगवान में आस्था है। जिस देवी-देवता को भी तुम मानते हो, उसे मानो। मैं तुम्हारी धार्मिक आस्था को डिगाना नहीं चाहता। लेकिन किसी भी बात या काम के लिए केवल भगवान या देवी-देवताओं के भरोसे मत रहो। तुम ख़ुद कुछ करोगे तो उसका फल तुमको मिलेगा, कुछ नहीं करोगे तो कोई फल नहीं मिलेगा। कोई भगवान या देवी-देवता कुछ नहीं देगा। जो कुछ भी तुमको मिलेगा, वह तुम्हारी मेहनत और त्याग से मिलेगा। देवी-देवताओं के चढ़ावे और पूजा-प्रसाद पर जितना तुम ख़र्च करते हो, यदि वह बच्चों की पढ़ाई पर ख़र्च करो तो उससे तुम्हारा बहुत भला होगा। देवी-देवता कितना भला करेंगे, इस बारे में कुछ नहीं कह सकता।" वह यह सब इतनी सरलता से कहते और समझाते थे कि लोगों पर उनकी बात का असर होता था। यद्यपि लोगों को उनकी बातें अच्छी लगती थीं, किन्तु कुछ अटपटी भी लगती थीं। किन्तु इसके बावजूद बहुत-से लोगों पर उनकी बातों का इतना गहरा असर हुआ था कि उन्होंने मन्दिर जाना या तो बन्द कर दिया था अथवा कम कर दिया था।

मास्टर धर्मदास शाम के समय अक्सर अपने कमरे से निकलकर गाँव में घूम आते थे। रास्ते में कोई मिल जाता तो प्रणाम, नमस्ते कर उससे थोड़ी-बहुत बात कर लेते थे, नहीं तो जंगल में थोड़ी देर घूमकर वापस लौट आते थे। कभी-कभार वह मन्दिर की ओर भी चले जाते थे तथा कुछ समय वहीं पर बैठते और पुजारी से बात करते थे। एक पढ़े-लिखे मास्टर से बात करना पुजारी को भी अच्छा लगता था। पुजारी यह जानता था कि मास्टर धर्मदास शिक्षित होने के साथ-साथ एक तर्कशील, जागरूक और वैज्ञानिक सोचवाले व्यक्ति थे, इसलिए उनके साथ वह बहुत एहतियात से बात करता था। एक दिन पुजारी के साथ चर्चा करते हुए मास्टर धर्मदास ने उससे कहा, "गाँव के लोग अशिक्षित और बहुत भोले हैं। वे धर्म का

अर्थ भी नहीं जानते हैं। आप उनको जो बता देते हैं, उनके लिए वही धर्म हो जाता है। आप इस मन्दिर के पुजारी ही नहीं, इस गाँव के नागरिक भी हैं। इसलिए आप उनको कोई भी कथा सुनाएँ, धर्म के बारे में कोई भी बात बतायें, लेकिन लोगों को शिक्षा प्राप्त करने के लिए भी अवश्य कहिए। आपकी बात का उन पर असर होगा। बहुत-से लोग अपने बच्चों को पढ़ने के लिए स्कूल नहीं भेज रहे हैं। भेज भी रहे हैं तो प्राथमिक स्कूल तक ही, उससे आगे नहीं। उनका पढ़ना बहुत ज़रूरी है।"

"बात तो आपकी ठीक है, मास्टर जी, लेकिन शिक्षा से अधिक गाँव के लोगों की आवश्यकता खेती है। आप जानते ही हैं, फ़सल भले ही साल में दो बार होती है, लेकिन खेतों में काम तो रोज़ ही करना पड़ता है। रोज़-रोज़ कोई न कोई काम लगा रहता है। वैसे भी थोड़ी-थोड़ी खेती है सबके पास। इसलिए अपने खेतों में उनको ख़ुद ही काम करना पड़ता है। यहाँ पर तो बच्चे पढ़ाई के साथ खेती के काम में भी हाथ बँटा देते हैं। वे पढ़ने के लिए शहर चले जायेंगे तो उनकी खेती का क्या होगा?...उनकी तो सारी खेती चौपट हो जायेगी।" पुजारी ने समझाने की कोशिश करते हुए कहा।

मास्टर धर्मदास ने महसूस किया कि पुजारी का रुख़ सकारात्मक नहीं है। उनके सुझाव पर सहमत होने के बजाये वह उसे टालने की कोशिश कर रहा है। उन्होंने पुजारी की ही बात को आगे बढ़ाते हुए अपनी बात दोहरायी, "उसी बात को ध्यान में रखते हुए तो मैं आपसे यह कह रहा हूँ पुजारी जी, कि इन लोगों के पास खेती बहुत अधिक नहीं है। उससे उनकी केवल आजीविका की पूर्ति ही किसी तरह हो पा रही है। हमारी अर्थ-व्यवस्था जिस तरह तेज़ी से बदल रही है, उससे खेती की आय और उस पर निर्भरता धीरे-धीरे कम होती जा रही है। आने वाले समय में केवल खेती के आधार पर आजीविका चलाना इन लोगों के लिए कठिन होगा। इनके बच्चे पढ़-लिखकर कोई नौकरी या दूसरे काम नहीं करेंगे तो बहुत मुश्किल होगी इनके लिए। मैं बड़ी उम्र के लोगों की बात नहीं कर रहा हूँ। वे खेती करें। मैं तो बच्चों की शिक्षा की बात कर रहा हूँ। वे लोग अपने बच्चों को पढ़ायें, उन्हें स्कूल भेजें। आप इसके लिए उन्हें प्रेरित कीजिए।"

पुजारी भी देख रहा था कि उसकी बातों के प्रभाव से बिल्कुल मुक्त मास्टर धर्मदास अपनी ही बात पर ज़ोर दे रहे थे। उसने भी अपना स्वर बदला और दूसरे तरीक़े से अपने बात कहते हुए बोला, "आप गाँव के लोगों के बारे में इतना सोचते हैं, यह जानकर मुझे बहुत अच्छा लगता है, मास्टर जी, लेकिन नौकरी की कोई समस्या नहीं रहेगी इनके बच्चों के लिए। आपको तो पता ही होगा सरकार यहाँ पर

कोई बड़ा कारख़ाना लगाने जा रही है। गाँव में कारख़ाना लगेगा तो गाँव के युवाओं को उसमें रोज़गार मिलेगा और इनकी आर्थिक समस्या का समाधान हो जायेगा। इस बात को लेकर इतना परेशान होने की आवश्यकता नहीं है।"

मास्टर धर्मदास को पुजारी का यह तर्क बहुत कमज़ोर लगा। वह प्रतिकार करते हुए बोले, "गाँव में कारख़ाना लगेगा तो गाँव की ज़मीन पर ही न। जब लोगों के खेत कारख़ाने में चले जायेंगे तो खेती कौन सी ज़मीन पर करेंगे वे? और कारख़ाने में भी कितने लोगों को रोज़गार मिल सकता है, थोड़े-बहुत लोगों को ही न? बाक़ी लोग तो तब भी बेरोज़गार ही रहेंगे। रोज़गार के अवसर भी नहीं होंगे और ज़मीन भी उनके हाथ से जाती रहेगी, तब तो और भी ज़्यादा ख़राब स्थिति होगी उनकी। इसलिए उनका शिक्षित होना बहुत ज़रूरी है ताकि उनके लिए सरकारी दफ़्तरों में तथा उसके अलावा दूसरे क्षेत्रों में भी रोज़गार के अवसरों की सम्भावना हो सके।"

अपनी बात को कमज़ोर पड़ता देख पुजारी बात का रुख़ बदलता हुआ बोला, "बात तो आप ठीक कह रहे हो, मास्टर जी, लेकिन आप यह नहीं देख रहे कि उन लोगों की आर्थिक स्थिति कैसी है। पूरा परिवार काम करता है तब उनकी आजीविका चलती है। थोड़े-बड़े होने पर बच्चे भी कमाने लगते हैं तो परिवार को बहुत सहारा मिलता है। अब वे पढ़ाई करें कि परिवार का हाथ बँटाए? जैसा आप कह रहे हो, वैसी नौकरी के लिए तो उनको अपना घर, परिवार, गाँव सब छोड़ना पड़ेगा। आप जानते हो खेतों में पूरा परिवार काम करता है, तब जाकर खेती हो पाती है। परिवार से एक-दो लोग भी अगर बाहर चले गए, तो खेतों में काम कौन करेगा? उनकी खेती तो चौपट हो जायेगी। उतना फ़ायदा नहीं होगा, जितना नुक़सान हो जायेगा। और खेती-बाड़ी के काम के लिए अधिक पढ़ाई-लिखाई की कोई ज़रूरत नहीं है। जितनी शिक्षा की उन्हें ज़रूरत है, उतनी शिक्षा वे ले ही रहे हैं। इसलिए उनका जीवन जैसा चल रहा है, वैसा चलने दो।"

पुजारी के शब्दों में नकारात्मकता का भाव था। मास्टर धर्मदास इसे अच्छी तरह समझ रहे थे। उन्हें पुजारी की सोच पर हैरानी थी। उनका मन कर रहा था कि पुजारी को उसकी इस मानसिकता के लिए लताड़ें। किन्तु उन्होंने स्वयं को संयत रखा तथा पुजारी को कनविंस करने की अपनी कोशिश जारी रखते हुए बोले, "लेकिन इसका यह मतलब तो नहीं कि वे पढ़ें ही नहीं। पढ़ेंगे नहीं तो वे आगे कैसे बढ़ेंगे? आज दुनिया में वही व्यक्ति आगे बढ़ सकता है जिसके पास शिक्षा है। और विशेष रूप से जिन लोगों के पास अपनी खेती-बाड़ी नहीं है, दूसरों के खेतों में काम करते हैं। मज़दूरी करने के अलावा अपना पेट भरने का उनके पास अन्य कोई साधन या

विकल्प नहीं है, उन लोगों के लिए तो पढ़ाई दूसरों से भी अधिक आवश्यक है। आपको उन लोगों को प्रेरित करना चाहिए कि वे अपने बच्चों को अवश्य पढ़ायें।"

पुजारी वाक्-चातुर्य में बहुत निपुण था। मास्टर धर्मदास उसको जितना घेरने की कोशिश कर रहे थे, पुजारी बार-बार पैंतरा बदलकर उनकी पकड़ से बाहर आ जाता था। इस बार भी अपने वाक्-चातुर्य का सहारा लेते हुए वह बोला, "बिल्कुल ठीक बात है आपकी। मैं सहमत हूँ आपकी बात से, और कभी-कभी मैं उन लोगों से कहता भी हूँ कि वे अपने बच्चों को थोड़ी शिक्षा अवश्य दिलवायें। ताकि खेती-क्यारी के काम के साथ-साथ वे कोई अन्य छोटा-मोटा काम-धन्धा भी कर सकें।"

पुजारी को इधर-उधर पैंतरा बदलकर मैदान से बाहर जाने की कोशिश करते देख मास्टर धर्मदास उसे पुन: मैदान के बीच में घसीटकर लाते हुए बोले, "थोड़ी शिक्षा ही क्यों, उच्च शिक्षा के लिए प्रेरित कीजिए उनको, पुजारी जी! दूसरे लोग तो फिर भी साधन-सम्पन्न हैं। उनके सामने आजीविका का वैसा कोई संकट नहीं है, जैसा खेतीहीन ग़रीब लोगों के सामने है। साधन-सम्पन्न लोग तो और भी कई साधन जुटा लेंगे आजीविका का, लेकिन ये साधनहीन ग़रीब लोग कहाँ जायेंगे। छोटे-मोटे काम-धन्धों से उनके जीवन में कोई विशेष बदलाव आने वाला नहीं है। उनके जीवन में सार्थक बदलाव इनके बीच उच्च शिक्षा के प्रसार से ही आयेगा। इसलिए इनको सबसे अधिक और उच्च शिक्षा की ज़रूरत है। ये लोग शिक्षा का महत्त्व नहीं जानते हैं, इसलिए अपने बच्चों को शिक्षित करने के प्रति उदासीन हैं। उनको शिक्षा का महत्त्व बताइए, पुजारी जी, तब वे अपने बच्चों को पढ़ाने के लिए जागरूक हो सकते हैं।"

मास्टर धर्मदास की बात सुन इस बार पुजारी ने उनकी ओर ध्यान से देखा और थोड़ी देर सोचने के पश्चात् सावधानीपूर्वक अपने शब्दों को तोलता हुआ निर्णायक से स्वर में बोला, "क्या कह रहे हो, मास्टर जी,...आप देखते नहीं, पढ़े-लिखे लोग किस तरह धर्म की व्यवस्था पर प्रश्न खड़े करके उसको ध्वस्त करने में लगे हैं। अब बताइए धर्म की व्यवस्था, धर्म की संस्थाएँ ही ध्वस्त हो जायेंगी तो धर्म कैसे बचेगा? धर्म नहीं बचेगा तो दुनिया कैसे बचेगी? कितने उच्चशिक्षित लोग हैं जो धर्म में आस्था रखते हैं? और जो आस्था रखते भी हैं, उनमें से कितने लोग हैं जो मन्दिरों में जाते हैं? यह तो अच्छा है कि बहुत-से लोग अधिक शिक्षित नहीं हैं और वे धर्म को बचाये हुए हैं। यदि सब लोग पढ़-लिख जायेंगे तो धर्म का क्या होगा...आप तो सब कुछ समझते हैं न...?"

पुजारी के धर्म की रक्षा पर आते ही उसकी मानसिकता मास्टर धर्मदास की समझ में आ गयी और उसकी पैंतरेबाज़ी का कारण उन्हें स्पष्ट हो गया था। उन्होंने पुजारी का प्रतिकार करते हुए कहा, 'नहीं, पुजारी जी! मैं आपसे सहमत नहीं हूँ। धर्म को जीवित रखने के लिए किसी व्यक्ति के जीवन की बेहतरी को बाधित करना बिल्कुल भी उचित नहीं है। आख़िर धर्म भी तो मनुष्य के लिए ही है। धार्मिक व्यवस्था भी मनुष्यता के व्यापक हित में होनी चाहिए। धर्म को यदि इतने उच्च स्तर पर रख देंगे कि वह मनुष्य के शोषण का आधार बन जाये तो वह धर्म नहीं रह जायेगा।"

पुजारी के पास केवल आस्था और परम्परा का अस्त्र था। तर्क का उसके पास कोई जवाब नहीं था। आस्था के अस्त्र से ही मास्टर धर्मदास पर प्रहार करते हुए वह बोला, "आप जैसे पढ़े-लिखे लोगों की यही तो सबसे बड़ी दिक़्क़त है। हर बात में ऐब निकाल लेते हैं। मनुष्य पशु नहीं है, वह सामाजिक प्राणी है। उसके लिए धर्म आवश्यक है...लेकिन आपको धर्म भी आवश्यक नहीं लगता...मैं तो आपको धार्मिक व्यक्ति समझता था और सोचता था कि आप इन बातों को समझेंगे, लेकिन आप तो बिल्कुल ही दूसरी तरह के आदमी हैं। सच कहूँ तो आप जैसे लोग समाज को गुमराह करते हैं। उनकी धार्मिक आस्थाओं को डिगाकर उनको अधार्मिक बनाते हैं।" इतना कहते हुए पुजारी ने अपनी बात को विराम दे दिया।

मास्टर धर्मदास को भी लगा कि पुजारी तार्किक बात नहीं कर सकता है तथा इस विषय पर उससे और कोई बात करने का कोई औचित्य नहीं है। वह भी यह कहते हुए वहाँ से उठ खड़े हुए, "पुजारी जी, मैं धर्म का विरोधी नहीं हूँ, धर्म के नाम पर जड़ता का विरोधी हूँ, जो अन्धविश्वास और पाखण्ड फैलाकर मनुष्य और समाज को आगे बढ़ने से रोकती है। नया जानने, सोचने और करने की सम्भावनाओं को रोकने और बाधित करने की यह प्रवृत्ति धर्म-विरोधी है। समाज को सचेत, सक्रिय और प्रगतिशील बनाने के लिए उसमें व्याप्त इस जड़ता का टूटना बहुत आवश्यक है। इसलिए यह मेरी और आपकी एक-दूसरे के प्रति समझ और सहमति का मामला नहीं है, यह बहुत-से लोगों के जीवन की बेहतरी का मामला है। उसी के लिए मैं आपसे अनुरोध करने आया था। लेकिन आपको मेरे विचार अच्छे नहीं लगे। कोई बात नहीं। आप अपने अनुसार जो उचित लगे, वह करिए, लेकिन मैं तो कोशिश करूँगा कि जो लोग पीढ़ियों से अशिक्षित और उसके कारण जीवन की दौड़ में पिछड़े रहे हैं, वे लोग अवश्य शिक्षित हों।"

उस दिन पुजारी के साथ हुई बातचीत के बाद मास्टर धर्मदास को यह अनुमान हो गया था कि पुजारी की रुचि लोगों के कल्याण में नहीं, उनके अन्दर धार्मिकता को ज़िन्दा रखकर अपना हित साधने में है। पुजारी के प्रभाव को देखते हुए वह पुजारी से लोगों के कल्याण की अपेक्षा रखते थे, किन्तु पुजारी से चर्चा के पश्चात् उनकी वह अपेक्षा ध्वस्त हो गयी थी। भविष्य के लिए भी उन्हें इस हेतु पुजारी से कोई आशा नहीं रह गयी थी। उस दिन के बाद से उन्होंने लोगों को शिक्षा के प्रति जागरूक करने का सघन अभियान शुरू कर दिया था। वह अब पहले की अपेक्षा अधिक समय अपने इस अभियान को देने लगे थे। अब स्कूल से आने के पश्चात वह अपना अधिकतर समय स्वयं पढ़ने की अपेक्षा लोगों से मिलकर उनको शिक्षा के प्रति जागरूक बनाने में लगाने लगे थे।

मास्टर धर्मदास लोगों को जिस तरह शिक्षा का महत्त्व समझा रहे थे, उससे लोग प्रभावित होते जा रहे थे। उनकी बातें पुरुषों की अपेक्षा स्त्रियों पर अधिक प्रभाव डाल रही थीं। उनकी बातों के असर से गाँव के बहुत-से लोगों ने मन्दिर जाना कम कर दिया था। लोगों का मन्दिर जाना कम हुआ तो मन्दिर में दान और चढ़ावा आना कम हो गया। पुजारी ने यह भी महसूस किया कि उसकी अपेक्षा गाँव के लोग मास्टर धर्मदास को अधिक सम्मान और महत्त्व देने लगे थे तथा उनकी बातों के प्रभाव में आकर ही लोगों का मन्दिर में आना कम हुआ था। पुजारी को यह बात परेशान करने लगी थी। उसका परेशान होना स्वाभाविक भी था, क्योंकि इस कारण से प्रतिष्ठा के साथ-साथ उसका धन्धा भी चौपट हो गया था। वह इस बात को लेकर काफ़ी विचारमग्न रहने लगा था कि मास्टर धर्मदास के प्रभाव को कैसे कम किया जाये कि लोगों पर उसका प्रभाव और प्रतिष्ठा फिर से बढ़ जाये। काफ़ी सोच-विचार के पश्चात् उसे एक रास्ता दिखाई दिया और वह उस रास्ते पर चल दिया।

हाथ में अपनी छड़ी और गले में थैला लटकाकर वह मन्दिर से निकला और गाँव के मुखिया के घर जाकर आवाज़ लगायी, "जय श्रीराम मुखिया जी।"

पुजारी की आवाज़ सुन मुखिया अपनी बैठक से बाहर आये और विनम्रतापूर्वक दोनों हाथ जोड़ते हुए बोले, "जय श्रीराम, पुजारी जी ! बहुत दिन के बाद इधर आये हो। कहो, आज कैसे आना हुआ?"

'जय हो' कहते हुए पुजारी ने आशीर्वाद देने की मुद्रा में अपना दायाँ हाथ ऊपर को उठाया और विनम्रतापूर्वक बोला, "कोई ख़ास प्रयोजन नहीं है। बस यूँ ही चला आया। बहुत दिन हो गये थे आपके दर्शन किये। काफ़ी दिन से आप मन्दिर भी नहीं

आ रहे हैं तो सोचा आज चलकर आपकी ख़ैर-ख़बर ले आऊँ कि आप कैसे हैं? और मन्दिर की ओर भी क्यों नहीं आ रहे हैं?"

"बड़ा अच्छा किया...आइए, अन्दर आइए।" कहते हुए मुखिया जी पुजारी को बैठक के अन्दर ले गये और सम्मानपूर्वक बैठाते हुए बोले, "कैसे हैं आप? सब ठीक चल रहा है ना?"

पुजारी धीरे से मोढ़े पर बैठ गया और थकी-सी आवाज़ में बोला, "कुछ ठीक नहीं चल रहा है, मुखिया जी! लोगों का मन्दिर में आना कम हो गया है। धर्म-कर्म छूटता जा रहा है। अधर्म फैलता जा रहा है। अब ऐसे में कब क्या हो जाये, क्या भरोसा है। मेरा तो मन कर रहा है कि अब इस गाँव से कहीं दूसरी जगह चला जाऊँ।"

पुजारी की इस बात पर मुखिया को विस्मय हुआ। "आप कैसी बात कर रहे हो, पुजारी जी! लोगों का मन्दिर में न जा पाना तो उनकी व्यस्तता के कारण हो सकता है। लेकिन हमारे गाँव में तो सब धर्म-कर्म को मानने वाले लोग हैं। अधर्म की बात कैसे सोच ली आपने?"

पुजारी ने एक अर्थपूर्ण दृष्टि से मुखिया की ओर देखा और सहज, संयतभाव से कहा, "मैं नहीं सोच रहा, मुखिया जी! जो देख रहा हूँ, वह कह रहा हूँ।"

पुजारी के कहने का आशय मुखिया को स्पष्ट नहीं हो रहा था। उसके शब्दों ने उनके विस्मय को शान्त न करके और बढ़ा दिया था। विस्मित स्वर में ही वह बोले, "मैं कुछ समझ नहीं पा रहा हूँ, पुजारी जी, साफ़-साफ़ बताइए, क्या कहना चाहते हैं आप?"

पुजारी कुछ क्षण के लिए विचारमग्न हो गया। फिर सतर्कतापूर्वक शब्दों को धीरे-धीरे पकाकर मुँह से बाहर निकालते हुए बोला, "मैं जो कहना चाहता हूँ, वह सुनना आपको शायद अच्छा नहीं लगेगा, मुखिया जी, और शायद आप उस पर विश्वास भी नहीं करेंगे। लेकिन आप पूछ रहे हैं तो बताना मेरा फ़र्ज़ है।"

"हाँ-हाँ, बताइए।" मुखिया ने उत्सुकतापूर्वक कहा।

पुजारी ने तत्काल एक प्रवाह में अपने मन की बात मुखिया के समक्ष व्यक्त कर दी, "जब से मास्टर धर्मदास इस गाँव में आया है, उसने गाँव की हवा बिगाड़ दी है। पहले यहाँ के लोग बहुत धार्मिक थे। नित्य प्रति मन्दिर जाकर भगवान की पूजा-प्रार्थना करने थे। लेकिन यह व्यक्ति लोगों को अधर्म के रास्ते पर ले जा रहा है। इस व्यक्ति ने लोगों के मन में ऐसा उलटा-सीधा भर दिया है कि लोग उसकी बातें मानते हैं और इसीलिए मन्दिर भी नहीं जाते हैं। जब कोई मन्दिर नहीं जायेगा तो मन्दिर का क्या अर्थ है। मन्दिर होते हुए मन्दिर में जाकर भगवान की पूजा न करना

तो भगवान का और सारे देवी-देवताओं का अपमान है। मुझसे तो यह सब देखा नहीं जायेगा। देवताओं को रूष्ट होने में कितना समय लगता है। देवता रुष्ट होकर कुछ अनिष्ट न कर दें, मुझे तो हर समय यही डर लगा रहता है।"

मुखिया को पुजारी की बात उचित नहीं लगी। उनके मन ने इस बात को स्वीकार नहीं किया कि मास्टर धर्मदास लोगों को अधर्म के रास्ते पर ले जा रहा है। वह पुजारी की बात से असहमति व्यक्त करते हुए बोले, "लेकिन मास्टर धर्मदास तो हमेशा अच्छी बातें ही बताता है। वह तो कभी कोई धर्म-विरोधी बात नहीं कहता, और ना ही कभी किसी देवी-देवता के विरुद्ध उसने कोई टिप्पणी की है। आपको कुछ भ्रम हुआ लगता है, पुजारी जी!"

लेकिन पुजारी मुखिया की बात से सहमत नहीं हुआ। वह अपनी बात पर अडिग रहा और मुखिया की बात का प्रतिकार करते हुए बोला, "भ्रम मुझे नहीं हुआ है, मुखिया जी, भ्रम में आप हैं। उस आदमी की उन अच्छी बातों के पीछे आपके विरुद्ध रचे जा रहे षड्यन्त्र को आप नहीं समझ पा रहे हैं।"

षड्यन्त्र का नाम सुनकर मुखिया चौंका, "हमारे ख़िलाफ़ षड्यन्त्र? यह क्या कह रहे हैं आप?"

मुखिया के इस चौंकने में पुजारी को सकारात्मकता के बीज दिखाई दिये। उसने महसूस किया कि वह बातचीत के जिस बिन्दु पर मुखिया को लाना चाहता था, वह उस बिन्दु पर आ गये थे। बिना कोई देर किये वह उत्साह में भरकर बोला, "सुनकर चौंक गये ना आप। मैं वही कहता था कि आप यक़ीन नहीं कर पायेंगे। लेकिन मैं जो कह रहा हूँ, वह सच है। मास्टर धर्मदास निम्न जाति के लोगों को उच्च शिक्षा के लिए प्रेरित कर रहा है। आप सोचिए कल को इन जातियों के सब बच्चे पढ़-लिखकर गाँव छोड़कर शहरों में जाकर नौकरी करने लगेंगे तो आपके खेतों में काम कौन करेगा? गाँव की ज़रूरतों को पूरा करने वाले लुहार, नाई, बढ़ई, मोची, कुम्हार, जुलाहे और सफ़ाईकर्मी, ये सब कहाँ से आयेंगे? क्या होगा गाँव का? क्या होगा आपकी मुखियागीरी का? अब बताओ, यह आपके विरुद्ध षड्यन्त्र हुआ कि नहीं? आज जो लोग आपके सामने ठीक से नज़र उठाकर बात भी नहीं करते हैं, कल को ये ही लोग आपके अस्तित्व को चुनौती देंगे।"

"क्या है उनके पास? क्या खाकर वे मुझे चुनौती देंगे? आप भी कैसी बातें करते हो, पुजारी जी!" कहते हुए मुखिया ने लापरवाही नज़र से पुजारी की ओर देखा।

मुखिया के इस लापरवाह जवाब ने पुजारी के उत्साह को ठण्डा कर दिया था। किन्तु उसने हिम्मत नहीं हारी और इस बार ब्रह्मास्त्र के रूप में मुखिया के जातीय

स्वाभिमान को ललकारते हुए बोला, "आप समझ नहीं पा रहे हो, मुखिया जी! शिक्षा बहुत बड़ा हथियार है। शिक्षा ज्ञान ही नहीं देती, गर्व भी देती है। शिक्षित होकर ये लोग ख़ुद पर गर्व करेंगे और आपको कुछ नहीं समझेंगे, देख लेना आप।"

पुजारी का यह अस्त्र सही लक्ष्य पर लगा था। उसके मुँह से यह सुन मुखिया जी सहसा सोच में डूब गये। वह नहीं समझ पा रहे थे कि पुजारी की बात का यक़ीन करें या नहीं करें। मुखिया के असमंजस ने पुजारी का उत्साहवर्धन किया। वह उत्साह से भरकर बोला, "लेकिन उसकी भी क्या ग़लती है, मुखिया जी! है तो वो भी निम्न जाति का ही न। आप यह तो जानते ही हैं कि वह कबीरपन्थी है और कबीरपन्थ में निम्न जातियों के लोग ही होते हैं। और ये नीची जाति के लोग धर्म-कर्म को उतना कहाँ मानते हैं। धर्म के विरुद्ध काम करते हैं ये लोग तो। अब नीच जाति के व्यक्ति को आप लोग अपने सिर पर बैठायेंगे तो उसका असर तो होगा ही।"

मास्टर धर्मदास के बारे में पुजारी की टिप्पणी को मुखिया का मन अभी भी स्वीकार नहीं कर पा रहा था। किन्तु पुजारी की बातों का प्रभाव भी उन पर होने लगा था। वह बोले, "आपकी बात तो ठीक है, पुजारी जी! लेकिन मैंने देखा है, ये कबीरपन्थी तो बड़े धर्म-कर्म वाले होते हैं। मास्टर धर्मदास भी वैसा ही लगता है। वह भला और सज्जन आदमी है। बच्चों को अच्छी तरह पढ़ाता है। किसी के भले-बुरे में नहीं रहता है। शायद अपनी भलमनसाहत में ही वह ऐसा कर रहा होगा। लेकिन यह भी सही है कि इसका असर गाँव पर ज़रूर पड़ेगा।"

पुजारी की चतुर बुद्धि ने भाँप लिया था कि मुखिया को इस तरह से समझाना सरल नहीं है। वह अपने स्वर में परिवर्तन लाते हुए बोला, "मेरा आशय भी यही है, मुखिया जी! मास्टर धर्मदास से मेरा कोई विरोध नहीं है। वह अपना काम करें... मेरी चिन्ता तो गाँव को बचाने की है। जिस गाँव में इतने सालों से मैं रह रहा हूँ, जहाँ का नमक खा रहा हूँ, उसके बारे में सोचना, उसकी चिन्ता करना मेरा फ़र्ज़ है। सारी स्थिति से आपको आगाह करके मैंने अपना फ़र्ज़ निभा दिया है। बाक़ी आप पर है। गाँव आपका है। गाँव के लोग आपके हैं। आपको जैसा उचित लगे, आप वैसा करें।"

"देखिए, मास्टर धर्मदास एक सरकारी कर्मचारी है। उससे भी अधिक वह बहुत गुणी और जागरूक आदमी है। इसलिए जाति के आधार पर तो उसके ख़िलाफ़ कुछ भी करना ठीक नहीं है। तनिक में कुछ भी ऐसा-वैसा हो गया तो वह एससी-एसटी एक्ट में हमें फँसवा सकता है...हालाँकि वह जिस तरह का सज्जन व्यक्ति है,

उसे देखते हुए वह शायद ऐसा नहीं करे, लेकिन फिर भी...आप ही कोई ऐसा रास्ता सुझाइए, पुजारी जी कि साँप भी मर जाये और लाठी भी नहीं टूटे।"

पुजारी के आशय को समझते हुए मुखिया ने कहा।

इस बार पुजारी मोढ़े के अन्दर से बाहर की ओर खिसककर मुखिया के थोड़ा निकट आया और सुझाव देते हुए बोला, "सबसे सरल रास्ता तो यह है, मुखिया जी कि शिक्षा विभाग में शिकायत करके उसका यहाँ से स्थानान्तरण करवा दिया जाये। बस मर गया साँप और लाठी भी नहीं टूटी।"

किन्तु पुजारी का यह सुझाव मुखिया के गले नहीं उतरा। सुझाव को अस्वीकार करते हुए वह बोले, "नहीं, पुजारी जी, बेशक वह छोटी जाति का है, लेकिन एक नेक और गऊ आदमी है। मेरा बेटा बिल्कुल नहीं पढ़ता था। सारा दिन आवारागर्दी करता फिरता था। मास्टर लोग मेरा लिहाज़ करते थे, इसलिए उसे हर साल पास करके अगली कक्षा में तो भेज देते थे, लेकिन कोई उसको पढ़ाई के रास्ते पर नहीं ला सका। मास्टर धर्मदास ने विशेष ध्यान देकर उसे पढ़ाई के रास्ते पर लाकर खड़ा किया है। ऐसे नेक आदमी के ख़िलाफ़ शिकायत करना तो पाप जैसा होगा। यह ठीक नहीं है। यह मैं नहीं कर सकूँगा। कुछ और सोचिए।"

मुखिया की बात से पुजारी को यह अच्छी तरह स्पष्ट हो गया था कि मुखिया मास्टर धर्मदास के प्रति उदार हैं तथा उनके विरुद्ध कोई कार्रवाई नहीं करेंगे। वह दूसरी तरह से समझाता हुआ बोला, "तब दूसरा रास्ता यह है, मुखिया जी कि आप रोज़ सुबह-शाम मन्दिर आना शुरू कर दीजिए। आपको मन्दिर आता देखेंगे तो गाँव के अन्य लोग भी आपका अनुकरण करके मन्दिर आने लगेंगे। लोग पहले की तरह मन्दिर आने लगें, उनकी धार्मिक आस्था पहले की तरह मज़बूत हो जाये, फिर मास्टर धर्मदास जैसे लोग कुछ भी करते रहें, उससे कोई ख़ास फ़र्क़ नहीं पड़ेगा।"

पुजारी के इस सुझाव को मानने में मुखिया को कोई दिक़्क़त नहीं हुई। "यह ठीक है। मैं कल से ही रोज़ सुबह मन्दिर आना शुरू करता हूँ।"

मुखिया के मुँह से यह सुन पुजारी ने सन्तोष की साँस ली। उसके आने का प्रयोजन पूरा हो गया था। वह चलने के लिए उठ खड़ा हुआ, "बहुत अच्छा, मुखिया जी! अब मैं चलता हूँ। जय श्री राम!"

पुजारी की इस राजनीति का पता मास्टर धर्मदास को चला तो एक पल को वह विचलित हो गये, किन्तु शीघ्र ही स्वयं को सहज बनाकर उन्होंने अपना ध्यान पुजारी से हटाकर स्वयं पर केन्द्रित कर लिया। उन्होंने पुजारी की राजनीति के बारे में न अधिक सोचा और न किसी से कोई बात की! बल्कि इससे पूरी तरह अप्रभावित

रहते हुए वह गाँव के लोगों को शिक्षा के प्रति जागरूक करने के अभियान में सक्रिय रहे। गाँव के एक-दो लोग, जो स्नातक या उससे उच्च शिक्षित थे, बाहर नौकरी करते थे। जब भी छुट्टियों में वे गाँव आते थे तो मास्टर धर्मदास उनसे अवश्य मिलते थे। मास्टर धर्मदास का तार्किक ढंग से बात करना उनको भी बहुत अच्छा लगता था। सच तो यह था कि गाँव भर में मास्टर धर्मदास ही उनको बात करने लायक़ व्यक्ति लगते थे। बाक़ी सबकी बातें तो वही दक़ियानूसी क़िस्म की होती थीं। इस कारण मास्टर धर्मदास से उनकी घनिष्ठता हो गयी थी और जब तक वे गाँव में रहते थे, अपना काफ़ी समय मास्टर धर्मदास के साथ व्यतीत करते थे। उनमें से एक व्यक्ति अशोक था। मास्टर धर्मानन्द के साथ उसके मित्रवत् सम्बन्ध थे।

अशोक पास के एक शहर में किसी सरकारी विभाग में नौकरी करता था। शहर नज़दीक होने के कारण प्राय: प्रत्येक महीने वह गाँव आता रहता था। कभी-कभी उससे पहले भी आ जाता था। धर्मदास के साथ उसकी इतनी वैचारिक प्रगाढ़ता थी कि जब भी वह आता था, मास्टर धर्मदास से मिले बिना नहीं जाता था। उनसे मिले बिना उसका गाँव आना अधूरा-सा लगता था। एक दिन शाम को वह मास्टर धर्मदास से मिलने उनके कमरे पर गया तो वह कुछ गम्भीर-सा था। इससे पहले कभी वह इतना गम्भीर दिखाई नहीं दिया था। उसे गम्भीर देख मास्टर धर्मदास ने उससे पूछा, "क्या हुआ, अशोक जी? कुछ परेशान-से दिखाई दे रहे हो आज?"

"हाँ, थोड़ी परेशानी तो है, मास्टर जी, लेकिन ऐसी कोई ख़ास बात नहीं है।"

"परेशानी है तो कुछ तो बात होगी उसके पीछे?"

"बच्चों का किसी अच्छे स्कूल में एडमिशन नहीं हो पा रहा है। कई जगह कोशिश कर ली है। कहीं पर तो मना ही कर दिया। कहीं पर एडमिशन देने को तैयार भी हुए हैं तो उनकी फ़ीस बहुत ज़्यादा है। समझ नहीं पा रहा हूँ कि क्या करूँ?"

"यह एक समस्या तो है आजकल।"

"वो ही ना। आजकल हर माता-पिता की सबसे बड़ी समस्या यही है। बच्चों का किसी पसन्द के स्कूल में एडमिशन होना बहुत बड़ी चुनौती है।"

"तुम्हारी चिन्ता सही है। अपने बच्चों की बेहतरी के लिए माँ-बाप चिन्तित रहते ही हैं। मैं भी अक्सर यह सोचता हूँ कि जिस तरह तेज़ी से शिक्षा का निजीकरण हो रहा है और सरकारी संस्थानों में भी शिक्षा-शुल्क में बेतहाशा वृद्धि हो रही है, ऐसे में बच्चे पढ़ेंगे कैसे? और पढ़ेंगे नहीं तो आगे बढ़ेंगे कैसे?" कहते हुए वह एक क्षण के लिए रुके और फिर अशोक की ओर देखते हुए बोले, "तुम्हारे पास पैसा है, तुम अपने बच्चों का एडमिशन करवा लोगे। लेकिन उनके बच्चों का क्या होगा जिनके

पास कुछ भी नहीं है, बड़ी मुश्किल से दो समय की रोटी का जुगाड़ कर पाते हैं?"

"यह तो आप सही कह रहे हैं, मास्टर जी! मैं भी कभी-कभी सोचता हूँ कि महँगी शिक्षा सब कुछ महँगा कर सकती है। लेकिन सब कुछ इतना महँगा न हो जाए कि कोई उसे ख़रीदने वाला ही न हो। अधिक महँगा हो जायेगा तो हम भी अपने बच्चों को अच्छी शिक्षा कैसे दिला सकेंगे।"

"शिक्षा जब व्यवसाइयों के हाथों में होगी तो महँगी तो होगी ही। वे कोई धर्मार्थ में तो खोलते नहीं हैं स्कूल-कॉलेज, कमाई के लिए खोलते हैं। उनका उद्देश्य तो उससे पैसा कमाना है...शिक्षा की महँगाई को लेकर तुम अपने बारे में और अपने बच्चों के बारे में सोच रहे हो, जब कि तुम काफ़ी समर्थ हो। उन ग़रीब बच्चों के बारे में सोचिए। उनका क्या होगा, जिनके पास न खाने को रोटी है, न पहनने को कपड़ा। कहाँ से देंगे ये स्कूल की फ़ीस और कहाँ से ख़रीदेंगे किताबें, कापियाँ?..."

"हाँ, यह बात तो है, मास्टर जी! उनके सामने तो और भी बड़ी चुनौती है। बड़ा संकट पैदा हो गया है। सरकार ने निजीकरण की आँधी में सब कुछ निजी हाथों को दे दिया है। शिक्षा तो राष्ट्र की बुनियादी ज़रूरत है। कम से कम शिक्षा को तो निजीकरण से मुक्त रहने देते। लेकिन नहीं, शिक्षा तो सबसे ज़्यादा दूध देने वाली गाय बनी हुई है आजकल। हर कोई परेशान है। क्या करें, कुछ समझ नहीं आ रहा है?"

"देखो, संकट तो है। यह सबके सामने है। लेकिन कितना ही बड़े से बड़ा संकट या चुनौती हो, उसका समाधान करने का कोई न कोई रास्ता खोजा जा सकता है। आपके जैसे जागरूक और सहृदय लोग, जो ग़रीबों के प्रति हमदर्दी रखते हैं, यदि पहल करें तो इस समस्या का समाधान भी हो जायेगा।"

"वह कैसे?" अशोक ने उत्सुकता से पूछा।

"अपने परिवार की ज़िम्मेदारी निभाने के साथ-साथ यदि आप उन ज़रूरतमन्द लोगों की भी सहायता करें, उनके प्रति भी अपनी ज़िम्मेदारी समझें तो उन ग़रीब और साधनहीन लोगों के बच्चे भी शिक्षा प्राप्त कर सकते हैं। लेकिन लोग ऐसा सोचते नहीं हैं, और यदि सोचते भी हैं तो करते नहीं हैं, और नहीं करने का कोई न कोई बहाना ढूँढ़ लेते हैं।"

मास्टर धर्मदास के मुँह से यह सुन अशोक ने कुछ शर्मिन्दगी महसूस की। शर्मिन्दगी से अपना सिर और नज़रें झुकाते हुए बोला, "जी, सही कह रहे हैं आप।"

"मैं देख रहा हूँ, आप कुछ शर्मिन्दा-से हो रहे हैं। केवल शर्मिन्दा होने से कोई बात नहीं बनती। शर्मिन्दा होने की ज़रूरत नहीं है। शर्मिंदगी कोई समाधान नहीं है... आप अकेले नहीं हो ऐसा सोचने वाले। अधिकांश लोग आपकी तरह ही सोचते और करते हैं। लेकिन लोग अपनी इस ज़िम्मेदारी को थोड़ा-सा भी सोचने लगें तो समाज में बहुत बड़ा बदलाव आ सकता है। इसलिए शर्मिन्दा होने के बजाय अपनी ज़िम्मेदारी को समझने की कोशिश करनी चाहिए।"

अशोक बिना कुछ बोले मास्टर धर्मदास के चेहरे की ओर देखे जा रहा था। उनकी बात उसे अच्छी लग रही थी, लेकिन वह नहीं समझ पा रहा था कि क्या कहे, किस प्रकार अपनी ज़िम्मेदारी निभाये। अशोक के बोलने का इन्तज़ार किये बिना मास्टर धर्मदास ने आगे कहना शुरू किया, "आप हमेशा नवनिर्माण की बात करते हो। नये का निर्माण करने के लिए सभी कुछ बदलना पड़ता है। आचार-विचार, सोच, संस्कृति सभी कुछ बदलेगा तब ही नवनिर्माण हो सकता है। नवनिर्माण के लिए पुराने को ध्वस्त करना ही पड़ेगा। पुराने को बनाये रखकर नये का निर्माण करना एक झूठ और छलावा है।" बोलते हुए वह अशोक की आँखों में देख रहे थे। उनकी आँखें प्रश्न पूछती दिखाई दे रही थीं। किन्तु अशोक जैसे सम्मोहित-सा और जड़ हो गया था। वह कुछ भी बोल नहीं पा रहा था। मूक बना केवल सुन रहा था। अशोक को कुछ नहीं बोलते देख मास्टर धर्मदास ने ही अपनी बात को आगे बढ़ाते हुए कहना शुरू किया, "अशोक जी, आप देख रहे हो नवनिर्माण और राष्ट्रवाद का नारा देकर कितने सालों से देश के दलित-शोषित लोगों को मूर्ख बनाया जा रहा है। समाज में वर्ण-व्यवस्था, जातिगत भेदभाव और असमानता ज्यों की त्यों बनी हुई है। सरेआम संविधान की धज्जियाँ उड़ायी जा रही हैं। धर्म की सत्ता और संस्थाएँ इतनी सशक्त हो गयी हैं कि उनके समक्ष संविधान का महत्त्व गौण हो गया है। इस धर्म-शासित समाज में संविधान भी पूजा की वस्तु जैसा होता जा रहा है। देश का वातावरण दिन-प्रतिदिन दूषित होता जा रहा है। देश की एक बड़ी आबादी चैन की साँस लेने में असमर्थ है। उसके अन्दर एक कसमसाहट और छटपटाहट है, लेकिन वह कोई आकार नहीं ले पा रही है। मेरी चिन्ता यह है कि इस सबके चलते संविधान की अपेक्षावाला समानता, न्याय और भ्रातृत्व का समाज कैसे बनेगा?"

आज मास्टर धर्मदास एक नये रूप और प्रवाह में थे। इससे पहले उनको ऐसे रूप में अशोक ने कभी नहीं देखा था। ऐसा प्रतीत हो रहा था कि वह सायास कुछ नहीं बोल रहे थे, अपितु उनके मुँह से शब्द स्वतः निकल रहे थे। उनके ज्ञान और चेतना को देख वह आश्चर्यचकित था और अवाक् उनके चहरे की ओर देखे जा

रहा था। मास्टर धर्मदास आगे कह रहे थे, "आप अभी युवा हो। आपके अन्दर नयी सोच, उत्साह और ऊर्जा है। आप जैसे लोग चाहें तो बहुत कुछ कर सकते हैं।"

मास्टर धर्मदास की बातों में चुम्बकीय आकर्षण था। आँखों के समक्ष उनका तेज़युक्त चेहरा और कानों में उनके शब्दों के अलावा अशोक और कुछ भी देख या सुन नहीं रहा था। दत्तचित्त होकर वह उनकी बात सुन रहा था। वह चाहता था कि मास्टर धर्मदास बोलते जायें और वह सुनता जाये। धर्मानन्द दास के शब्द उसके अन्दर नयी चेतना का संचार कर रहे थे। इतनी देर तक मास्टर धर्मदास को सुनने के पश्चात् वह बोला, "बिल्कुल ठीक कह रहे हैं आप, मास्टर जी! बताइए, मैं क्या भूमिका निभा सकता हूँ।"

"आप जहाँ हो, वहीं पर बदलाव के लिए प्रयास कर सकते हो।"

"वह कैसे, मास्टर जी?"

"आप अपने गाँव के लोगों को शिक्षित होने के लिए प्रेरित और प्रोत्साहित कर सकते हो। विशेष रूप से जो मेहनत मज़दूरी करने वाले ग़रीब लोग हैं, उनके बच्चों की शिक्षा में सहायता और मार्गदर्शन देकर अपनी भूमिका निभा सकते हो। आप उनको बता सकते हो कि जितना पैसा वे मन्दिर में देवताओं को चढ़ावे में देते हैं, उस पैसे से अपने बच्चों को पढ़ाये। देवी-देवता उनका भला नहीं करेंगे, शिक्षा उनका भला करेगी। शिक्षा ही समाज को आस्था और अन्धविश्वासों से मुक्त कर अपना दीपक ख़ुद बनने की राह दिखा सकती है।"

उनको चर्चा करते हुए काफ़ी देर हो गयी थी। शाम ढल गयी थी। अँधेरा होने लगा था। मास्टर धर्मदास उठे और बिजली जला दी। बिजली की रोशनी में अशोक ने अपनी कलाई घड़ी को देखा। सात बजे से अधिक का समय हो गया था। उसे भी घर से निकले हुए कई घण्टे हो गये थे। इसलिए वह चलने के लिए उठ खड़ा हुआ, "अच्छा मास्टर जी, अब अँधेरा हो गया है। मैं चलता हूँ। सुबह फिर आऊँगा। आपने जो कहा है, वह सचमुच बहुत ज़रूरी है। मैं अपनी ओर से आपको आश्वस्त करता हूँ कि गाँव के लोगों को यह समझाने का हर सम्भव प्रयास करूँगा कि वे शिक्षा को प्राथमिकता दें। और निर्धन बच्चों की यथा-सामर्थ्य आर्थिक सहायता भी मैं करूँगा।"

"मुझे आपसे यह आशा थी, इसीलिए आपसे मैंने यह कहा था। मुझे उम्मीद है आपकी इस पहल का गाँव भर में बहुत स्वागत होगा और कुछ अन्य लोग भी इस अभियान से जुड़कर इसे सफल बना देंगे। एक-एक कड़ी मिलकर हम एक मज़बूत शृंखला बना सकते हैं।"

"जी, अवश्य।" इतना कहकर अशोक अपने घर की ओर चला गया और मास्टर धर्मदास अपना रात का भोजन बनाने में लग गये।

हिन्दी पुस्तकालय

वित्त प्रभाग से फ़ाइल अनुमोदित होकर आयी तो उसे देखते ही माधव अग्निहोत्री की आँखों में चमक आ गयी। उन्होंने हर्षित नेत्रों से फ़ाइल को देखा और सन्तोष की साँस ली। सन्तोष मिलता भी क्यों नहीं, इस फ़ाइल को स्वीकृत करने में वित्त प्रभाग ने उनको अच्छी-ख़ासी मानसिक कसरत करवा दी थी। सचिव के स्तर से प्रस्ताव को अनुमोदन दिए जाने के पश्चात् वित्त प्रभाग महीनों से फ़ाइल को आगे-पीछे कर रहा था। नयी-नयी आपत्तियाँ लगाकर कई बार वे फ़ाइल को लौटा चुके थे, किन्तु माधव अग्निहोत्री ने भी हिम्मत नहीं हारी। प्रत्येक आपत्ति का जवाब देकर वह फ़ाइल वित्त प्रभाग को भेजते रहे। जब भी वित्त प्रभाग द्वारा कोई आपत्ति लगाकर फ़ाइल वापस लौटायी जाती, माधव अग्निहोत्री सब काम छोड़कर उसका जवाब तैयार करने में जुट जाते थे। वित्त प्रभाग की आपत्तियों का जवाब देने में माधव अग्निहोत्री ने जितनी मेहनत की और जितना दिमाग़ लगाया, उतना उनको आवण्टित सरकारी कामों को करने में उन्होंने शायद ही कभी लगाया हो। वरिष्ठ अधिकारी से कोई फ़ाइल किसी आपत्ति, स्पष्टीकरण या व्याख्या के साथ, बल्कि यहाँ तक कि "चर्चा करें" की टिप्पणी के साथ भी लौटकर आती थी तो अग्निहोत्री प्राय: उस फ़ाइल को दबा लेते थे। न तो उस अधिकारी को वह फ़ाइल फिर से भेजते थे और न ही चर्चा करने के लिए अधिकारी के पास जाते थे। अन्य सरकारी कार्यालयों की तरह उनके कार्यालाय में भी अधिकारी वर्ग की हिन्दी के प्रति कोई रुचि नहीं थी, अपितु एक प्रकार का उपेक्षाभाव था। हिन्दी की फ़ाइलों को पढ़ना उनके लिए फ़ालतू का काम जैसा था। इसलिए उनको हिन्दी की किसी फ़ाइल की याद भी प्राय: नहीं रहती थी। अग्निहोत्री हिन्दी के प्रति अधिकारियों की इस उदासीनता और उपेक्षाभाव को अच्छी तरह समझते थे और इसका पूरा लाभ उठाते थे। फ़ाइलों को महीनों तक दबाकर बैठ जाना तथा अनुकूल समय आने पर अथवा उस अधिकारी

के स्थानान्तरण के पश्चात् उस विषय की नयी फ़ाइल खोलकर प्रस्तुत करना उनके लिए सामान्य-सी बात थी। यह उनकी कार्य शैली बन गयी थी। यदि कभी उनका निजी सहायक उनको किसी फ़ाइल का स्मरण कराता भी तो वह सहजता से कह देते, "फ़ुर्सत में देखेंगे। अभी फ़ाइल जहाँ है वहीं रखी रहने दो।" किन्तु, इस फ़ाइल को सर्वोच्च प्राथमिकता देते हुए यथोचित जवाब के साथ वित्त प्रभाग को भिजवाने में उन्होंने कभी कोई देरी नहीं की थी। यह इस बात का सूचक था कि वह फ़ाइल अग्निहोत्री के लिए विशेष महत्त्व रखती थी।

फ़ाइल का अनुमोदित हो जाना माधव अग्निहोत्री के लिए किसी बड़ी उपलब्धि से कम नहीं था। उसे लेकर उनके मन में कुछ इस तरह का भाव था जैसे उन्होंने कोई क़िला फ़तह कर लिया हो। इसके काफ़ी दिन बाद तक वह सरकारी सेवा के अपने दोस्तों से बात करते समय बहुत गर्व के साथ यह कहते थे, "फ़ाइनेंसवाले अपने आप को बड़ा फन्नेख़ाँ समझते थे। ऐसी-ऐसी आपत्तियाँ लगायीं कि पूछो मत। कोई और होता तो हथियार डाल देता। लेकिन मैंने हथियार नहीं डाले। उनकी हर आपत्ति के जवाब में ठोककर लिखा। उन्होंने अंग्रेज़ी में आपत्ति लगाकर भेजी तो मैंने भी ठाँसकर अंग्रेज़ी में जवाब दिया। उनके पास कोई काट नहीं थी। क्या करते। झक मारकर अनुमोदन देना पड़ा।"

वित्त प्रभाग से पुस्तक ख़रीद के प्रस्ताव का अनुमोदन प्राप्त होते ही माधव अग्निहोत्री ने अपने परिचित प्रकाशक रामनाथ पाण्डेय को फ़ोन किया, "पाण्डेय जी, कहाँ हैं आप?"

"नमस्ते, अग्निहोत्री जी! बहुत दिन बाद याद किया है आपने। मैं अपने ऑफ़िस में ही हूँ। कहिए क्या सेवा कर सकता हूँ आपकी?"

"कुछ काम है आपके लिए। मिल लीजिए समय निकालकर।"

"क्या बात है। नेकी और पूछ-पूछ। ज़रूर मिलूँगा। लेकिन थोड़ा संकेत दे देंगे काम का तो अच्छा होगा। मैं उस हिसाब से तैयारी के साथ आ जाऊँगा।"

"हमें अपने विभाग के लिए हिन्दी की पुस्तकें ख़रीदनी हैं।"

"कितना बजट है?"

"बजट अच्छा-ख़ासा है। पाँच लाख रुपये की किताबें ख़रीदनी हैं इसी वित्तीय वर्ष के अन्दर। इसलिए थोड़ी जल्दी करना, जितनी भी जल्दी हो सके।"

"ऐसी बात है तो कल सुबह ही मैं आपके दरबार में हाज़िर हो जाता हूँ।"

"ठीक है। कल सुबह साढ़े दस-ग्यारह बजे तक आ जाइए ऑफिस में।"

"आजकल कहाँ पर हैं आप?...मेरा मतलब है कौन सा ऑफ़िस में हैं?"

"मैं वाणिज्य मन्त्रालय में हूँ...भूल गये आप। बताया तो था आपको जब पिछली बार मिले थे भारती सदन में।"

"हाँ, बताया था आपने। वह तो याद है। लेकिन आप लोगों के ट्रांसफ़र होते रहते हैं ना, तो इसलिए पूछा कि कहीं किसी दूसरे विभाग में चले गये हों आप।"

"हाँ, ट्रांसफ़र तो होते हैं, लेकिन मैं अभी यहीं पर हूँ। आइए कल मिलते हैं।"

"जी, बहुत अच्छा। पहुँचता हूँ कल सुबह आपके ऑफ़िस में।"

अगले दिन ठीक साढ़े दस बजे रामनाथ पाण्डेय माधव अग्निहोत्री के ऑफ़िस में था। रामनाथ पाण्डेय व्यावहारिक व्यक्ति था। कभी भी किसी भी ऑफ़िसर से मिलने जाता था तो ख़ाली हाथ बिल्कुल भी नहीं जाता था। ऑफ़िसर के पद और व्यावसायिक काम की मात्रा के अनुसार शिष्टाचारस्वरूप उनको भेंट करने के लिए डायरी, कलेंडर, पेन से लेकर किसी देवी-देवता की मूर्ति, टाई, वॉयलेट, घड़ी आदि कुछ न कुछ अवश्य लेकर जाता था। यदि कभी समय की कमी अथवा किसी अन्य कारण से कोई तोहफ़ा नहीं ख़रीद पाता था तो भी मिठाई का डिब्बा तो अवश्य ही लेकर जाता था। वह जानता था कि ब्राह्मण को मिठाई बहुत पसन्द होती है। इसलिए माधव अग्निहोत्री को भेंट करने के लिए वह रास्ते में अग्रवाल स्वीट्स से एक किलो काजू कतली ले गया था।

माधव अग्निहोत्री के कमरे में प्रवेश करते ही वह मिठाई का डिब्बा उनकी ओर बढ़ाते हुए बोला, "यह लीजिए, पण्डित जी!"

"अरे यह क्या?" रामनाथ पाण्डेय से मिठाई का डिब्बा अपने हाथों में पकड़ते हुए माधव अग्निहोत्री ने औपचारिकता निभाते हुए कहा।

"कुछ ख़ास नहीं। मिठाई है..."

"इसकी क्या ज़रूरत थी।" मिठाई का डिब्बा अपने हाथों में लेकर उसको अपनी बायीं ओर हिफ़ाज़त से रखकर कुर्सी पर बैठते हुए अग्निहोत्री बोले।

"ज़रूरत की कोई बात नहीं है। बस, आ रहा था। रास्ते में अग्रवाल स्वीट्स की दुकान देखी तो लेता आया। यह तो एक सामाजिकता होती है। कुछ काम मिल रहा है तो क्यों न मुँह मीठा करके ही शुरुआत की जाये। आप समझते ही हैं सब।"

"हाँ, वह तो है...आप बड़े व्यावहारिक आदमी हैं पाण्डेय जी।" कहते हुए अग्निहोत्री ने इस औपचारिकता का अन्त किया। चपरासी को चाय लाने का आदेश देकर वह पाण्डेय की ओर देखते हुए बोले, "हाँ, तो दिखाइए क्या लेकर आये हैं आप?"

रामनाथ पाण्डेय ने अपने थैले से साथ-आठ प्रकाशकों की पुस्तक सूचियाँ निकालीं और अग्निहोत्री की ओर बढ़ाते हुए बोला, "यह लीजिए।"

माधव अग्निहोत्री ने उन सूचियों को हाथ में लेकर उलट-पुलटकर देखा और उनमें से एक सूची को रामनाथ पाण्डेय को दिखाते हुए बोले, "यह कौन सा प्रकाशक है? पहली बार नाम पढ़ रहा हूँ इसका तो। कोई नया प्रकाशक लगता है।"

"कोई दूसरा नहीं है, अपना ही प्रकाशन है जी यह भी। अभी जल्दी में ही शुरू किया है, इसलिए आपको इसके बारे में पता नहीं होगा।"

"अच्छा, तो यह भी आपका प्रकाशन है।" अग्निहोत्री ने सुखद आश्चर्य से रामनाथ पाण्डेय की ओर देखा।

"जी हाँ, यह भी अपना ही है...आपके हाथों में जितनी भी पुस्तक सूचियाँ हैं, ये सब प्रकाशन अपने ही हैं। किसी दूसरे प्रकाशक की सूची इनमें नहीं है। आप इनमें से किसी भी सूची में से पुस्तकें चुन सकते हैं।"

"ठीक है। आप ये सूचियाँ छोड़ दीजिए। हम इनमें से पुस्तकों का चयन कर आपको सूचित कर देंगे। लेकिन यह देख लीजिए, इन सूचियों में शामिल सभी पुस्तकें आपके स्टॉक में उपलब्ध हों। यदि पुस्तकें उपलब्ध नहीं हों तो पहले ही बता दीजिए, हम उन पुस्तकों का चयन ही नहीं करेंगे।"

"आप एक पुस्तक की कितनी प्रतियाँ ख़रीदेंगे?"

"पुस्तकें विभाग की लाइब्रेरी में ही रखी जायेंगी, इसलिए अधिक प्रतियाँ ख़रीदने की गुंजाइश नहीं है। प्रत्येक पुस्तक की केवल दो प्रतियाँ ही ख़रीदी जा सकेंगी।"

"तब कोई दिक़्क़त नहीं है। प्रत्येक पुस्तक की थोड़ी-थोड़ी प्रतियाँ हम अपने स्टॉक में अवश्य रखते हैं, ताकि कहीं से कोई माँग आये तो सप्लाई की जा सके। आप निश्चिन्त होकर पुस्तकों का चयन कर लें, सप्लाई कर देंगे।"

"ठीक है। हम एक-दो दिन में ही इन सूचियों में पुस्तकों पर निशान लगाकर आपको सूचित कर देंगे। मार्च का महीना है, आप सप्लाई जल्दी कर दीजिएगा ताकि 31 मार्च तक बिल बन जाये। 31 मार्च के प्रेशर में इस तरह के काम जल्दी हो जाते हैं। बाद में चीज़ें लटक जाती हैं।"

"आप चिन्ता मत करो, अग्निहोत्री साहब! पहले भी जब कभी आपने मौक़ा दिया है, हमने तुरन्त सप्लाई की है। इस बार भी वैसा ही होगा। आप हमें निशान लगाकर सूचियाँ दीजिए, हम दो दिन के अन्दर सप्लाई कर देंगे...आख़िर हम भी तो चाहेंगे कि जल्दी से भुगतान हो जाये। आपकी सेवा-पानी भी तो करनी है।"

"तो क्या हमें तब तक इन्तज़ार कराने का इरादा है आपका?...आपके पास क्या कमी है। मुझे पहले ही दे दीजिए मेरा तीस प्रतिशत।"

"पच्चीस प्रतिशत चलता है, और वह हम पहले की तरह आपको ख़ुशी से देंगे। तीस प्रतिशत की नयी बात मत कीजिए, कोई नयी डीलिंग नहीं हो रही है आपसे।"

"देखिए पहले ऑर्डर छोटे होते थे, लेकिन इस बार ऑर्डर बड़ा है। आप तो जानते ही हैं, हम भी जानते हैं, पुस्तकों पर छपे मूल्य का लगभग दस प्रतिशत ख़र्चा आता है पुस्तकों के मुद्रण पर। बाक़ी सारा मुनाफ़ा है आपका।"

"अजी, इतना कहाँ...आजकल महँगाई बढ़ गयी है न तो काग़ज़ से लेकर टाइपिंग, छपाई, बाइंडिंग आदि सब महँगा हो गया है। लेखक भी रॉयल्टी माँगते हैं।"

"हमको यह पहाड़ा मत पढ़ाइए, पाण्डेय जी! सब जानते हैं हम भी। महँगाई बढ़ गयी है तो आपने भी तो पुस्तकों के मूल्य बढ़ा दिये हैं। औसत तो वही रहा न। बल्कि महँगाई की तुलना में आप लोगों ने पुस्तकों के मूल्य ज़्यादा बढ़ा दिये हैं। इसमें आपका मुनाफ़ा बढा ही है। इसलिए तीस प्रतिशत आपसे बहुत मुनासिब ही कहा है मैंने, नहीं तो पैंतीस-चालीस प्रतिशत तक चल रहा है आजकल। हमें भी सब पता रहता है।"

"अजी, इतना रेट कहाँ है...इतना कहीं नहीं है। लेकिन ख़ैर, आपसे पुराने सम्बन्ध हैं, आपसे क्या सोदेबाज़ी करना। आप नहीं मानते हैं तो ठीक है, तीस प्रतिशत दे देंगे आपको...आप एक काम कीजिए, पुस्तक सूचियों में निशान लगाने का कष्ट आप मत कीजिए। मैं ख़ुद कर लूँगा, यह काम और आपको किताबें सप्लाई कर दूँगा। आप बस भुगतान जल्दी से करवा दीजिएगा।"

"पुराने सम्बन्ध हैं तभी तो किसी और को न देकर आपको ही ऑर्डर दे रहे हैं हम। हम भी तो इस बात का ध्यान रखते हैं कि दो पैसे का फ़ायदा हो तो अपने आदमी को ही हो।...भुगतान की ओर से आप बेफ़िक्र रहें। आप पुस्तकें सप्लाई करके बिल दीजिए। एक महीने के अन्दर भुगतान हो जायेगा आपको।"

"तो ठीक है, मुझे इजाज़त दीजिए। मैं चलकर आपके काम पर जुटता हूँ।" कहकर रामनाथ पाण्डेय उठ खड़ा हुआ। माधव अग्निहोत्री भी अपनी कुर्सी से खड़े हो गये। दोनों ने गर्मजोशी से हाथ मिलाये और रामनाथ पाण्डेय उनके ऑफ़िस से बाहर हो गया।

रामनाथ पाण्डेय के जाते ही माधव अग्निहोत्री को इस बात का ख़याल आया कि पुस्तकें तो आ जायेंगी लेकिन उन्हें रखा कहाँ जायेगा। पुस्तकें विभाग के पुस्तकालय से अलग हिन्दी पुस्तकालय के लिए ख़रीदी जा रही थीं। हालाँकि हिन्दी पुस्तकालय की स्थापना का कोई प्रशासनिक निर्णय या आदेश नहीं था। न उसके

लिए कोई स्टाफ़ या स्थान था। किन्तु माधव अग्निहोत्री ने हिन्दी पुस्तकालय के लिए पुस्तकों की ख़रीद का प्रस्ताव स्वीकृत करवा लिया था। इन पुस्तकों की ख़रीद का आधार संसदीय राजभाषा समिति की सिफ़ारिश पर राष्ट्रपति का यह आदेश था कि पुस्तकालय के कुल बजट का पचास प्रतिशत हिन्दी पुस्तकों की ख़रीद पर ख़र्च किया जाये। संसदीय समिति जिस कार्यालय में भी सरकार की राजभाषा नीति के कार्यान्वयन की स्थिति का निरीक्षण करने के लिए जाती थी, वहाँ पर अन्य बातों के साथ-साथ, इस बारे में भी अवश्य पूछती थी कि हिन्दी पुस्तकों की ख़रीद नियमानुसार है अथवा नहीं है। जिन कार्यालयों में इसमें कमी पायी जाती थी, समिति के सदस्य उस कार्यालय के अध्यक्ष अथवा उच्च अधिकारियों से इस कमी के बारे में जवाब-तलब करते थे और उनसे आश्वासन लेते थे कि जल्दी से जल्दी वे निर्धारित अनुपात में हिन्दी पुस्तकों की ख़रीद कर समिति को सूचित कर देंगे। यह अवधि अधिकतम छह माह की थी। वरिष्ठ अधिकारी अपने अधीनस्थ कार्मिकों के सामने संसदीय समिति के सदस्यों की तल्ख़ टिप्पणियों से स्वयं को अपमानित महसूस करते थे। इसलिए वे हिन्दी के कार्यान्वयन से सम्बन्धित फ़ाइलों को प्रायः बिना किसी अधिक पूछताछ या अवरोध के, अनुमोदित कर देते थे। माधव अग्निहोत्री ने भी संसदीय राजभाषा समिति के आदेशों के अनुपालन की अनिवार्यता का उल्लेख करते हुए ही पाँच लाख रुपये मूल्य की हिन्दी पुस्तकों की ख़रीद का प्रस्ताव प्रस्तुत किया था, जिसे अधिकारियों ने सहजता से अनुमोदित कर दिया था।

जिन किताबों की कहीं कोई माँग नहीं थी या बहुत कम माँग थी और लम्बे समय से स्टॉक में रखी धूल खा रही थीं, दूसरे शब्दों में जो पुस्तकें उसके लिए कूड़ा थीं, रामनाथ पाण्डेय ने ऐसी सब पुस्तकों की पाँच-पाँच प्रतियाँ निकलवायीं और दो दिन के अन्दर किताबों की सप्लाई करके बिल अग्निहोत्री के हाथों में थमा दिया। अग्निहोत्री ने बिना कोई देर किये बिल को भुगतान के लिए वित्त अनुभाग को भिजवा दिया था।

रामनाथ पाण्डेय से पुस्तक सप्लाई की बात हो जाने के पश्चात् माधव अग्निहोत्री ने इन पुस्तकों को वाणिज्य विभाग के पुस्तकालय में रखने के लिए पुस्तकालयाध्यक्ष को नोट लिखकर भेजा था, किन्तु उन्होंने पुस्तकों को लेने से इनकार कर दिया। पुस्तकालयाध्यक्ष सोमेंद्र शुक्ला माधव अग्निहोत्री से इस बात के लिए बहुत ख़फ़ा था कि उसने पुस्तकें स्वयं क्यों ख़रीदीं। पुस्तकों की ख़रीद और उनका रख-रखाव करना पुस्तकालय का काम है। अग्निहोत्री ने स्वयं पुस्तकें ख़रीदकर पुस्तकालय के अधिकार क्षेत्र में हस्तक्षेप किया था। एक दिन व्यक्तिगत

बातचीत के दौरान उसने माधव अग्निहोत्री से यह बात कह भी दी थी, "जब पुस्तकें आपने ख़रीदी हैं तो उनका रख-रखाव भी आप करें। हम अपने द्वारा ख़रीदी गयी पुस्तकों का ही हिसाब रखते हैं। उनके प्रति ही हमारी ज़िम्मेदारी है। आपके द्वारा ख़रीदी गयी पुस्तकों के प्रति हमारी कोई ज़िम्मेदारी नहीं है।"

"पुस्तकें हमने किसी और उद्देश्य से नहीं, अपितु केवल इस कारण से ख़रीदी हैं क्योंकि सारी पुस्तकें हिन्दी की हैं तथा कार्मिकों द्वारा माँग की गयी पुस्तकें नहीं हैं। इनमें हिन्दी में लिखी गयी विभिन्न विषयों की पुस्तकें हैं। आप लोगों को हिन्दी की पुस्तकों का चयन करने में दिक़्क़त हो सकती थी...एक तरह से देखो तो हमने आपकी सहायता ही की है।"

"लेकिन हमने तो नहीं कहा था आपसे कि हमें कोई दिक़्क़त है, आप हमारी सहायता कीजिए। हमें हिन्दी अच्छी तरह पढ़नी, लिखनी आती है। हिन्दी साहित्य की जानकारी हमें भी है। हाँ, यह अवश्य हो सकता है कि आपको थोड़ा ज़्यादा ज्ञान होगा, हमें कुछ कम होगा।"

"अरे नहीं शुक्ला जी, आप तो हिन्दी के विद्वान हैं।" अग्निहोत्री ने शुक्ला की चिरौरी करते हुए कहा।

"आप अपनी रुचि और पसन्द की ही पुस्तकें ख़रीदना चाहते थे तो सूची बनाकर हमें दे देते...पुस्तकों की ख़रीद करना और उनका रख-रखाव करना हमारा काम है और हमें अपना काम करने में कभी कोई दिक़्क़त नहीं है। हमें यदि कोई दिक़्क़त होती तो हम आपसे सहायता माँग लेते। लेकिन आपने तो हमारा अधिकार ही अपने हाथ में ले लिया।"

"नहीं, ऐसी कोई बात नहीं है। दरअसल बात यह है कि संसदीय राजभाषा समिति का एक आश्वासन लम्बित है काफ़ी दिन से। हिन्दी पुस्तकों की ख़रीद को लेकर। आश्वासन को पूरा करने की तारीख़ नज़दीक थी। सचिव महोदय कई बार कह चुके थे कि सभी आश्वासन निर्धारित समय के अन्दर पूरे करके आश्वासनपूर्ति की रिपोर्ट संसदीय समिति को भिजवायी जाये। इसलिए यह एक बड़ा दबाव था हम पर कि जल्दी से जल्दी हिन्दी की पुस्तकों की ख़रीद करके समिति को आश्वासनपूर्ति की रिपोर्ट भिजवाये।"

"आप पर दबाव होगा। हम मानते हैं इस बात को। लेकिन हमने कब इनकार किया हिन्दी की पुस्तकें ख़रीदने से। आपने हमसे कहा होता। हमको नोट भेजते। हम आगे कार्रवाई करते उस पर...चलो, पुस्तकें ख़रीदने का प्रस्ताव आपने स्वीकृत करवा भी लिया था तो वह हमको भेज देते। हम पुस्तकें ख़रीदकर आपको सूचित

कर देते और आप समिति को अपनी रिपोर्ट भेज सकते थे। लेकिन आपने तो हमें कुछ समझा ही नहीं और हमें इग्नोर करके ख़ुद ही पुस्तकें ख़रीद डाली और वह भी पूरे पाँच लाख की। मज़ा तो आपने मार लिया और अब किताबों को रखने की ज़िम्मेदारी की बात आयी है तो हमसे कह रहे हैं।"

"शुक्ला जी, हम हिन्दीवालों को इतनी तकनीकी बातें कहाँ आती हैं। हमने तो ज़िम्मेदारी समझते हुए ही पुस्तकें ख़रीदी हैं।

"सब कुछ तो आपके पास है, हम किस आधार पर अपने स्टॉक में लें उनको? ऑडिट को क्या दिखायेगे हम?"

"हम ख़रीदी गयी पुस्तकों की सूची, बिल और सब काग़ज़ात आपको देंगे। आपको किसी तरह की कोई दिक़्क़त नहीं होगी।"

"नहीं जी, आपने ख़रीद की क्या प्रक्रिया अपनायी है। इतनी बड़ी ख़रीद की है, टेंडर निकालकर फ़र्म का चयन किया है या वैसे ही किसी प्रकाशक से सम्पर्क कर उससे पुस्तकें मँगवा ली हैं आपने, हमें क्या पता। आपसे पुस्तकें लेकर यह सिर दर्द हम नहीं ले सकते...वैसे भी हमें तो पता चला है कि आपने विभाग में अलग से हिन्दी पुस्तकालय खोलने का प्रस्ताव चलाया हुआ है और ये पुस्तकें भी उसी हिन्दी पुस्तकालय के लिए ख़रीदी गयी हैं।"

"हाँ, कोशिश तो यही थी। संसदीय समिति भी चाहती है कि प्रत्येक कार्यालय में हिन्दी की पुस्तकों की अधिकता हो ताकि लोग हिन्दी में पुस्तकें पढ़ें और हिन्दी का माहौल बने। सरकारी आदेश भी यही हैं। विभागों के पुस्तकालयों के लिए अपने बजट का पचास प्रतिशत हिन्दी पुस्तकों की ख़रीद पर ख़र्च करना सम्भव नहीं हो रहा है। अपने यहाँ भी तो यही हाल है। आप कितनी कोशिश करते हैं लेकिन दस-पन्द्रह प्रतिशत से अधिक आप भी कहाँ ख़र्च कर पाते हैं हिन्दी पुस्तकों पर। यही सब देखकर अलग से हिन्दी पुस्तकालय की स्थापना के लिए कोशिश की थी। इससे आपकी जवाबदेही भी कम हो जाती।"

"हमारी क्या जवाबदेही कम होगी? हम अपनी ओर से कुछ ख़रीदते ही नहीं हैं। हमारे पास तो विभिन्न अधिकारियों और अनुभागों से जिन पुस्तकों की माँग आती है, उनकी ही ख़रीद करते हैं। हिन्दी की पुस्तकें कम हैं या अधिक इसकी कोई जवाबदेही नहीं है हमारी।"

"चलो, मान लेते हैं आपकी बात, आप ऐसा कह रहे हैं तो। लेकिन विभाग की जवाबदेही तो है ही ना। और हम सब विभाग में हैं तो इस बारे में सोचना और कार्रवाई करना तो हमारी ज़िम्मेदारी बनती ही है।"

"यह बात प्रशासन को समझाइए न आप। संयुक्त सचिव के साथ तो आपकी अच्छी पटरी बैठती है और वह आपकी बात मानते भी हैं।"

"उनसे बात करके ही तो हिन्दी पुस्तकालय की स्थापना का प्रस्ताव दिया था।"

"तब तो अच्छा है। कीजिए हिन्दी पुस्तकालय की स्थापना। क्या दिक़्क़त है। हमसे क्यों कह रहे हैं आप कि हिन्दी पुस्तकालय की पुस्तकों को हम अपने पुस्तकालय में रखें?"

"क्योंकि प्रशासन में संयुक्त सचिव ही नहीं हैं, अन्य अधिकारी भी हैं। पता नहीं किन-किन नियम-क़ायदों का हवाला देकर वे जब उलटी-पुलटी नोटिंग फ़ाइल पर लिख देते हैं तो संयुक्त सचिव के भी तो हाथ बँध जाते हैं न। यही इस मामले में भी हो रहा है। संयुक्त सचिव तो सहमत हैं कि हिन्दी पुस्तकालय स्थापित हो जाये, लेकिन नीचे के लोगों ने ऐसी अड़ँगी लगा दी है कि सारा मामला ही खटाई में पड़ गया है। इसीलिए आपसे अनुरोध कर रहे हैं कि आप इन पुस्तकों को अपने पुस्तकालय में रखवा लें। स्टॉक रजिस्टर में प्रविष्टि आदि के काम में सहायता के लिए मैं अपने स्टाफ़ में से आदमी दे दूँगा।"

"नहीं जी, आपने ये पुस्तकें ख़रीदी हैं। इनकी ज़िम्मेदारी आप ही सँभालें और जवाबदेही भी आप ही लें। हम इन पुस्तकों को लाइब्रेरी में नहीं रख सकते।"

माधव अग्निहोत्री ने सोमेंद्र शुक्ला के साथ बैठकें और बातचीत करके तथा लिखित में अनुरोध भेजकर काफ़ी कोशिश की, किन्तु सोमेन्द्र शुक्ला पुस्तकों को लेने के लिए सहमत नहीं हुए। अपने इस प्रयास में सफल नहीं होने पर अग्निहोत्री ने हिन्दी अनुभाग में ही एक रजिस्टर बनवाकर एक कार्मिक को इस काम पर लगाया कि वह उन पुस्तकों का विवरण उस रजिस्टर में दर्ज करे। हिन्दी अनुभाग में कार्मिकों पर अनुवाद कार्य का वैसे ही बहुत बोझ था, अग्निहोत्री द्वारा एक कार्मिक को पुस्तकों के रख-रखाव का काम सौंप दिये जाने से अन्य कार्मिकों पर कार्य का बोझ और अधिक बढ़ गया। कार्य को निपटाने के लिए उनको कार्यालय समय के पश्चात् देर तक बैठकर काम करना पड़ता था। अनुभाग के कार्मिकों ने माधव अग्निहोत्री के समक्ष कई बार अपनी समस्या रखी और अनुरोध किया कि वह पुस्तकों के कार्य हेतु अतिरिक्त कार्मिक की व्यवस्था करायें। कार्मिक जब भी अग्निहोत्री से अपनी समस्या बताते, वह हर बार उनको चाय-समोसा खिलाते और यह कहकर उनको शान्त कर देते, "मैं आप लोगों की समस्या समझता हूँ। लेकिन याद रखिए, आप लोग हिन्दी के प्रति समर्पित हिन्दी के सिपाही हैं। आप लोग दूसरे लोगों की तरह सरकारी नौकरी नहीं करते हैं, आप लोग माँ भारती की सेवा करते हैं।

आप लोग मिशनरी हैं। मिशनरी भावना से ही काम करो। आपको हिन्दी सेवा के बहाने देश सेवा का शानदार एक अवसर मिला है, इस पर गर्व करो। सेवा भावना कष्ट नहीं देखती। वह त्याग और समर्पण के लिए प्रेरित करती है। आप लोग इस भावना से भरकर ही काम करें।"

एक लम्बा देशभक्तिपूर्ण भाषण देने के पश्चात् अन्त में वह धीरे से कहते, "मैं अतिरिक्त कार्मिक के लिए कोशिश कर रहा हूँ। जब तक नहीं आता है तब तक मिलजुलकर काम को चलाते रहिए।"

रामनाथ पाण्डेय ने पुस्तकों को गत्ते के बक्सों में भरकर भिजवाया था। पुस्तकालय द्वारा पुस्तकें लेने से इन्कार कर दिए जाने के पश्चात् माधव अग्निहोत्री के पास इस बात के सिवाय कोई विकल्प नहीं था कि वह पुस्तकों को रखने की स्वयं ही कोई व्यवस्था करें। हिन्दी अनुभाग या उनके अपने कक्ष में कहीं पर भी इतना स्थान नहीं था कि उन पुस्तकों को वहाँ पर रखवा सकते। अत: उन्होंने पुस्तकों से भरे उन बक्सों को अपने कमरे के बाहर कॉरिडोर में रखवा दिया था। बिना किसी ताले-चाबी के खुले में रखे वे बक्से दो-चार दिन तक सुरक्षित रखे रहे। उसके पश्चात् उन बक्सों में से पुस्तकें ग़ायब होने लगीं। फटे बक्सों में से पुस्तकें बाहर झाँकती दिखाई देती थीं जो कॉरिडोर में से गुज़रने वाले पुस्तक-प्रेमियों को अपनी ओर आकृष्ट करती थीं। न कोई पूछताछ, न कोई रोक-टोक, जिसका मन करता वह बक्सों में से किताब उठाकर चलता बनता।

माधव अग्निहोत्री यह बात अच्छी तरह समझते थे कि कम से कम ऑडिट होने तक पुस्तकों और उनके रेकॉर्ड का सुरक्षित रहना बहुत आवश्यक था। इसलिए पुस्तकों की सुरक्षा का प्रश्न निरन्तर उनके मस्तिष्क में रहता था। उन्होंने भी जब पुस्तकें ग़ायब होते देखीं तो उनको पुस्तकों की सुरक्षा की चिन्ता हुई। पुस्तकों को सुरक्षा के साथ रखने के लिए उन्होंने लोहे की पाँच सेल्फ़ ख़रीदने का प्रस्ताव प्रशासन को भेजा। संयुक्त सचिव उदार व्यक्ति थे और उनके साथ माधव अग्निहोत्री के अच्छे सम्बन्ध थे। उन्होंने सेल्फ़ ख़रीदने के प्रस्ताव को अनुमोदित कर दिया। सेल्फ़ आ गयीं तो बक्सों में रखी पुस्तकों को उन सेल्फ़ के अन्दर रखवाकर कॉरिडोर में बक्सों के स्थान पर रखवा दिया गया। इन सभी सेल्फ़ की चाबी उन्होंने अपने निजी सहायक के पास रखवा दी थीं। और उसे यह हिदायत भी दे दी थी कि कभी-कभी वह उन सेल्फ़ को चेक भी करता रहे। यदा-कदा वह सेल्फ़ को चैक कर लिया करता था।

किन्तु इसके उपरान्त कुछ दिन पश्चात् सेल्फ़ से भी पुस्तकें ग़ायब होनी शुरू हो गयीं। कई सेल्फ़ के ताले टूट गये थे। पुस्तकों की सुरक्षा किसी बन्द कमरे में रखकर ही हो सकती थी। अग्निहोत्री ने प्रशासन से हिन्दी पुस्तकालय के लिए एक कमरे की माँग की, किन्तु प्रशासन द्वारा उसके अनुरोध को यह कहते हुए अस्वीकार कर दिया गया कि एक विभाग के अन्दर दो पुस्तकालय नहीं हो सकते, और अलग से हिन्दी पुस्तकालय खोलने का कोई सरकारी प्रावधान नहीं है। माधव अग्निहोत्री के समक्ष यह एक बड़ा प्रश्न था कि पुस्तकों की सुरक्षा कैसे की जाये। उन्होंने पुस्तकों की सुरक्षा के लिए बुक सेल्फ़ में लोहे की चेन और ताला ख़रीदने का एक नया प्रस्ताव प्रशासन को दिया। प्रशासन के अधिकारी माधव अग्निहोत्री द्वारा एक ही कार्य के लिए बार-बार नये प्रस्ताव देने से तंग आ गये थे। पुस्तकालय के बजाय हिन्दी प्रभाग द्वारा पुस्तकों की ख़रीद से वे सहमत नहीं थे, किन्तु एक तो अग्निहोत्री प्रस्ताव की नोटिंग इस तरह से करते थे कि प्रस्ताव के स्वीकृत नहीं होने अथवा स्वीकृति में विलम्ब के कारण होने वाली किसी क्षति का दायित्व प्रशासन पर आता था, न कि माधव अग्निहोत्री पर। दूसरे, माधव अग्निहोत्री के प्रति संयुक्त सचिव के नरम रुख़ को देखते हुए भी वे उनके प्रस्तावों को रोकते नहीं थे, आगे बढा देते थे। इसी दबाव में पुस्तकों की सभी सेल्फ़ में लोहे की मोटी चैन और ताले ख़रीदने के प्रस्ताव को भी बिना किसी बाधा के स्वीकृति मिल गयी थी। सभी सेल्फ़ में लोहे की चेन और ताले लगा दिये गये।

ख़रीदी गयी हिन्दी पुस्तकों को लेकर जब भी किसी तरह की कोई टिप्पणी होती, माधव अग्निहोत्री अत्यन्त मासूमियत के साथ एक लम्बा-सा भाषण दे देते थे। वह कहते, "हिन्दी के प्रति लोगों का यह रवैया ही हिन्दी के मार्ग की सबसे बड़ी बाधा है। देखो, यहाँ तो इतनी मेहनत करके हिन्दी पुस्तकालय की स्थापना के लिए काम किया, पुस्तकें ख़रीदवायीं। लेकिन प्रशासन में बैठे हिन्दी विरोधी लोग हिन्दी पुस्तकालय के लिए जगह नहीं दे रहे हैं। जहाँ इस बात पर गर्व होना चाहिए था कि हमने हिन्दी को बढ़ावा देने की दिशा में इतनी बड़ी पहल की है, वहाँ आलोचना हो रही है कि हमने पुस्तकें कैसे ख़रीदीं? क्यों ख़रीदीं? बताइए, क्या किया जाये ऐसे लोगों का। ऐसे नकारात्मक माहौल के कारण ही बहुत-से लोग चाहते हुए भी हिन्दी के प्रसार के लिए कोई पहल नहीं कर पाते हैं...हिन्दी का प्रचार-प्रसार हमारा संवैधानिक और राष्ट्रीय दायित्व है। हिन्दी के बल पर हमने स्वाधीनता प्राप्त की, हिन्दी हम भारतीयों की राष्ट्रीय अस्मिता और गरिमा की प्रतीक है। हमारे राष्ट्रीय नेताओं ने हिन्दी के इस महत्त्व को समझा था। इसी के आधार पर भारतीय संविधान

में हिन्दी को संघ की राजभाषा बनाया गया था। हिन्दी के प्रति सकारात्मक होना हमारी सर्वोच्च प्राथमिकता होनी चाहिए। लेकिन अंग्रेज़ीदाँ क़िस्म के लोगों को हिन्दी के नाम से ही एलर्जी है। वे यह भूल रहे हैं कि हम हैं क्योंकि हिन्दी थी। हिन्दी की पुस्तकें यहाँ कॉरिडोर में पड़ी हैं और वे एक कमरा तक नहीं दे रहे हैं। यह है हिन्दी के नाम पर स्वतन्त्र देश में हिन्दी के प्रति प्रशासन में बैठे लोगों का प्रेम और दायित्वबोध।"

वह इतने प्रभावी ढंग से बोलते थे कि लोग उनकी बात सुनते थे और उससे प्रभावित होते थे। हिन्दी अधिकारी के साथ-साथ विभाग में उनकी छवि हिन्दी के प्रेमी और पक्षधर के रूप में थी। हिन्दी के प्रति सकारात्मक और उसमें रुचि रखने वाले बहुत-से कार्मिकों की दृष्टि में वह एक हिन्दी सन्त थे, जो हिन्दी के प्रति समर्पित और उसके लिए जीते थे और हिन्दी का प्रसार ही जिसके जीवन का ध्येय और मिशन था।

पुस्तकों की ख़रीद को कई वर्ष हो गये थे। अब तक आधी पुस्तकें ग़ायब हो चुकी थीं। इस दौरान विभाग का ऑडिट हुआ तो ऑडिट टीम द्वारा पुस्तकों की ख़रीद की प्रक्रिया को ग़लत पाया गया। साथ ही भौतिक सत्यापन में पुस्तकें भी ख़रीद से कम पायी गयीं। ऑडिट अधिकारी द्वारा इस सम्बन्ध में स्पष्टीकरण माँगा गया। अपने स्पष्टीकरण में माधव अग्निहोत्री ने लिखा–"पुस्तकों को रखने के लिए कमरा उपलब्ध नहीं होने के कारण कॉरिडोर में रखना मजबूरी थी और वहाँ से पुस्तकें चोरी हुईं।" किन्तु अग्निहोत्री द्वारा दिये गये स्पष्टीकरण से ऑडिट अधिकारी सन्तुष्ट नहीं हुआ और उसने अपनी रिपोर्ट में इसका एक पैरा बना दिया। उसके बाद से ऑडिट विभाग द्वारा कार्यालय का कई बार ऑडिट हुआ। प्रत्येक बार हिन्दी पुस्तकों की ख़रीद में अनियमितता का बिन्दु सामने आया। विभाग के पास अपने पूर्व में दिये गये जवाब को ही दोहराने के अलावा कुछ नहीं था।

कई वर्ष तक सेल्फ़ में बन्द वे हिन्दी पुस्तकें वहीं कॉरिडोर में पड़ी रहीं। नये मन्त्री द्वारा कार्यालय का मुआयना किये जाने के कारण विभाग में हड़कम्प मचा और समस्त कार्यालय में स्वच्छता अभियान चला तो अन्य सामान के साथ-साथ कॉरिडोर में रखी सभी अलमारियों और सेल्फ़ को भी वहाँ से हटवाया गया। इस अभियान में हिन्दी पुस्तकों से भरे बुक सेल्फ़ भी कॉरिडोर से उठाकर स्टोर रूम में रखवा दिये गये। इस बीच संयुक्त सचिव का स्थानान्तरण हो गया। अग्निहोत्री भी सेवानिवृत्त हो गये। वर्षों तक सेल्फ़ में बन्द वे पुस्तकें स्टोर में पड़ी रहीं। लेकिन

वहाँ भी आख़िर कब तक रहतीं। स्टोर में जब सामान का अम्बार लग गया तथा नये और उपयोगी सामान को रखने के लिए भी जगह कम पड़ने लगी तो सामान्य नियम और प्रक्रिया के अनुसार पुराने और अनुपयोगी सामान को स्टोर से निकालकर कबाड़ी को बेच दिया गया। जंक लग चुकी लोहे की सेल्फ़ और उनमें भरी हिन्दी पुस्तकालय की पुस्तकें भी इस कबाड़ में शामिल थीं।

दरार

चार वर्ष से वे साथ पढ़ रहे थे। पहले वे एक-दूसरे के मित्र बने, फिर घनिष्ठ हुए और फिर एक-दूसरे से प्रेम करने लगे। अपने प्रोजेक्ट वे साथ मिलकर बनाते, क्लास में साथ-साथ बैठते, क्लास से बाहर भी अधिकांश समय प्राय: एक-दूसरे के साथ व्यतीत करते थे। छुट्टियों में घर जाते तो उनका मन एक-दूसरे में पड़ा रहता और कोशिश होती कि जल्दी से इंस्टीट्यूट लौट जायें। प्राय: वे ऐसा करते थे। इंस्टीट्यूट के बहुत-से लड़के-लड़कियाँ उनकी घनिष्ठता और प्रेम से ईर्ष्या करते थे। लेकिन सबसे बेख़बर वे दोनों अपनी दुनिया में मस्त थे। चार वर्ष कैसे बीत गये, इसका उन्हें कोई पता ही नहीं चला।

एक दिन वे दोनों एक बेंच पर बैठे बातें कर रहे थे। शिवेन नाम की एक लड़की उनके पास से गुज़री तो राधा ने उसको लक्ष्य करते हुए रतन से कहा, "रतन, देखते हो प्रमोद और शिवेन साथ-साथ नहीं दिखायी देते अब।"

"मैंने ध्यान नहीं दिया इस पर।"

"ब्रेक-अप हो गया है उनका।"

"अंडरस्टैंडिंग नहीं बनी होगी अच्छी तरह उनके बीच।"

"पता चला है, कास्ट का इश्यू था, कास्ट को लेकर डिफ़रेंस आ गया था उनके बीच।"

"हूँ..." रतन ने केवल इतना कहा और चुप हो गया।

कुछ क़दम चलने के बाद राधिका ने रतन से पूछा, "रतन, तुम तो जाति-पाति को नहीं मानते हो न?"

"नहीं, मैं तो नहीं मानता। तुम देखती नहीं जाति की बात करने वालों से मैं दूरी बनाकर रहता हूँ। लेकिन यह क्यों पूछा तुमने? तुम मानती हो जाति-पाँति को?"

"नहीं, मैं भी नहीं मानती। मैंने तो बस इसलिए पूछा कि हमारे बीच जाति को

लेकर कोई गाँठ नहीं हो। सब चीज़ें स्पष्ट रहें। जाति को लेकर प्रमोद और शिवेन की तरह कोई दरार ना पड़े हमारे बीच।"

"देखो राधिका, मैं तो अपने आप में बहुत साफ़ हूँ इस मामले में। मेरी ओर से इस तरह की कोई दिक़्क़त न तो है और न ही रहेगी। मैं सिर्फ़ इतना जानता हूँ कि तुम मुझे प्यार करती हो और मैं तुम्हें प्यार करता हूँ। हम दोनों एक-दूसरे को प्यार करते हैं, एक-दूसरे की जाति से नहीं।"

"मैं भी ऐसा ही सोचती हूँ। मुझे भी कोई शिकायत नहीं है इस बात को लेकर।"

अन्तिम वर्ष की परीक्षा निकट थी। उसके पश्चात् इंस्टीट्यूट छोड़कर अपने-अपने घर चले जाना था। बाद में पता नहीं कब, कहाँ मिलेंगे, कहाँ नौकरी लगेगी, इन्हीं अनिश्चितताओं के बीच एक दिन वे दोनों इंस्टीट्यूट से बाहर घूमने के लिए निकले। फ़िल्म देखी, एक रेस्तराँ में खाना खाया, छिटपुट ख़रीदारी की और शाम होने पर वापस इंस्टीट्यूट की ओर चाल दिये। कोई रिक्शा न लेकर परस्पर बातें करते हुए वे पैदल ही लौट रहे थे। बातों के सिलसिले के बीच राधिका ने रतन से कहा, "कुछ दिन में एग्ज़ाम हो जायेंगे और हम अलग हो जायेंगे। अच्छा नहीं लग रहा है।"

"हाँ, वो तो है। लेकिन और कुछ कर भी तो नहीं सकते हम। जॉब लग जाये तो हम फिर एक साथ मिल सकेंगे।"

"लेकिन जॉब का भी क्या भरोसा है कि एक ही शहर में मिल जायेगी दोनों को।"

"हाँ, यह तो है। ऐसा करेंगे, एक ही शहर में जॉब ढूँढ़ने की कोशिश करेंगे हम। दोनों में से जिसकी जॉब पहले लग जायेगी दूसरा भी उसी शहर में जॉब ढूँढ़ेगा।"

"यह ठीक है। पैकेज भले ही कम हो, एक ही शहर में जॉब करेंगे हम।" परस्पर यह निश्चय कर दोनों आश्वस्त हुए और इंस्टीट्यूट लौट आये।

दो-तीन दिन बाद अचानक किसी बात पर ब्वॉयज़ हॉस्टल में कुछ सवर्ण छात्रों द्वारा दलित छात्रों के प्रति जातिगत टिप्पणी किये जाने से इंस्टीट्यूट का माहौल गर्म हो गया था। दलित छात्र इस घटना के दोषी छात्रों के विरुद्ध कार्रवाई करने की माँग को लेकर धरने पर बैठे थे। रतन भी प्रदर्शनकारी छात्रों का साथ दे रहा था। राधिका को यह देखकर अच्छा नहीं लगा। उसने रतन से कहा, "तुम क्यों इस पचड़े में पड़ते हो? दलित छात्रों का मामला है। वे धरना-प्रदर्शन कर रहे हैं, करने दो उनको जो कुछ कर रहे हैं। तुम्हें उनका समर्थन करना भी है तो बाहर से समर्थन दे दो, काफ़ी है। इनके साथ ज़्यादा मत रहा करो। तुम नहीं जानते, तुम्हें उनके साथ देखकर

लड़के तुम पर भी सन्देह करते हैं कि तुम दलित हो। यदि इसी तरह उनके साथ रहे तो तुम सच में शिड्यूल्ड कास्ट बन जाओगे।"

"बन क्या जाऊँगा, मैं शिड्यूल्ड कास्ट ही हूँ।" रतन ने कहा।

राधिका को उसकी बात पर विश्वास नहीं हुआ। वह बोली, "अच्छा मज़ाक़ कर लेते हो तुम। हर बात को मज़ाक़ में ले जाते हो।"

"मज़ाक़ नहीं कर रहा। सच कह रहा हूँ। मैं शिड्यूल्ड कास्ट ही हूँ।" रतन उसे विश्वास दिलाते हुए बोला।

"कह तो ऐसे रहे हो जैसे मुझे पता न हो कि तुम शिड्यूल्ड कास्ट नहीं जनरल कैटेगरी के हो।"

"लगता है, तुम्हें सचमुच पता नहीं है।"

"चलो तुम्हारी बात मान लेती हूँ कि तुम शिड्यूल्ड कास्ट हो। फिर तुम्हारा नाम शिड्यूल्ड कास्ट की सूची में क्यों नहीं है? तुम्हारा नाम जनरल सूची में क्यों है?"

"क्योंकि मैं शिड्यूल्ड कास्ट के कोटे से नहीं आया हूँ। मैं जनरल कोटे से कंप्लीट करके आया हूँ।"

"ठीक है, तब तुम्हारे फ्रेंड सर्कल में अधिकतर जनरल कैटेगरी वाले क्यों हैं? शिड्यूल्ड कास्ट क्यों नहीं हैं?"

"इसमें क्या ग़लत है?" रतन ने राधिका से पूछा। "जिनसे विचार मिलते हैं, उनसे दोस्ती हो जाती है। फिर वह किसी भी जाति या धर्म का हो, उससे कोई फ़र्क़ नहीं पड़ता।"

"यदि ऐसा है तो फिर तुम शिड्यूल्ड कास्ट छात्रों के साथ क्यों हो? उनसे तो तुम्हारी ज़्यादा दोस्ती नहीं है।"

"मैं उनके साथ इसलिए हूँ क्योंकि आज दलित छात्रों को जाति के आधार पर अपमानित किया गया है। मैं भी दलित जाति से हूँ। किसी भी दलित का जातिगत अपमान मेरा भी अपमान है। मैं जातिगत अपमान को सहन नहीं कर सकता, इसलिए जातिगत भेदभाव और अपमान का प्रतिकार करने के लिए मैं उनके साथ हूँ।"

"लेकिन इससे पहले तो तुमने कभी नहीं बताया कि तुम एस.सी. हो।"

"ऐसा कभी प्रसंग ही नहीं आया। यदि कोई ऐसा प्रसंग आया होता तो अवश्य बता देता मैं। जाति को लेकर कोई हीनताबोध मेरे अन्दर नहीं है। लेकिन बिना बात के जाति का बिल्ला गले में लटकाकर चलना ज़रूरी नहीं है। मैं जाति का बिल्ला गले में लटकाकर नहीं घूमता हूँ।"

रतन के मुँह से यह सुन राधिका के चेहरे की लालिमा ग़ायब हो गयी और वह एकटक रतन के चेहरे की ओर देखती रह गयी थी। उसे अपने और रतन के बीच दरार-सी खिंचती दिखाई दी।

चोरी

"अच्छी-ख़ासी ग़ाज़ियाबाद में नौकरी थी और वह भी बिल्कुल घर में। घर से साइकिल उठाकर चलता और बीस मिनट में दफ़्तर पहुँच जाता। समाज से भी जुड़ा था और यारों-प्यारों से भी। छोटे-मोटे कामों के लिए छुट्टी लेने की ज़रूरत भी नहीं पड़ती थी। फिर क्यों वहाँ की नौकरी छोड़ मैं यहाँ चला आया इस अनजान शहर में, ठोकरें खाने के लिए, जहाँ हर मोड़ पर जाति के राक्षस से दो-चार होना पड़ता है।" जब-जब भी जाति के कारण उसे उपेक्षा मिलती और मन आहत होता, वह यह सब सोचने को विवश हो जाता था।

इलाहबाद आये उसे तीन-चार दिन हो गये थे। अभी तक वह देवीदयाल के घर ठहरा हुआ था जो उसके एक मित्र के रिसतेदार थे। इस दौरान वह देवीदयाल तथा बैंक के अपने एक-दो सहकर्मियों के साथ अनेक जगह कमरे की तलाश में गया था। कई जगह कमरे देखे और किराये की बात भी हुई। यह जानकर कि वह बैंक में नौकरी करता है, लोग कमरा देने के लिए तैयार हो गये थे। लेकिन इसके उपरान्त उसे कमरा नहीं मिल सका था। मुट्ठीगंज में एक मकान मालिक ने अपने मकान में एक कमरा दिखाया। मकान की दूसरी मंज़िल पर अकेला कमरा। किसी तरह का कोई डिस्टर्ब नहीं। पढ़ाई के लिए एक़दम उपयुक्त था। कमरा उन्हें पसन्द आ गया था। कमरे का किराया भी उसकी पहुँच के अन्दर था। कमरा देने के लिए सहमत हो जाने के बाद मकान मालिक ने एक भरपूर दृष्टि उस पर डाली और उसके बारे में जानकारी लेनी शुरू की, "आप अकेले हैं या...?"

"जी, अकेला हूँ, और कमरे में अकेला ही रहूँगा।"

"कोई दिक़्क़त नहीं...आप कहाँ के रहने वाले हैं?"

"मैं ग़ाज़ियाबाद का रहने वाला हूँ।"

"ग़ाज़ियाबाद?" उन्होंने प्रश्नसूचक दृष्टि से मेरी ओर देखा।

उसने महसूस किया कि मकान मालिक शायद ग़ाज़ियाबाद से अधिक परिचित नहीं था। मेरठ पुराना शहर है, उसे लोग अच्छी तरह जानते हैं। इसलिए उसने मेरठ का हवाला देते हुए कहा, "मेरठ समझ लीजिए।"

"अच्छा, मेरठ ज़िले के हो।" उसका कहना बता रहा था कि वह मेरठ के नाम से भली-भाँति परिचित था।

"ग़ाज़ियाबाद पहले मेरठ ज़िले का ही हिस्सा था, अब अलग ज़िला बन गया है।" उसने स्पष्ट किया।

"यहाँ पढ़ते हैं या नौकरी करते हैं?"

"वैसे तो नौकरी करता हूँ। लेकिन पी.सी.एस. के लिए तैयारी भी कर रहा हूँ।"

"कौन से विभाग में हैं आप?"

"मैं बैंक में काम करता हूँ।"

"कौन से बैंक में हैं?"

"विजया बैंक में...चौक पर है, खोया मण्डी में।"

"बहुत अच्छी बात है...आपका नाम क्या है?"

"धर्मप्रकाश।"

"बस इतना ही? आगे क्या लगाते हैं?"

"मेरा नाम इतना ही है। परिवार में भी और काग़ज़ों में भी।"

"कोई सरनेम नहीं लगाते नाम के साथ?"

"जी नहीं। मेरे परिवार में सब केवल नाम ही लिखते है।"

बैंक का उसका एक सहकर्मी शुकदेव सिंह उसके साथ था। शुकदेव सिंह ही उसे यह कमरा दिखाने के लिए लेकर गया था। मकान मालिक हैरत से कभी उसे और कभी शुकदेव सिंह की ओर देखने लगा। कुछ क्षण इसी तरह देखते रहने के पश्चात् वह बोला, "आपका कोई सरनेम तो होगा?"

वह समझ गया था कि मकान मालिक उसकी जाति जानना चाहता था। सरनेम क्या सीधे जाति ही क्यों न बता दी जाये, यह सोचकर उसने बिना किसी संकोच के तत्काल कहा, "मैं जाटव हूँ।"

"जाटव?" शायद वह कुछ समझ नहीं पाया या समझते हुए भी नहीं समझने का अभिनय कर रहा था, धर्मप्रकाश के लिए यह समझना कठिन था।

"जी हाँ जाटव।" इस बार धर्मप्रकाश ने शब्दों पर थोड़ा ज़ोर देते हुए कहा था। उसको समझने में कोई दिक़्क़त नहीं हो, इसलिए उसने और स्पष्ट करते हुए कहा, "शेडयूल्ड कास्ट।"

यह सुनते ही सहसा वह असहज हो गया। जैसे खाना खाते हुए अचानक दाल में कंकड़ आ गया। खाने का सारा स्वाद बिगड़ गया। उसके चेहरे के हाव-भाव बदल गये और रुख़ में भी परिवर्तन आ गया। अब तक वह जिस गर्मजोशी से बात कर रहा था, वह ग़ायब हो गयी थी तथा उसके चेहरे और व्यवहार में शुष्कता उभर आयी थी। अपने मुँह को थोड़ा टेढ़ा करके उसने धर्मप्रकाश की ओर देखा और कुछ स्मरण-सा करते हुए बोला, "मेरे ध्यान से उतर गया था। अचानक अब याद आया है इस कमरे के लिए तो हम दो दिन पहले ही किसी और को हाँ कर चुके हैं।"

धर्मप्रकाश को यह सुनकर हैरानी हुई। हैरानी से उसने मकान मालिक की ओर देखा। किन्तु वह उनकी ओर से अपनी नज़रें घुमाकर दूसरी ओर देखने लगा था। उससे और कोई बात करने का अब कोई अर्थ नहीं रह गया था। धर्मप्रकाश ने 'ठीक है' कहा और उठकर खड़ा हो गया।

मकान मालिक के इस व्यवहार से शुकदेव सिंह को भी हैरानी हुई। वह मन ही मन मकान मालिक पर कुछ ग़ुस्सा भी हुआ किन्तु ग़ुस्से को पी गया और यह कहते हुए कुर्सी से उठकर खड़ा हो गया, "यदि ऐसी बात थी तो आपको पहले ही बता देना चाहिए था। क्यों अपना और हमारा समय ख़राब किया।"

अगले दिन बैंक बन्द होने के पश्चात् वह शुकदेव सिंह के साथ एक अन्य स्थान पर कमरा देखने गया। वहाँ पर भी लगभग वैसा ही हुआ। मकान मालिक ने कमरा दिखाया। किराया और शर्तें बतायीं और धर्मप्रकाश के बारे में पूछताछ की। उसकी जाति का पता चलते ही उस मकान मालिक को भी कुछ भूला हुआ याद आ गया और यह कहते हुए उसने कमरा देने से मना कर दिया, "देखिए कमरा तो ख़ाली है लेकिन थोड़े दिन बाद हमारे बेटे की शादी होने वाली है। तब हमें इस कमरे की ज़रूरत पड़ेगी। यह कमरा हम शादी के बाद ही किराये पर दे सकेंगे। इसलिए आप कोई दूसरा मकान देख लें।"

अनेक प्रयासों के बाद भी कमरा नहीं मिला तो शुकदेव सिंह ने उसे समझाते हुए कहा, "तुम लोगों को क्यों बताते हो कि तुम शेडयूल्ड कास्ट हो।"

"लोग पूछते हैं तो बताना तो पड़ेगा न। अपनी ओर से तो मैं बताता नहीं हूँ।"

"अरे भाई, तुम्हें किराये पर कमरा लेना है, अपना समय निकालना है, निकाल लो जैसे-तैसे। लोग पूछते हैं तो ले दो किसी भी सवर्ण जाति का नाम, क्या फ़र्क़ पड़ता है। कमरे के लिए परेशान हो, कम से कम कमरा तो मिल जायेगा।"

लेकिन धर्मप्रकाश का स्वाभिमानी मन इस बात के लिए तैयार नहीं हुआ। उसने शुकदेव सिंह से कहा, "किराये पर कमरा लेने के लिए इतना बड़ा झूठ

बोलूँ? नहीं यार, मुझे यह ठीक नहीं लग रहा है। मैं जो हूँ सो हूँ, इसमें चोरी किस बात की।"

"तब कमरा कैसे मिलेगा? स्थिति तुम देख रहे हो। और दूसरे के घर में भी कब तक रह पाओगे? सोचो?"

शुकदेव सिंह की बात अपनी जगह सही थी। वह लोकल आदमी था। वहाँ के समाज को धर्मप्रकाश से अधिक वह जानता था। वह भला आदमी था जो उससे अपनापन दिखा रहा था और यह सब समझा रहा था, दूसरे तो केवल काम से काम रखते थे। उसने शुकदेव सिंह की बात पर सोचा। लेकिन मेरे मन ने कहा–"आशा नहीं छोड़नी चाहिए। कोई अच्छा मकान मालिक भी तो मिल सकता है जिसे जाति से कोई फ़र्क़ नहीं पड़ता हो।" यह सोचकर उसने शुकदेव सिंह से कहा, "देखते हैं। ...थोड़ी और कोशिश कर लेते हैं। शायद कहीं बात बन जाये। जब कहीं पर भी बात नहीं बनेगी तब सोचेंगे कुछ।"

धर्मप्रकाश ने जाति नहीं छिपायी और इसके चलते उसे सवर्णों के किसी मकान में किराये पर कमरा नहीं मिला।

बैंक में अनुसूचित जाति के उसके दो साथी और थे। उन दोनों ने भी उसके साथ ही बैंक में ज्वाइन किया था। एक रामदेव था जो आगरा के पास किसी गाँव का रहने वाला था। दूसरा था एस.एस. पोद्दार। वह चन्द्रपुर (महाराष्ट्र) का था। रामदेव अपने नाम के साथ निगम टाइटल लगाता था। चूँकि निगम प्रायः सवर्णों का टाइटल होता है, इसलिए रामदेव से कोई उसकी जाति नहीं पूछता था। पोद्दार को बांग्ला भाषा आती थी जिसके चलते वह बंगालियों के बीच घुल मिल गया था। उसका टाइटल भी सवर्ण होने का सूचक था। इसलिए उससे भी कोई उसकी जाति नहीं पूछता था। उन्हें किराये पर मकान मिलने में कोई दिक़्क़त नहीं हुई थी।

मकान की तलाश में कई दिन इधर-उधर धक्के खाने के बाद अन्त में धर्मप्रकाश ने अपने बैंक के सफाई कर्मचारी मेवालाल से बात की। मेवालाल ने उसे अपने साथ ले जाकर उस दिन ही अपनी बस्ती में एक कमरा ढूँढ़वा दिया था। साथ ही बस्ती के सामाजिक कार्यकर्ता रामसंजीवन से भी उसे मिलवाया। रामसंजीवन न केवल जागरूक कार्यकर्ता थे, अपितु बाबासाहब अम्बेडकर के अनुयायी और बौद्ध धर्म को मानने वाले थे। वह अपने नाम के साथ बौद्धाचार्य लगाते थे। वह "अम्बेडकर नवयुवक महासभा' नामक संस्था के अध्यक्ष और एक भजन मंडली के संयोजक भी थे। रामसंजीवन अम्बेडकर नवयुवक महासभा की ओर से समय-समय पर छोटी-मोटी गोष्ठियाँ, संवाद और सांस्कृतिक कार्यक्रमों का आयोजन कराते रहते थे,

जिसके माध्यम से वह अपने समाज के लोगों में सामाजिक चेतना जाग्रत करने के प्रति क्रियाशील थे। उनकी बस्ती में कोई बुद्धविहार नहीं था, इसलिए बौद्धाचार्य रामसजीवन अपने निवास पर ही बुद्ध-वंदना एवं धम्म-देशना का आयोजन कराया करते थे। रहने के लिए कमरा और विचार-विमर्श के लिए बौद्धाचार्य रामसजीवन के मिलने से उसे बहुत सन्तोष हुआ।

अगले दिन वह देवीदयाल के घर से अपना सामान उठाकर मेवालाल की बस्ती में जाने वाला था कि संयोग से उसी दिन शाम को बाँकेलाल जी धर्मप्रकाश से मिलने के लिए उसके बैंक पहुँच गये और उसे अपने साथ अपने घर ले गये। बाँकेलाल जी सी.ए.जी. पेंशन कार्यालय में क्लर्क थे। वह बुलन्दशहर ज़िले में जलालपुर गाँव के रहने वाले थे और धर्मप्रकाश के चाचा हरपाल सिंह के मित्र लालसिंह के बड़े भाई थे। लालसिंह ने उनको चिट्ठी लिखकर धर्मप्रकाश के बारे में बता दिया था। बाँकेलाल जी सुलेमसराय में रहते थे। उनके परिवार में पत्नी के अलावा तीन लड़कियाँ और एक लड़का था। उनका एक और बेटा भी था जो गाँव में रहकर ही पढ़ रहा था। बाँकेलाल जी के परिवार में आने पर कुछ घण्टों में ही वह सबसे ऐसा घुल मिल गया था कि लगा वह अपने ही परिवार में आ गया था। चाचा का मित्र होने के नाते उसने बाँकेलाल जी को चाचा और उनकी पत्नी को चाची कहकर सम्बोधित किया। उनके बच्चे तो उसके लिए छोटे बहन-भाई जैसे थे ही। उस रात वह बाँकेलाल जी के आग्रह पर उनके घर पर ही रुका।

रात में उन दोनों की बहुत सारी बातें हुईं। बाँकेलाल जी ने इलाहाबाद के हालात से अवगत कराते हुए उसे बताया, "यहाँ जातिवाद का ज़हर बहुत ज़्यादा है। सवर्णों के घरों में दलितों को मकान मिलना सरल नहीं है। मैं ख़ुद यहाँ वर्मा बनकर रह रहा हूँ।"

मकान के लिए जाति छिपाना धर्मप्रकाश को अपने स्वाभिमान को गिरवी रखने जैसा लगा था। उसने बाँकेलाल जी से कहा, "आप अपनी जाति क्यों छिपाते हैं? साफ़-साफ़ क्यों नहीं कह देते कि आप जाटव हो। कोई सवर्ण मकान नहीं देगा, न सही। किसी पासी या हेला का मकान तो मिलेगा। वहाँ रहा जा सकता है। जहाँ भी रहा जाये वहाँ स्वाभिमान से रहना चाहिए।"

उन्होंने ग़ौर से धर्मप्रकाश की ओर देखा और फिर समझाते हुए बोले, "देखो, मेरे अन्दर जाति को लेकर कोई हीनता नहीं है और मुझे अपनी जाति के बारे में सच बोलने में भी कोई संकोच नहीं है। लेकिन कुछ बातें होती हैं, जिनके कारण न चाहते हुए भी कभी-कभी हमें सच से बचकर चलना पड़ता है।"

वह कुछ समझ नहीं पाया कि बाँकेलाल जी क्या कहना चाहते थे। जिज्ञासापूर्ण दृष्टि से उसने बाँकेलाल जी की ओर देखा। उसके असमंजस को भाँपते हुए वह बोले, "हम परदेश में हैं। हमें अपने काम से काम रखना चाहिए। लेकिन केवल अपने काम से काम रखने से भी काम नहीं चलता। कई दूसरे सरोकार भी होते हैं। यहाँ के माहौल और सच्चाई से अभी तुम पूरी तरह परिचित नहीं हुए हो। धीरे-धीरे बहुत कुछ जान जाओगे तुम भी।"

उस दिन बाँकेलाल जी से इस विषय में और अधिक बात नहीं हुई। लेकिन दोनों के बीच जो भी बात हुई थी, उससे उन दोनों ने एक-दूसरे को काफ़ी कुछ समझ लिया था। बाँकेलाल जी को भी उससे अपनापन हो गया था। अपनेपन में ही उन्होंने धर्मप्रकाश से कहा, "अपनी तरफ़ के हम दो आदमी यहाँ हैं, साथ-साथ रहेंगे तो अच्छा रहेगा। तुम्हें भी अकेलापन नहीं खलेगा और हमें भी सहारा रहेगा। वक़्त-ज़रूरत पर एक-दूसरे के काम आयेंगे।"

उनका यह विचार धर्मप्रकाश को अच्छा लगा, लेकिन कमरे की समस्या के बारे में सोचते ही उसका मन कुछ डाँवाँडोल होने लगा। उसने अपनी समस्या बाँकेलाल जी के समक्ष रख दी, "वह तो ठीक है। मुझे आपके पास रहने में ख़ुशी होगी। लेकिन मैं रहूँगा कहाँ? कमरा मिलना वैसे ही बड़ी समस्या है।"

वह बोले, "अभी हम लोग गाँव जायेंगे, छोटे भाई की शादी है। इस बीच तुम यहीं पर हमारे घर में ही रहना। लौटने पर तुम्हारे लिए कमरा देख लेंगे। उसकी चिन्ता तुम मत करो। इतने दिन के लिए व्यर्थ में किराया देने से क्या फ़ायदा है।"

उनका सुझाव धर्मप्रकाश को अच्छा लगा और अगले दिन ही वह अपना सामान उठाकर बाँकेलाल जी के घर चला आया था। उसी दिन शाम की रेल से बाँकेलाल जी अपने परिवार के साथ गाँव चले गये थे। उनके लौटने तक वह उनके घर में ही रहा।

बाँकेलाल जी का मकान दो कमरों का था। अन्दर वाले कमरे में कोई खिड़की या रौशनदान नहीं था। उसमें दिन में भी अँधेरा रहता था। बाहरवाले कमरे का दरवाज़ा रास्ते की ओर था। उसमें दिन भर रोशनी रहती थी। धर्मप्रकाश प्रायः इस कमरे में ही रहता था। मकान का मुख्य दरवाज़ा इस कमरे के दरवाज़े के बिल्कुल पास था।

रविवार के दिन सायं के समय वह बाहरवाले कमरे में बैठा हुआ कोई किताब पढ़ रहा था कि मकान मालिक सुरेंद्र श्रीवास्तव मकान के दरवाज़े के पास आकर खड़े हो गये। थोड़ी देर बाहर रास्ते में आते-जाते लोगों को देखते रहे। फिर

धर्मप्रकाश की ओर देखकर वह उससे बातें करने लगे। उन्होंने थोड़ी देर इधर-उधर की कुछ बातें कीं। उसका नाम, गाँव, परिवार, शिक्षा, नौकरी आदि के बारे में पूछा। धर्मप्रकाश ने सहजता से उनको सब कुछ बता दिया। सहसा उन्होंने पूछा, "तुम किस कास्ट के हो?"

श्रीवास्तव का यह प्रश्न सुनकर वह उलझन में पड़ गया। उसका मन किया कि दूसरों की तरह उनको भी स्पष्ट बता दे "मैं जाटव हूँ", लेकिन उसने स्वयं को रोक लिया। सोचा यदि मैं सच बता दूँ तो कहीं ऐसा न हो कि बाँकेलाल जी के लिए कोई दिक़्क़त पैदा हो जाये। वैसे भी बाँकेलाल जी वहाँ अपनी जाति छिपाकर रह रहे थे। ऐसे में यह भेद खुल जाने पर कि वह शेड्यूल्ड कास्ट हैं और झूठ बोलकर रह रहे हैं, उनकी पोजिशन ख़राब हो जाने का ख़तरा था। एक बार व्यक्ति की पोजिशन ख़राब हो जाये तो फिर उसके लिए बड़ी कठिनाई पैदा हो जाती है। इसलिए उसने न चाहते हुए भी श्रीवास्तव से झूठ बोल दिया, "मैं जाट हूँ।"

उसने दो बातें सोचकर ही स्वयं को जाट बताया था। एक तो यह कि कुछ जाट लोग भी अपना टाइटल वर्मा लिखते हैं, और दूसरे "जाटव" और "जाट" में सिर्फ़ "व" का ही अन्तर है। यदि कभी सुरेन्द्र श्रीवास्तव को यह पता चल भी गया कि वह जाट नहीं, जाटव है तो वह यह कह सकेगा कि मैंने जाटव ही कहा था, उनके सुनने में कहीं ग़लती हुई होगी।

"और वर्मा जी?" श्रीवास्तव जी का अगला प्रश्न था।

यह प्रश्न सुनकर वह चौंक गया। श्रीवास्तव जी को शायद इस बात पर सन्देह था कि बाँकेलाल जी सवर्ण हैं। उनके इस प्रश्न ने धर्मप्रकाश को धर्म-संकट में डाल दिया था। उसे यह पता नहीं था कि श्री बाँकेलाल जी ने स्वयं को कौन सा वर्मा बताया हुआ था। क्योंकि बहुत-से जाट, सुनार, कायस्थ आदि कई जातियों के लोग अपना टाइटल वर्मा लगाते हैं। स्वयं सुरेंद्र श्रीवास्तव का बड़ा भाई अपना टाइटल वर्मा लगाता था। उसके लिए सुरेन्द्र श्रीवास्तव के इस प्रश्न का उत्तर देना एक टेढ़ी खीर था। इसलिए उसने केवल यही कहना उचित समझा, "उनके विषय में नहीं जानता।"

धर्मप्रकाश के इस जवाब से उनको हैरानी हुई। एक अर्थपूर्ण दृष्टि से उन्होंने धर्मप्रकाश की ओर देखा और बोले, "क्या? तुमको नहीं पता उनके बारे में?"

"दरअसल वह मेरे चाचा जी के एक दोस्त के बड़े भाई हैं। और फिर मैं ग़ाज़ियाबाद का हूँ और वह बुलन्दशहर ज़िले के हैं।"

"अरे, हम तो समझे थे, आप लोग एक ही गाँव के हैं, इसीलिए आप लोगों में इतनी घनिष्ठता है।" श्रीवास्तव जी को उसके उत्तर पर आश्चर्य हुआ था।

"जी नहीं, हम एक गाँव के नहीं हैं। किन्तु परदेश में आकर सौ कोस दूर के लोग भी घर के से लगते हैं।" वह भोलेपन से यह कहकर सच्चाई को छिपा गया था।

"हाँ, यह तो है।" धीमे-से स्वर में यह कहते हुए श्रीवास्तव जी ने उसकी ओर देखा। वह शायद उसकी आँखों में कुछ पढ़ना चाहते थे। उसने अपनी आँखें किताब में लगा ली थीं।

इसके पश्चात् उन्होंने उससे कोई बात नहीं की। उसने देखा श्रीवास्तव कुछ असहज-से हो गये थे। बस एक-दो मिनट ही वह वहाँ पर रहे। एक बार धर्मप्रकाश की ओर और एक बार इधर-उधर देखा और अपने घर के अन्दर चले गये।

सुरेन्द्र श्रीवास्तव के व्यवहार ने इस बात का संकेत दे दिया था कि उनके मन में जाति को लेकर एक गाँठ है, जो अब तक बन्द थी। आज खुल गयी थी। जाति उनको परेशान कर रही थी। उनके व्यवहार से धर्मप्रकाश को यह भी आभास हो गया था कि उनको धर्मप्रकाश का जवाब विश्वसनीय नहीं लगा था और कहीं न कहीं उनके मन में उसकी और बाँकेलाल जी की जाति को लेकर सन्देह पैदा हो गया था।

हालाँकि धर्मप्रकाश को अपने लिए नहीं बाँकेलाल जी के लिए झूठ बोलना पड़ा था, लेकिन यह झूठ बोलना उसे बहुत खटक रहा था। उसके मन पर झूठ और चोरी का एक बोझ-सा था जिससे वह दबा जा रहा था। वह इस बोझ से मुक्त होने के लिए बेताब था। एक सप्ताह पश्चात् बाँकेलाल जी अपने परिवार के साथ इलाहाबाद लौट आये। शाम को खाना खाते समय उसने सुरेन्द्र श्रीवास्तव के साथ हुई सारी बात उनको बतायी और अपने द्वारा बोला गया झूठ भी साफ़-साफ़ बतलाया। अपने स्वभाव के अनुसार उन्होंने इत्मीनान से सारी बात सुनी और फिर सहजता से बोले, "तूने जो भी कहा ठीक कहा। यहाँ किसी को अपनी जाति बताने की ज़रूरत नहीं है।"

"क्यों?" उसे बाँकेलाल जी की बात सुनकर आश्चर्य हुआ।

"बहुत जातिवाद है लोगों के मन में। अपनी सही-सही जाति बता दो तो मारे-मारे फिरोगे, कहीं मकान मिलना मुश्किल हो जायेगा किराये पर...तुझको भी कहाँ कमरा मिल पाया किसी सवर्ण के घर में। जाति के कारण ही न?"

"हाँ, लेकिन मैंने अपनी जाति नहीं छिपायी, जिसने भी पूछा, सच सच बताया।"

"सच बोलने से मकान मिला तुमको?"

"हाँ, मिल तो गया था।"

"कहाँ? हेलाओं के मोहल्ले में?"

"हाँ, तो क्या हुआ? अच्छा ही है न। न दे कोई सवर्ण अपना मकान हमें किराये पर। अपने लोगों के मोहल्ले में रहेंगे। दूसरों के बीच ख़ुद को छिपाकर रहना पड़ता है, अपने लोगों के बीच अपनेपन और सम्मान के साथ रहेंगे। यह क्यों नहीं सोचते आप भी?"

"तुमको मेवालाल मिल गया, मुझे कोई मेवालाल नहीं मिला। और फिर तुम अकेले हो मैं फ़ेमिलीवाला हूँ। अन्तर है मेरी और तुम्हारी स्थिति में।"

"आप भी खोजने की कोशिश करते तो आपको भी कोई न कोई ऐसा आदमी अवश्य मिल जाता जो आपको मकान दिलवा देता।"

"हमारे लोगों के पास अपने रहने के लिए ठीक-ठाक घर नहीं हैं, किराये पर कहाँ मिलेंगे वहाँ पर मकान। सवर्णों के मकानों में रहना हमारी ज़रूरत है और इसके लिए जाति छिपाना हमारी मजबूरी है। समस्या एक नहीं अनेक हैं।"

"तो क्या जाति छिपाने से हमारी जाति बदल जायेगी या हमारी समस्याएँ हल हो जायेंगी?"

"जाति नहीं बदल जायेगी, लेकिन किराये का मकान तो मिल जायेगा रहने के लिए। अपना मकान ख़रीदने की स्थिति में तो हम हैं नहीं।"

"बच्चे स्कूल में पढ़ने जाते हैं। वहाँ पर तो जाति लिखी जाती है। वहाँ पर तो आपने अपनी सही जाति लिखवायी होगी या वहाँ पर भी...?"

"वहाँ पर तो सही लिखवानी पड़ती है। स्कूल के सर्टिफ़िकेट ज़िन्दगी भर काम आते हैं।"

"वहाँ से पता नहीं चलेगा आपकी जाति का?"

"स्कूल में कोई बच्चा कहीं का होता है, कोई कहीं का। इस मोहल्ले का कोई बच्चा नहीं है इनके स्कूल में जो आकर बताएगा।"

"आज नहीं है, कल कोई आ गया तो?"

"तब का तब देखा जायेगा। तू क्यों परेशान हो रहा है इस बात को लेकर। हर जगह अपने गले में जाति का बिल्ला लटकाकर चलने की ज़रूरत नहीं है। अपना टाइम निकालना है। टाइम निकालो और चलते बनो। ज़्यादा टेंशन लेने की ज़रूरत नहीं है।"

"मान लो किसी तरह लोगों को पता चल गया यहाँ आपकी जाति का, तब क्या होगा?"

"होगा क्या, ज़्यादा से ज़्यादा कोई अपना मकान ख़ाली करने को कहेगा। कर देंगे ख़ाली। दूसरा ढूँढ़ लेंगे। इस मोहल्ले में नहीं मिलेगा दूसरे मोहल्ले में देख लेंगे। हमें कौन सा बसना है यहाँ पर। जब तक यहाँ नौकरी है तब तक समय काटना है।"

"जब आप इस सबके लिए तैयार हो तो फिर अपनी जाति छिपाते ही क्यों हो? जाति छिपाने से तो हीनताबोध पैदा होता है। हीनताबोध के साथ क्यों रहना।"

धर्मप्रकाश के यह शब्द सुन बाँकेलाल जी गम्भीर हो गए और हैरतभरी दृष्टि से उसकी ओर देखने लगे। कुछ देर तक उसके चेहरे की ओर देखते हुए कुछ सोचते रहे, फिर उसके साथ सहमति में अपना सिर हिलाते हुए बोले, "बात सही है तुम्हारी...अपने गाँव ज़िले से दूर अपरिचितों के बीच जातिवाद के इस गढ़ में सम्मान से रहने के लिए मुझे जाति छिपाकर रहना पड़ा था। अब तक मैं अकेला था। अब तुम आ गये हो साथ में तो हौसला आ गया है। अब नहीं छिपायेंगे अपनी जाति।" यह कहते हुए उनका चेहरा आत्म-सम्मान और विश्वास से चमकने लगा था।

अगले सप्ताहांत में सुरेन्द्र कुमार श्रीवास्तव अपने घर आये और बाँकेलाल जी से आमना-सामना हुआ तो उनके चेहरे पर कुछ भिन्न प्रकार के भाव थे। बाँकेलाल जी ने उनके मनोभावों को पढ़ लिया था। रविवार को संध्या समय श्रीवास्तव कहीं बाहर से लौटे थे। वह बारामदा पार करके अपने घर के अन्दर प्रवेश करने वाले थे कि बाँकेलाल जी ने उनको रोक लिया, "सुनिए श्रीवास्तव जी, आपसे कुछ बात करनी है।"

सुरेन्द्र श्रीवास्तव चौंके। उनका चौंकना स्वाभाविक था, क्योंकि अब से पहले उन दोनों के बीच कभी किसी तरह की कोई बात नहीं हुई थी। जो भी बात होती थी दोनों की पत्नियों के बीच ही होती थी। मकान के किराये की बात भी उन दोनों की पत्नियों के बीच ही हुई थी। अन्दर की ओर बढ़ते सुरेन्द्र श्रीवास्तव क़दम ठिठक गये। उन्होंने मुड़कर बाँकेलाल जी की ओर देखा। बाँकेलाल जी चारपाई पर बैठे अख़बार पढ़ रहे थे। अख़बार को बन्द कर वह चारपाई से उठे और सुरेन्द्र कुमार श्रीवास्तव के पास आकर खड़े हो गए, और उनके चेहरे की ओर देखते हुए बोले, "हम जब गाँव गये हुए थे तो आप लड़के से कुछ पूछ रहे थे हमारे बारे में?"

जैसे अचानक से हमला हो गया हो, श्रीवास्तव सहसा असहज हो गये। लेकिन तत्काल स्वयं को सहज किया और अनभिज्ञता सी व्यक्त करते हुए बोले, "क्या? मैं कुछ समझा नहीं।"

"आप मेरी जाति पूछ रहे थे?" बाँकेलाल जी ने प्रहार की मुद्रा में सीधे प्रश्न किया।

सुरेन्द्र श्रीवास्तव इस प्रश्न के लिए तैयार नहीं थे। वे अचकचा-से गये। चेहरे पर बनावटी मुस्कुराहट लाकर लड़खड़ाते हुए स्वर में बोले, "अरे वह तो वैसे ही।"

"कोई बात नहीं। आपने यदि पूछा था तो ज़रूर कोई न कोई बात रही होगी आपके मन में। मैं आपको बता देता हूँ, मैं जाटव हूँ। आपको कोई समस्या हो तो बता सकते हैं।" कहते हुए उन्होंने अपनी आँखें श्रीवास्तव के चेहरे पर गड़ा दीं।

सुरेन्द्र श्रीवास्तव यह सुनकर झेंप गये थे। सहसा वह समझ नहीं पाये कि क्या कहें और क्या नहीं कहें। बाँकेलाल जी की नज़रें उन्हें बेध रही थीं, जिनका सामना करना उन्हें मुश्किल हो रहा था। बाँकेलाल जी के इन शब्दों के हमले से वह अन्दर से हिल-से गए थे। उन्होंने स्वयं को सँभाला और बाँकेलाल जी के कन्धे पर मित्रवत् हाथ रख अपनी झेंप मिटाते हुए बोले, "अरे नहीं, भाई साहब! ऐसी कोई बात नहीं है। किसी सन्दर्भ में मुँह से निकल गया होगा। हमें क्या समस्या होगी भला। आप अच्छे आदमी हैं। इतने प्यार से रह रहे हैं।" यह कहते हुए उनकी नज़रें झुकी हुई थीं।

श्रीवास्तव जी ने महसूस किया जैसे वह कोई चोर हैं और चोरी करते हुए रँगे हाथों पकड़ लिये गये हैं। नज़रें नीची किये ही धीमे क़दमों से दहलीज़ पारकर वह अपने घर के अन्दर चले गये थे।

वर्जिन

रोज़ की तरह अशोक अपना स्कूल बैग उठाकर घर से निकला और रूपा के घर के बाहर आकर उसे आवाज़ दी, "रूपा!"

हर रोज़ अशोक की आवाज़ सुनते ही रूपा "आ रही हूँ" कहती हुई अपना स्कूल बैग लेकर घर से बाहर निकल आती थी। लेकिन उस दिन अशोक की आवाज़ सुनकर घर के अन्दर से न रूपा बाहर आयी और न उसकी आवाज़। अशोक को लगा कि शायद रूपा उसकी आवाज़ सुन नहीं पायी है। उसने फिर से आवाज़ लगायी, "रूपा, जल्दी आओ, नहीं तो स्कूल को देर हो जाएगी।"

इस बार भी उसकी आवाज़ पर कोई प्रतिक्रिया नहीं हुई तो यह सोचकर कि शायद रूपा अभी तैयार नहीं हुई है, वह उसकी प्रतीक्षा करने लगा। किन्तु, कई मिनट के बाद भी रूपा बाहर नहीं आयी तो उसे कुछ विचित्र-सा लगा–"आज क्या हो गया है रूपा को? ऐसा तो कभी होता नहीं है। वह तो हमेशा पहले से ही तैयार रहती है और उसकी एक आवाज़ पर ही घर से बाहर निकल आती है। फिर आज क्यों बाहर नहीं आयी है वह अभी तक, और ना कुछ बता ही रही है कि उसे कितना समय और लगेगा तैयार होने में।" इस बार उसने थोड़े ऊँचे स्वर में आवाज़ लगायी, "रूपा, अरे भाई सो रही हो क्या अभी। क्या स्कूल नहीं जाना है आज?"

इस बार उसकी आवाज़ पर प्रतिक्रिया हुई और रूपा घर के अन्दर से बाहर आयी। लेकिन वह बिना स्कूल ड्रेस के थी, घर के कपड़ों में ही। चेहरे से भी वह कुछ बुझी-बुझी और उदास लग रही थी। उसे इस तरह देख अशोक को कुछ आश्चर्य हुआ। उसने पूछा, "क्या हुआ है तुम्हें? आज स्कूल नहीं जाओगी क्या?"

"नहीं अशोक, मैं स्कूल नहीं जाऊँगी।" उसका स्वर उदासी में डूबा हुआ था।

अशोक ने उसके चेहरे के बुझेपन और उदासी को पढ़ने की कोशिश करते हुए पूछा, "क्यों? क्या हुआ? तबीयत ठीक नहीं है क्या?"

"ऐसा ही समझ लो।" उसके इस प्रश्न के जवाब में रूपा ने अनमनेपन के स्वर में कहा।

अशोक को आज रूपा का व्यवहार एक पहेली-सा लग रहा था। यूँ परेशान और दुखी तो वह पिछले काफ़ी दिन से थी और अशोक उसके दुःख और परेशानी को जानता-समझता भी था। लेकिन आज वह मानसिक रूप से कुछ अधिक ही परेशान दिखायी दे रही थी। उसकी इस परेशानी को समझने की कोशिश करते हुए वह बोला, "यह समझ लो क्या होता है। तबीयत ठीक नहीं है तो स्पष्ट बताओ ना क्या हुआ है?"

अशोक का इस तरह अधिकारपूर्वक पूछना रूपा को अच्छा लगा, किन्तु अपने मन का असमंजस व्यक्त करते हुए वह केवल इतना कह पायी, "क्या बताऊँ?"

रूपा के चहरे पर छायी उदासी और रुख़ेपन से अशोक को यह आभास हो गया था कि रूपा किसी न किसी गहरी उलझन की शिकार है। वह बोला, "कुछ तो है। जो भी है वह बताओ। कुछ ज़्यादा ही परेशान लग रही हो। क्या बात है? आंटी की तबीयत तो ठीक है?"

"उनकी तबीयत तो ठीक है।"

"फिर क्या बात है?"

"मैं बहुत बड़े तनाव और उलझन में हूँ अशोक।"

"किस बात की उलझन है तुम्हें? ऐं?" अशोक ने उसके चेहरे पर अपनी आँखें टिकाते हुए गम्भीरता से पूछा।

"अभी तुम स्कूल चले जाओ, नहीं तो तुमको देर हो जायेगी। स्कूल से लौटते हुए आ जाना तब बात करेंगे।" इतना कहकर रूपा ने बात को टालने की कोशिश की।

"रूपा मैं तुम्हारा दोस्त हूँ। मुझसे भी अपने मन की उलझन छिपाओगी तो किसको बताओगी? और बताओगी नहीं तो उस उलझन से कैसे बाहर आओगी?"

"तुमको यह कहने की आवश्यकता नहीं है, अशोक कि तुम मेरे दोस्त हो। दोस्त ही नहीं, तुम मेरे बहुत अच्छे दोस्त हो। इतना सपोर्ट करते हो तुम मुझे, तुमको नहीं बताऊँ जी तो किसको बताऊँगी। तुम्हारे अलावा दूर-दूर तक और कोई नहीं है जिससे मैं अपने मन की बात कह सकूँ।"

"तो बताओ न क्या बात है? किस परेशानी में डूबी हो तुम?"

"बताऊँगी, सब कुछ बताऊँगी। पहले तुम स्कूल से तो हो आओ।"

"नहीं, मैं भी स्कूल नहीं जा रहा हूँ आज।"

"क्यों? तुम क्यों नहीं जाओगे स्कूल?"

"बस यूँ ही।"

"तुम जानते हो, अशोक कि पढ़ाई हमारे लिए कितनी महत्त्वपूर्ण है। तुम यह मानते और कहते भी हो कि हमारी ज़िन्दगी की बेहतरी के रास्ते शिक्षा से ही खुलने हैं। एक दिन भी स्कूल नहीं जाने का मतलब है एक दिन की शिक्षा से वंचित रहना। एक दिन की शिक्षा भी हमें ज़िन्दगी की दौड़ में पीछे कर सकती है। इसलिए जो भी बात करनी है, वह हम बाद में कर लेंगे। मैं स्कूल नहीं जा पा रही हूँ लेकिन तुम तो स्कूल जाओ।"

"मैं भी तो तुमसे वही कह रहा हूँ। मेरे लिए ही नहीं तुम्हारे लिए भी पढ़ाई उतनी ही ज़रूरी है। यदि किसी परेशानी के कारण तुम एक दिन भी स्कूल नहीं जाओगी तो ज़िन्दगी की दौड़ में तुम भी उतनी ही पिछड़ जाओगी...तुम जिस परेशानी के कारण आज स्कूल नहीं जा रही हो, क्या वह परेशानी केवल आज की ही है? और कल तुम स्कूल जाओगी?"

"नहीं, यह समस्या एक दिन की नहीं है। और जिस तरह की समस्या में उलझी हूँ, उसे देखते हुए मैं कब और कैसे स्कूल जा पाऊँगी, और कभी जा भी पाऊँगी या नहीं, इस बारे में कुछ नहीं कह सकती।" रूपा के शब्दों में उसकी विवशता का दर्द साफ़ झलक रहा था।

अशोक ने उसके दर्द को महसूस किया और उसके दर्द के साथ जुड़ते हुए बोला, "मैं एक दिन स्कूल नहीं जाऊँगा तो मेरी पढ़ाई पर कोई ख़ास असर नहीं पड़ेगा, लेकिन तुम परेशान बनी रही और इस कारण स्कूल नहीं जा पायी तो तुम्हारा बहुत अधिक नुक़सान होगा।"

"हाँ, यह तो है..." रूपा ने सहमति में सिर हिलाते हुए कहा।

"जब तक तुम्हारी परेशानी का पता नहीं चल जायेगा, मेरा मन भी परेशान रहेगा और इस स्थिति में स्कूल चला भी जाऊँ तो मेरा मन पढ़ाई में नहीं लगेगा। इसलिए मैं सोचता हूँ कि आज मैं भी स्कूल नहीं जाऊँ और तुम्हारे साथ बैठकर तुम्हारी समस्या पर विचार करें और उसका कोई उचित समाधान खोजने की कोशिश करें। क्यों? ठीक है ना?" इतना कहते हुए उसने प्रश्नसूचक दृष्टि से रूपा की ओर देखा।

रूपा जिस उलझन और तनाव से गुज़र रही थी, उससे उबरने के लिए उसे भी मानसिक सपोर्ट की बहुत ज़रूरत थी। वह भी चाहती थी कि कोई हो जिसके साथ बैठकर वह अपने मन की परेशानी को बाँट सके और तनाव से कुछ मुक्त हो सके।

स्कूल न जाकर उसके साथ बैठकर समय व्यतीत करने के अशोक के आत्मीय निर्णय पर रूपा मौन रह गयी थी। बिना कुछ बोले अशोक को आने का संकेत करते हुए वह घर के अन्दर हो गयी। अशोक भी उसके पीछे-पीछे उसके घर के अन्दर प्रवेश कर गया।

घर के नाम पर वह टीन की छत का एक कमरा था, जिसमें एक ओर चूल्हा और गैस का सिलिंडर रखा था। वहीं पर कुछ बर्तन, आटे का कनस्तर और कुछ डिब्बे रखे थे, जिनमें दाल, चावल और मसाले आदि रखे थे। दूसरी ओर दीवार के साथ एक तख़्त बिछा था जिस पर रुई के गद्दे पर रूपा की माँ लेटी थी। कमरे के बीचोंबीच एक रस्सी पर परदा डालकर उसे दो भागों में बाँटा हुआ था। परदे के दूसरी ओर का भाग रूपा और उसके छोटे भाई संजय के पढ़ने और सोने की जगह थी। जगह बहुत कम थी किन्तु किसी तरह दोनों की किताबें और कपड़े रखने के बाद उनके सोने के लिए जगह बनायी हुई थी। संजय स्कूल गया हुआ था।

घर के अन्दर प्रवेश करते ही रूपा ने माँ से अशोक का परिचय कराया, "माँ, ये अशोक है। मेरा स्कूल का सहपाठी और दोस्त। ये ही रोज़ मुझे अपने साथ स्कूल लेकर जाता है।"

अशोक ने दोनों हाथ जोड़कर उनको अभिवादन करते हुए कहा, "नमस्ते आंटी!"

"नमस्ते, बेटा...जीते रहो। खूब पढ़ो। ख़ूब लम्बी उमर मिलै। ख़ूब तरक़्क़ी करो तुम।" यह कहते हुए उन्होंने स्नेह और वात्सल्यपूर्ण दृष्टि से अशोक की ओर देखा और बिस्तर से उठकर बैठने की कोशिश की, किन्तु कमज़ोरी और दर्द के कारण वह उठ नहीं सकीं। उठने की कोशिश में उनको बहुत पीड़ा हुई और उनके मुँह से एक कराह निकली। रूपा ने अपने हाथों का सहारा देकर उनको बैठाया। अशोक करुणा और सहानुभूति से उनको देख रहा था। माँ की कमर के पीछे तकिया लगाते हुए रूपा ने अशोक को बताया, "माँ को उठने-बैठने में तकलीफ़ होती है। अपने आप वह उठ-बैठ नहीं पाती हैं। उनको उठाना-बैठाना पड़ता है।"

"जब संजय और तुम दोनों स्कूल चले जाते हो तब बाद में कौन उठाता-बैठाता है उनको?" अशोक ने जिज्ञासा व्यक्त करते हुए कहा।

रूपा ने उसकी जिज्ञासा को शान्त करते हुए बताया, "मैं स्कूल जाने से पहले माँ के हाथ-मुँह धुलवाकर और उनको नास्ता-पानी देकर जाती हूँ। जब तक हम स्कूल से आते हैं, वह बिस्तर पर ही लेटी रहती हैं। स्कूल से आने पर उनको बैठाते हैं।"

रूपा के इन शब्दों से अशोक के मन की जिज्ञासा पूरी तरह शान्त नहीं हुई थी। उसके जिज्ञासु मन में दूसरा प्रश्न उभरा, "लेकिन टॉयलेट जाने की आवश्यकता पड़े तो कैसे जाती होंगी वह?"

रूपा ने बताया, "सुबह को मैं उनको टॉयलेट करवाकर जाती हूँ। स्कूल से आते ही सबसे पहले उनको टॉयलेट ले जाती हूँ। इस तरह से मैनेज हो जाता है।"

"लेकिन इसमें तो कई घण्टे हो जाते हैं। इतनी देर में तो प्यास भी लगती होगी उनको और पेशाब भी आता होगा। हम-तुम लोग भी तो स्कूल में एकाध बार चले ही जाते हैं टॉयलेट। आंटी कैसे करती होंगी? उनको तो बहुत दिक़्क़त होती होगी?"

"मैं उनको चाय-नास्ता और दवाई देकर जाती हूँ। वैसे तो दवाई के नशे में ही लगभग दोपहर तक वह सोयी रहती हैं। लेकिन फिर भी उनको नींद नहीं आये या पेशाब की दिक़्क़त होती है तो मम्मी को-आपरेट करती हैं।"

"को-आपरेट?" अशोक को यह सुनकर आश्चर्य हुआ। वह अपना आश्चर्य व्यक्त करते हुए बोला, "कैसे को-आपरेट करती हैं वह?"

"उनको कितना भी ज़ोर से प्रेशर आये, हमारे स्कूल से आने तक वह कंट्रोल किए रहती हैं।" रूपा ने स्पष्ट करते हुए कहा।

"लेकिन यह भी तो बहुत सही नहीं है हेल्थ के लिए। ऐसा करने से भी कभी-कभी बीमारियाँ हो जाती हैं।" अशोक ने उनके स्वास्थ्य के प्रति चिन्ता व्यक्त करते हुए कहा।

"हाँ, यह बात तो है। लेकिन ऐसा नहीं करें तो करें क्या? और कोई विकल्प भी तो नहीं है।" रूपा अपनी विवशता समझाते हुए बोली। उसने आगे बताया, "हाँ, एक बात का ध्यान हम ज़रूर रखते हैं कि सुबह के समय माँ को बहुत कम पानी पिलाते हैं ताकि मेरे स्कूल से आने तक उनको टॉयलेट की कोई समस्या नहीं हो। और स्कूल से आने पर सबसे पहले मैं उनको टॉयलेट ही करवाती हूँ। उसके बाद कुछ और करती हूँ।"

रूपा के लिए यह उसकी दिनचर्या का हिस्सा था। वह सहज रूप से यह सब बता रही थी। लेकिन अशोक को उसकी बातें सुनकर सुखद आश्चर्य हो रहा था। वह रूपा की ओर देखते हुए बोला, "कितना मुश्किल है यह सब...स्कूल जाना, घर का सारा काम करना और माँ की देखभाल...इतने सारे काम। कैसे कर लेती हो तुम यह सब?"

"करना पड़ता है, अशोक! कोई और करने वाला नहीं है ना!...मजबूरी सब करना सिखा देती है और सब कुछ करने की ताक़त दे देती है।" यह कहते हुए उसने

माँ के बिस्तर के पास में रखे लकड़ी के स्टूल को एक कपड़े से साफ़ किया और अशोक को उस पर बैठने का संकेत करते हुए बोली, "बैठो, मैं तुम्हारे लिए चाय बनाती हूँ। फिर तसल्ली से बैठकर बात करेंगे।"

स्टोव पर चाय का पानी रखने के बाद रूपा अशोक के बैठने के लिए जगह बनाने में लग गयी। जब तक चाय का पानी गरम हुआ, उसने कपड़े, किताबें आदि ठीक से व्यवस्थित करके अशोक को बैठने के लिए जगह बना दी और चाय के पानी में चीनी डालते हुए अशोक से पूछा, "कितनी चीनी लोगे, अशोक, हल्की या चखार?"

"ज़्यादा नहीं, नॉर्मल ही।"

"ओके।"

अपने दोनों हाथ बिस्तर पर टिकाकर उनके सहारे दीवार से कमर लगाकर बैठने की कोशिश करते हुए रूपा की माँ ने अशोक की ओर देखा और बोलीं, "कैसे हो, बेटा? तुम्हारे मम्मी-पापा कैसे हैं?"

"अच्छे हैं, आंटी।"

"रूपा तुम्हारी बहुत तारीफ़ करती है। जिस तरह आजकल का माहौल ख़राब है, उसमें लड़कियों का अकेले घर से निकलना दूभर है। जहाँ देखो वहाँ, गली-मोहल्लों में, चौराहों पर, सब जगह आवारा लड़कों के झुंड दिखाई देते हैं। छुट्टे साँड़ से घूमते ये लुच्चे-लफ़ंगे आती-जाती लड़कियों को गन्दी नज़र से देखते हैं और छेड़ते हैं, लड़कियों का जीना हराम किये रहते हैं। लड़की देखने में थोड़ी ठीक-ठाक हो तो और ज़्यादा मुसीबत है। इस माहौल को देखकर मेरा तो मन नहीं करता कि रूपा घर से बाहर क़दम भी रखे। बिना पढ़े रह ले वो ठीक है, कोई दाग़ लग गया तो जनम ख़राब हो जायेगा...बेटा, तुम रोज़ स्कूल उसके साथ चले जाते हो और साथ में आ आते हो तो उससे बड़ा सहारा मिलता है, नहीं तो मैं यह सोचकर ही काँप जाती हूँ कि रूपा को अकेले ही स्कूल जाना पड़े तो कैसे करेगी वह? जब तक यह सही-सलामत घर नहीं लौट आती है, मन में हमेशा डर बना रहता है कि कहीं कुछ ऐसा-वैसा ना हो जाये।" यह कहते हुए उनके चेहरे पर चिन्ता की मोटी-मोटी रेखाएँ उभर आयी थीं।

रूपा की माँ ने जो कुछ भी कहा था, अशोक उसकी सच्चाई से अच्छी तरह परिचित था। वह स्वयं रोज़ अपनी आँखों से आवारा लड़कों को, लड़कियों को छेड़ते और उन पर भद्दी और अश्लील टिप्पणियाँ करते देखता था। उनकी इन हरकतों का कोई विरोध करे तो मरने-मारने पर उतारू हो जाते हैं। रूपा के साथ

उसे जाते देखकर कई लड़के उस पर भी तरह-तरह की टिप्पणी करते थे। पहले उसे "रूपा का बॉडीगार्ड" कहकर चिड़ाने की कोशिश की जाती थी। लेकिन वह उनकी बातों पर ध्यान न देकर और बिना उनकी ओर देखे चुपचाप निकल जाता था। उसके हमउम्र लड़के "साले ने क्या पटाखा लड़की पर हाथ मारा है" कहकर उस पर व्यंग्य करते थे तो बड़ी उम्र के लड़के डराने-धमकाने के अन्दाज़ में बात करते थे। एक दिन शाम को वह किसी काम से कहीं जा रहा था कि गली के कोने पर दो-तीन आवारा क़िस्म के लड़कों ने अकेले में उसको रोक लिया। एक लड़के ने उससे पूछा, "क्यों बे, क्या लगती है वो तेरी?"

उसके कहने के अन्दाज़ से अशोक को यह समझने में देर नहीं लगी कि उसके कहने का आशय क्या है। किन्तु, वह अनभिज्ञता प्रकट करता हुआ बोला, "कौन? किसकी बात कर रहे हैं आप?"

"ज़्यादा भोला मत बन। रोज़ जिसके साथ चिपककर स्कूल जाता है, उसकी ही बात कर रहे हैं। अब समझा?" इस बार दूसरा लड़का बोला था।

"तो रूपा की बात कर रहे हो तुम लोग? "

"हाँ, उसकी ही बात कर रहे हैं।"

"मेरी कुछ नहीं लगती है वह।"

"कुछ नहीं लगती है तो क्यों उसके साथ चिपका फिरता है तू?"

"हम दोनों एक स्कूल में और एक ही क्लास में पढ़ते हैं और इस कारण स्कूल भी एक साथ चले जाते हैं हम। इसमें चिपकने की कौन सी बात है।"

"अच्छा, तो यह कोई बात नहीं है?" उसने लगभग घूरते हुए अशोक की आँखों में अपनी आँखें गड़ाते हुये प्रश्न करते हुए कहा।

"नहीं, मुझे नहीं लगता कि इसमें कुछ भी ग़लत है।" अशोक ने पूर्ववत् उसी सहजता से उसके प्रश्न के जवाब में कहा।

अशोक की बात को सुना-अनसुना कर तीसरे लड़के ने अपने एक हाथ से उसके मुँह को दबाते हुए धमकी-भरे स्वर में कहा, "ओए, यह सही-ग़लत मत सिखा हमें। बस, उस लड़की से दूर रह तू...और याद रख वह हमारा माल है। तेरे कारण वह हमारी बात नहीं सुन रही है। पर देखते हैं, कब तक नहीं सुनती है। सुननी तो पड़ेगी उसे हमारी बात। राज़ी से सुनेगी तो राज़ी से नहीं तो ग़ैरराज़ी सुनेगी। तू रास्ते से अलग हट जा, नहीं तो उसके साथ-साथ तेरा भी...समझ रहा है ना ?..."

उन लड़कों की बातों के तेवर से अशोक को यह आभास हो गया था कि आने वाला समय रूपा के लिए बहुत अच्छा नहीं है। उसके साथ कुछ भी हो सकता है।

और यदि वह इसी तरह रूपा के साथ स्कूल जाता रहा तो वह भी चपेट में आये बिना नहीं रहेगा। कई दिन वह इस बात को लेकर परेशान रहा और सोचता रहा कि वह क्या करे और क्या नहीं करे। पहले उसने सोचा–"ये आवारा लड़के हैं। आये दिन किसी न किसी के साथ मार-पीट करते रहते हैं। यदि मैंने रूपा के साथ स्कूल जाना नहीं छोड़ा तो ये लोग मेरे साथ भी मार-पीट कर सकते हैं। वे हिंसक और लड़ाके हैं। उनका मुक़ाबला मैं नहीं कर सकता।" लेकिन रूपा का ख़याल आया तो वह सोचने लगा– "इस स्थिति में रूपा का साथ छोड़ना भी उचित नहीं है...तब क्या करूँ?" इसी उधेड़-बुन में पड़े हुए अतत: उसे एक उपाय सूझा। अगले दिन मिलते ही उसने सबसे पहले रूपा को सम्भावित ख़तरे के प्रति आगाह किया, "तुम सँभल कर रहा करो। स्कूल से आने के बाद भी घर से बाहर अकेले कहीं मत जाया करो।"

"तुम्हारी बात तो ठीक है। स्कूल आते-जाते तो लड़के जो छींटाकशी करते हैं सो करते हैं, स्कूल के बाद किसी काम से घर से बाहर निकलना पड़ जाए तो लोग मुँह से लार टपकाते हुए ऐसे घूर-घूर कर देखते हैं कि वहाँ से गुज़रना मुश्किल पड़ जाता है। अशोक, मैं रोज़ अपने ऊपर उठती बहुत-सी नज़रों को देखती हूँ और उन नज़रों की भाषा को भी अच्छी तरह समझती हूँ। इसलिए स्कूल से आने के बाद जब तक बहुत ज़रूरी नहीं हो, मैं अब घर से बाहर नहीं निकलती हूँ। घर का सामान लाने के लिए बाज़ार भी मैं आस-पड़ोस की किसी न किसी आंटी के साथ जाती हूँ और महीने भर का राशन और सब ज़रूरी सामान एक बार ही ले आती हूँ। लेकिन छोटी-मोटी कोई चीज़ लाने के लिए कभी-कभार मोहल्ले की दुकान पर ज़रूर जाना पड़ता है।"

"मेरी बात मानो तो मोहल्ले की दुकान पर भी तुम अकेले मत जाओ अब... संजय भी इतना बड़ा तो है कि वह दुकान से सामान ला सके।"

"हाँ, है तो।"

"तो फिर संजय से मँगवा लिया करो, यदि मोहल्ले की दुकान से कोई सामान मँगवाने की ज़रूरत पड़ जाये तो। इससे वह भी कुछ समझदार और ज़िम्मेदार बनेगा, तुम्हारे काम में कुछ हाथ बँटेगा और इस तरह की समस्या से भी बचोगी।" अशोक ने सुझाव दिया।

रूपा को अशोक का सुझाव सही लगा। उसने सहमति में सिर हिलाते हुए कहा, "हाँ, यह सही है। तुमने बहुत अच्छा सुझाव दिया है। अब से ऐसा ही करूँगी।"

उस दिन के बाद से रूपा ने स्कूल से आने के बाद घर से बाहर निकलना बिल्कुल बन्द कर दिया था। लेकिन समस्या ख़त्म नहीं हुई थी। पुरुष वातावरण में

चारों ओर फैली रूपा के सुन्दर कुँवारे शरीर की मादक गन्ध लड़कों को आकृष्ट कर रही थी। उस गन्ध में मदहोश लड़कों ने अब रूपा के घर के बाहर जमघट लगाना शुरू कर दिया था और इस बात के इन्तज़ार में कि कभी तो रूपा अपने घर से बाहर निकलेगी, तभी उससे अपने मन की बात कहेंगे, सारा दिन वहीं पर पड़े रहते थे। मोहल्ले के लोग यह बात अच्छी तरह समझ रहे थे कि लड़कों की भीड़ रूपा के घर के बाहर ही क्यों रहती है। आस-पड़ोस के एक-दो बड़े बुज़ुर्ग ने उन लड़कों को टोका भी कि, "यहाँ क्यों जमघट लगाये हुए हो तुम लोग। चलो, यहाँ से हटो और अपने घर जाओ।" लेकिन लड़कों पर उनकी बात का कोई असर नहीं पड़ा। दो-चार मिनट के लिए वे वहाँ से तितर-बितर हुए और बुज़ुर्ग के वहाँ से हटते ही फिर से जमावड़े में बदल गये।

व्यक्ति अपने आप में कितना ही सही हो, कमी निकालने वाले कोई न कोई कमी निकाल ही लेते हैं। सारा मोहल्ला जानता था कि रूपा एक सौम्य, शालीन और अपने काम से काम रखने वाली लड़की थी। कभी किसी से कोई फ़ालतू बात करते किसी ने उसे नहीं देखा था और न ही उसके बारे में ऐसा कुछ सुना था। सारा मोहल्ला इस बात के लिए उसकी प्रशंसा करता था कि पिता की असमय मौत के बाद इतनी कम उम्र में किस तरह से परिवार का भार अपने ऊपर लेकर पूरी ज़िम्मेदारी से वह सब कुछ कर रही थी। सारे मोहल्ले के लिए वह एक मिसाल थी। बहुत-से लोग उसके प्रति सहानुभूति रखते थे। लेकिन उसके घर के बाहर लड़कों के जमघट और हो-हल्ले को देखकर मोहल्ले की कुछ औरतें उसके बारे में तरह-तरह की बातें बनाने लगी थीं।

एक दिन आपस में चर्चा करते हुए मीरा नाम की एक औरत कह रही थी, "राधा बहन, सुभद्रा बहन, मुझे तो ये लड़की ही कुछ तेज़ लगती है, तभी उसके घर के बाहर सारे मोहल्ले के लड़के जमघट लगाये रहते हैं। नहीं तो मोहल्ले में और भी लड़कियाँ हैं, किसी और के घर के बाहर तो कोई जमघट नहीं लगता इस तरह का।"

राधा उसके साथ सहमति व्यक्त करते हुए बोली, "हाँ, मीरा बहन, देखने में बड़ी सीधी लगती है, प़र सीधी नहीं घुन्नी है, पूरी घुन्नी। घुन्ने लोगों का कोई भेद नहीं मिलता है।"

सुभद्रा ने मीरा और राधा की बात में तड़का लगाते हुए कहा, "सुन्दर भी तो कितनी ज़्यादा है। लड़के तो सुन्दर लड़कियों के दीवाने होते ही हैं। अब लड़के इतनी सुन्दर लड़की पर ना मरें तो किस पर मरें।"

रूपा की सुन्दरता के बारे में सुभद्रा की टिप्पणी का समर्थन करते हुए मीरा बोली, "भई, उसकी सुन्दरता तो ग़रूर करने लायक़ है। कोई भी इतनी सुन्दर लड़की अपनी सुन्दरता पर ग़रूर करेगी ही। रूपा भी अपनी सुन्दरता पर ग़रूर करती है, तभी तो मोहल्ले में कभी किसी से कोई बात नहीं करती है। जहाँ गुड़ होगा मक्खियाँ वहीं तो आकर बैठेंगी। वह भी लड़कों को लुभा रही है, तभी तो इतने सारे लड़के उसके आगे-पीछे नाच रहे हैं।"

राधा, जिसका घर रूपा के घर के बिल्कुल पास में ही था, उसने अपनी राय देते हुए कहा, "मुझे तो ऐसा लगे है कि इस लड़की ने धन्धा शुरू कर दिया है। तभी उसके घर के बाहर इतनी भीड़ लगी रहती है लड़कों की। थोड़ी-थोड़ी देर में उसके घर का दरवाज़ा खटखटाने की आवाज़ तो हमारे घर तक भी सुनायी देती है। ग्राहक ही खटखटाते होंगे दरवाज़ा, नहीं तो और कौन खटखटायेगा। इससे पहले तो कभी उसके घर से दरवाज़ा खुलने या खटखटाने की आवाज़ नहीं आती थी।"

सुभद्रा ने फिर से अन्य औरतों की हाँ में हाँ मिलाते हुए कहा, "सही कह रही हो बहन तुम। सुना है, हमारे मोहल्ले के ही नहीं, दूसरे मोहल्ले के लड़के भी यहाँ के चक्कर काटने लगे हैं अब। हमारे मोहल्ले के लड़कों के साथ उनकी मार-पिटायी भी हुई है।"

मीरा ने इस पर आश्चर्य व्यक्त करते हुए कहा, "ऐं, ये कब की बात है? मोहल्ले में इतना सब हो गया और हमें कुछ पता ही नहीं है।"

राधा ने उसके आश्चर्य को शान्त करते हुए बताया, "अभी दो दिन पहले की बात है। कई लड़कों के हाथ-पैर टूटे हैं और सिर भी फूटे हैं। पट्टियाँ बँधी हुई हैं कइयों के हाथ, पैर और सिरों में।"

मीरा आश्चर्य से माथे पार हाथ मारते हुए बोली, "हाय रे, गाँठ-सी लड़की और इतना ज़ुल्म ढा रही है। ये लड़की है या जीती-जागती आफ़त। अभी से मार-काट मचवा रखी है इसने। आगे पता नहीं और क्या-क्या करवायेगी ये। इसको इतनी ही आग लग रही है तो किसी कोठे पर चली जावे कहीं, यहाँ मोहल्ले में क्यों गन्द मचा रही है।"

राधा ने उसकी बात में मिर्च-मसाला लगाते हुए कहा, "अरे, उसे किसी कोठे पर जाने की क्या ज़रूरत है। उसने तो घर को ही कोठा बना रखा है। और सबसे बड़ा ज़ुलम तो ये है कि उसकी माँ को भी कुछ दिखाई नहीं देता। लड़की को ना सही कम से कम उसकी माँ को तो अपनी इज़्ज़त-आबरू का ख़याल रखना चाहिए कुछ। वह भी अन्धी बनी हुई है।"

"उसकी माँ तो बीमार है बेचारी। बिस्तर पर अपाहिज पड़ी रहती है। और ज़्यादातर समय दवाइयों के नशे में पड़ी रहती है। वो क्या कर लेगी यदि बेटी कुछ भी ऐसा-वैसा करे तो। कमरे में पर्दा डालकर दो भागों में बाँट रखा है। लड़की घर में किसी को बुलायेगी और कोई आयेगा भी तो परदे के दूसरी ओर रखेगी उसे।" सुभद्रा ने अपनी ओर से स्थिति की व्याख्या करते हुए राधा की बात का समर्थन किया।

उन औरतों के बीच एक बुज़ुर्ग महिला भी थी। रूपा के बारे में उन औरतों की इस तरह की बातें सुनना उनको अच्छा नहीं लगा। वह इन औरतों को रूपा के बारे में नकारात्मक दृष्टिकोण अपनाना छोड़ सकारात्मक होने की नसीहत देते हुए बोली, "अरे नहीं, ऐसी बात मत करो। इन बातों की गुंजाइश नहीं है। उसका भाई भी तो है। वह भी तो घर के अन्दर ही रहता है। उसके रहते कैसे किसी को घर के अन्दर बुलाकर कुछ कर सकती है वो।"

मीरा ने बुज़ुर्ग महिला का प्रतिवाद करते हुए कहा, "अरे काकी, उसका भाई तो अभी बच्चा है। खेलने-कूदने चला जाता है वह तो दूसरे बच्चों के साथ। उसके बाद वह किसी को भी घर में बुलाये, कुछ भी करे, कौन रोकने-टोकने वाला है।"

मीरा की बात को पानी देते हुए राधा बोली, "अरी बहन, वह जो करे सो करे, अपने बच्चों को दूर रखो ऐसी लड़की से। मेरी चन्दा कभी-कभी उसके पास चली जाती थी, पर जब से उसके बारे में यह सब सुना है, मैंने तो साफ़ मना कर दिया है उसे रूपा से मिलने को।"

सुभद्रा ने भी राधा के स्वर में स्वर मिलाते हुए कहा, "सही कहती हो बहन। मैं भी अपने बच्चों से कहूँगी कि वे रूपा से नहीं मिलें, और ना उससे कोई बात करें।"

औरतों की इस चर्चा ने रूपा को एक बदचलन लड़की के रूप में मण्डित कर दिया था। कुछ ही दिन में उन औरतों की यह आपसी चर्चा उनके मुँह से निकलकर सारे मोहल्ले की दूसरी औरतों में, और उनके माध्यम से पुरुषों में भी फैल गयी कि रूपा एक आवारा लड़की है और इसीलिए मोहल्ले के लड़के उसके घर के बाहर जमावड़ा लगाये रहते हैं। रूपा के बारे में इस दुष्प्रचार के बाद उससे सहानुभूति रखने वाले बहुत-से लोगों का दृष्टिकोण भी उसके प्रति बदल गया था और अब उन्होंने यह कहते हुए उन लड़कों को टोकना बन्द कर दिया था कि "जब सिक्का ही खोटा है तो परखने वालों का क्या दोष।" बल्कि बहुत-से घर-गृहस्थी वाले और अधेड़ लोग भी मुँह से लार टपकाते हुए, लोगों से नज़रें बचाकर अँधेरे-उजाले में रूपा के घर के सामने से गुज़रने लगे थे। कभी-कभी थोड़ी-बहुत देर वहाँ बैठ भी जाते थे। इससे लड़कों का उत्साह और बढ़ गया था और कभी-कभी कोई लड़का

किसी न किसी बहाने से रूपा के घर का दरवाज़ा खटखटा देता था। दिन में रास्ता चलता था और कोई न कोई वहाँ से निकलता रहता था। लेकिन साँझ ढलने के बाद गली से लोगों का आना-जाना कम हो जाता था, इसलिए इस तरह की हरकतें शाम के समय ही होती थीं। शुरू में एक-दो बार रूपा ने दरवाज़ा खोला, लेकिन लड़कों की शरारत को समझकर बाद में रूपा ने दरवाज़ा खोलना बन्द कर दिया था। और कहीं सच में ही कोई आया न हो, यह देखने के लिए रूपा के बजाय संजय दरवाज़ा खोलने लगा था।

घर के बाहर लड़कों का जमावड़ा, शोर और दरवाज़ा खटखटाने का अर्थ रूपा की माँ समझती थी। इसलिए जब भी शोर कुछ अधिक होता या दरवाज़ा खटखटाने की आवाज़ सुनायी देती, उनका मन बाहर जाकर उन लड़कों की ख़बर लेने को मचलने लगता। लेकिन स्वयं उठकर दरवाज़े तक न जा पाने की लाचारी के कारण वह अपने मन को मसोसकर रह जाती थीं। और अपनी बेटी की जिस सुन्दरता पर वह बहुत नाज़ करती थीं, अब उसकी ओर असहाय दृष्टि से देखती हुई मन ही मन यह बुदबुदाती थीं–"भगवान किसी ग़रीब के झोंपड़े में इतनी सुन्दरता न दे कि सुन्दरता ही जान की दुश्मन बन जाये। और यदि सुन्दरता दे भी तो उसकी हिफ़ाज़त के लिए घर में दो-चार मर्द ज़रूर दे।" जब दरवाज़ा खटखटाना कुछ ज़्यादा ही हो गया तो रूपा की मां ने अपने बिस्तर पर लेटे-लेटे ही अपनी पूरी ताक़त से आवाज़ देनी शुरू कर दी, "अरे कौन कुत्ता है ये जो बार-बार दरवाज़े पर अपनी थूँथड़ी मार रहा है।" रूपा की माँ की यह आवाज़ सुनने के बाद कुछ देर के लिए दरवाज़ा खटखटाना बन्द हो जाता था।

ज़ोर से बोलने में बहुत ऊर्जा ख़र्च होती थी। इससे उनकी साँसें उखड़ जाती थीं और वह निढाल-सी हो जाती थीं। तब रूपा उनकी कमर को सहलाकर उनकी साँसों को संयत करने की कोशिश करती हुई उनको समझाती, "तुम इतनी ज़ोर से मत चीख़ो माँ। तुम्हारी तबीयत बिगड़ जायेगी।"

बहुत ज़्यादा बोलना उनके लिए वैसे भी सम्भव नहीं था। अत: अपने बच्चों को ही समझाते हुए वह बोलीं, "अब तुम में से कोई भी जाकर दरवाज़ा मत खोलना, चाहे कोई भी हो।" उनका स्वर पीड़ा में डूबा हुआ था और उनके शब्दों में चिन्ता और सतर्कता का मिश्रित भाव था।

"ठीक है, माँ! हम अब दरवाज़ा नहीं खोलेंगे।" रूपा ने उनको आश्वस्त करते हुए कहा।

दरवाज़ा खटखटाने पर किसी प्रकार की कोई प्रतिक्रिया मिलनी बन्द हो गयी तो धीरे-धीरे दरवाज़ा खटखटाना बन्द हो गया। लेकिन लड़के अभी भी वहाँ बैठते या घूमते रहते थे। कुछ लड़के उसके घर की दीवार पर चाक से बड़े-बड़े अक्षरों में "आई लव यू, रूपा!" भी लिख देते थे। रूपा की ओर से विरोध में कोई प्रतिक्रिया न पाकर और मोहल्ले में कहीं से भी उसके समर्थन में कोई आवाज़ उठती नहीं देखकर लड़कों का मनोबल बहुत बढ़ गया था। एक दिन किसी लड़के ने मोटे-मोटे अक्षरों में दीवार पर लिख दिया "रूपा, तुम इतनी ख़ूबसूरत हो, तुम्हारी वो भी कितनी सुन्दर होगी।"

रूपा और संजय जब सुबह को स्कूल जाने के लिए घर से बाहर निकले और दीवार पर ये शब्द लिखे देखे तो रूपा का दिल दहलकर रह गया। शर्म और क्रोध से वह ज़मीन में गड़-सी गयी। छठी कक्षा में पढ़ने वाला संजय अभी बहुत छोटा था और इस तरह की परिस्थितियों का सामना करने की स्थिति में नहीं था। लेकिन ये शब्द पढ़ते ही उसका ख़ून खौल उठा और वह ग़ुस्से में भरकर बोला, "किस कुत्ते ने लिखा है यह। ख़ून कर दूँगा साले का।"

रूपा ने अपने दुपट्टे से दीवार पर लिखे उन शब्दों को मिटाया और संजय को चुप कराते हुए उसका हाथ पकड़कर आगे की ओर बढ़ते हुए बोली, "चल, स्कूल चल।"

अशोक ने भी यह सब देखा तो ग़ुस्से से उसका शरीर भी फड़कने लगा– "कितने घटिया लोग हैं। क्या उनके परिवार में लड़कियाँ नहीं हैं?"

रूपा लड़कों द्वारा उसके साथ की जा रही बदतमीज़ी और बदनामी से वैसे ही अन्दर से काफ़ी दुखी थी, इस बात को तूल देकर वह और किसी तरह का बखेड़ा खड़ा नहीं करना चाहती थी। वह नहीं चाहती थी कि अशोक इस बारे में कुछ भी कहे। इससे लोगों को उसके ख़िलाफ़ बात बनाने का एक और मौक़ा मिल सकता था, जिससे उसकी फ़ज़ीहत होने के अलावा और कुछ होने की सम्भावना नहीं थी। इसलिए उसने अशोक को भी शान्त करते हुए कहा, "सबके घर में बहन-बेटियाँ होती हैं और अपनी बहन-बेटियों की इज़्ज़त-आबरू की परवाह और चिन्ता भी सबको होती है। लेकिन दूसरों की बहन-बेटियाँ सबको गर्म मांस का टुकड़ा लगती हैं। और जिसकी पीठ कमज़ोर हो, उस पर हर कोई सवारी गाँठना चाहता है। किस-किस के मुँह लगोगे, किस-किस से लड़ोगे। सारा समाज ही ऐसा है...और दलित होना तो और भी बड़ा अभिशाप है इस धरती पर। हर कोई फ़ोकट का माल समझता है...तुम स्कूल चलो। इस सब पर सोचते रहोगे तो स्कूल को देर हो जायेगी।"

कभी घर की दीवार और कभी रूपा के चेहरे की ओर देख अशोक आश्चर्य से मन ही मन सोचने लगा–"इतनी बड़ी बात पर भी उसे ग़ुस्सा नहीं आ रहा है और ना ही उसके चेहरे पर कोई तनाव दिखाई दे रहा है। एक़दम शान्त बनी हुई है। कैसी लड़की है यह। यह हाड़-मांस की बनी है या किसी पत्थर की बनी है, जिसके अन्दर कोई संवेदना नहीं है।"

रूपा ने अशोक के चेहरे को देखकर यह भाँप लिया था कि उसके मन में उथल-पुथल मची है। इससे पहले कि वह कुछ बोल पाता, उसकी बाँह पकड़कर आगे की ओर ठेलते हुए रूपा बोली, "चल ना जल्दी से..." अशोक हैरत से उसके चेहरे की ओर देखते हुए बिना कुछ कहे आगे की ओर बढ़ गया था।

रूपा स्कूल आ अवश्य गयी थी किन्तु उसका मन पढ़ाई में बिल्कुल भी नहीं लग रहा था। क्लास के दूसरे बच्चों की हँसी-मज़ाक़ में भी वह शामिल नहीं हो रही थी। कक्षा में क्या हो रहा था, उस ओर उसका कोई ध्यान नहीं था। बच्चे आपस में क्या बात कर रहे थे, कक्षा में कोई अध्यापक कब आया और कब गया, किसने क्या पढ़ाया या नहीं पढ़ाया, उसे कुछ पता नहीं था। पत्थर की बुत-सी बनी वह स्वयं में ही खोयी हुई थी। तरह-तरह के विचारों का प्रवाह उसे उद्विग्न कर रहा था। उसका मन, मस्तिष्क और आँखें उसके घर, माँ-भाई और ख़ुद पर अटकी हुई थीं। कोई छात्र या छात्रा कभी उससे कुछ कहता या कोई बात करने की कोशिश करता भी तो वह केवल हाँ-हूँ में जवाब देकर फिर से स्वयं में खो जाती थी। उसने कक्षा में किसी को पता नहीं चलने दिया, लेकिन अपनी परेशानियों और भविष्य की आशंकाओं को लेकर वह सारा समय तनाव से घिरी रही। स्कूल से घर आते समय भी वह तनाव से ग्रस्त थी, किन्तु अशोक के साथ बोलते-बतियाते वह घर आ गयी थी।

रूपा के मुँह से स्कूल न जाने की बात सुनकर अशोक हतप्रभ था। उसके मन में बार-बार यह प्रश्न उठ रहा था कि "कल तो रूपा को ठीक-ठाक उसके घर के दरवाज़े तक छोड़ा था। तब तक तो उसने ऐसी कोई बात नहीं की थी और ना ही ऐसा कोई संकेत दिया था कि वह आज स्कूल नहीं जायेगी। फिर उसके बाद ऐसी कौन सी बात हो गयी कि वह स्कूल नहीं जा रही हैं?"

अशोक को रूपा की माँ द्वारा जीवन के व्यावहारिक और तीक्ष्ण अनुभवों के ताप से कही गयी बात अच्छी लग रही थी। उससे भी अधिक उसे उनके मुँह से अपनी प्रशंसा सुनना अच्छा लग रहा था। रूपा को लेकर उसकी माँ के शब्द गहरे दर्द में डूबे थे। वह उनके दर्द को महसूस कर रहा था। लेकिन उनकी बात पर किस

तरह वह अपनी प्रतिक्रिया दे, क्या कहे, यह वह नहीं समझ पा रहा था। बिना कुछ शब्द बोले उसने कुछ क्षण उनके चेहरे की ओर देखा और फिर "क्या कहें आंटी" कहकर चुप लगा गया।

माँ से मिलवाने के बाद रूपा ने अशोक को परदे के दूसरी ओर अपनी जगह पर लाकर बैठाया और चाय का प्याला उसके हाथों में थमाते हुए बोली, "लो चाय पियो।"

अशोक ने देखा रूपा के हाथ में चाय का केवल एक ही प्याला था। उसने जिज्ञासावश पूछा, "केवल मेरे लिए? तुम्हारा प्याला कहाँ है?"

"केवल एक कप चाय ही बनायी थी। सिर्फ़ तुम्हारे लिए।" रूपा ने बुझे-से स्वर में कहा।

"और तुम? तुम नहीं पियोगी चाय?" अशोक ने अपने शब्दों पर ज़ोर देते हुए पूछा।

"नहीं, मेरा मन नहीं है।" कहते हुए वह अशोक के पास में बैठ गयी।

"और आंटी?...वह भी नहीं पियेंगी चाय?"

उनकी बातचीत के शब्द परदे के दूसरी ओर बैठी रूपा की माँ के कानों में भी जा रहे थे। इससे पहले कि अशोक के प्रश्न के जवाब में रूपा बोल पाती, वह बोली, "मैं तो चाय-नास्ता सब कर चुकी हूँ, बेटा! मेरा तो अब दवाई का टाइम हो रहा है। मैं तो बस दवाई खाकर लेटूँगी। तुम पियो।"

अशोक से इतना कहकर उन्होंने रूपा को आवाज़ लगायी, "रूपा, मुझे दवाई खिला दे, बेटी! बस यह काम और कर दे, फिर मैं लेट जाऊँगी। तुम लोग अपनी बात करते रहना, मैं बीच में तंग नहीं करूँगी तुमको।"

"हाँ माँ, अभी देती हूँ।" यह कहते हुए रूपा ने माँ के पास जाकर उनको दवाई खिलायी और उनको बिस्तर पर लेटाते हुए बोली, "यह लो...अब तुम आराम करो माँ।"

हाथ में चाय का प्याला पकड़े हुए अशोक भी वहाँ आ गया था। रूपा माँ को बिस्तर पर लेटाने लगी तो अशोक ने उसे टोका, "अरे, अभी तो आंटी को बैठाया था तुमने और अभी फिर से लिटा रही हो। कुछ देर तो बैठने दो उनको।"

"माँ बहुत देर तक बैठ नहीं पाती हैं। उनकी सपाइन पर ज़ोर पड़ता है। थोड़ी देर में ही उनकी कमर दुखने लगती है। इसलिए उनको थोड़ी देर के बाद ही लेटना पड़ता है। यह भी एक समस्या है माँ के साथ।" यह कहते हुए रूपा ने माँ को बिस्तर पर लेटाया और अशोक के साथ परदे के दूसरी ओर आकर बैठ गयी।

कुछ देर तक वे दोनों मौन बैठे एक-दूसरे की ओर देखते रहे। बीच-बीच में अशोक चाय के घूँट लेता रहा। बात कैसे और कहाँ से शुरू करे, यह सोचकर रूपा स्वयं को कुछ असहज महसूस कर रही थी। कभी अशोक की ओर और कभी इधर-उधर देखने लगती थी, लेकिन मुँह से कोई शब्द नहीं बोल पा रही थी। मौन कब तक बैठे रह सकते थे। आख़िर अशोक ने मौन को तोड़ा और चाय का आख़िरी घूँट पीते हुए बोला, "अब बताओ क्या हुआ है? क्यों स्कूल नहीं गयी तुम आज?"

"बात केवल आज की नहीं है, अशोक! बल्कि अब कभी भी मेरा स्कूल जाना सम्भव नहीं लगता है।" रूपा का स्वर निराशा से भरा था।

"क्यों? ऐसी निराशाजनक और हिम्मत हारने वाली बात क्यों कह रही हो तुम।" अशोक ने उसका उत्साहवर्धन करते हुए कहा।

"मैं कितनी विकट परिस्थितियों का सामना करते हुए स्कूल जा रही हूँ, यह तुम अच्छी तरह समझते हो। मेरे अन्दर किसी तरह की निराशा नहीं है। मैं पढ़ना चाहती हूँ। लेकिन परिस्थितियाँ मुझे घर से बाहर क़दम नहीं रखने को विवश कर रही हैं। मैं क्या करूँ?" रूपा अपनी विवशता व्यक्त करते हुए बोली।

"मैं जानता हूँ तुम एक धैर्यवान और बहादुर लड़की हो। प्रतिकूल परिस्थितियों में जितना संघर्ष तुम कर रही हो, यह हर कोई नहीं कर सकता। कोई और लड़की होती तो कभी की हिम्मत हार गयी होती। लेकिन तुमने हार नहीं मानी है। यह कम बड़ी बात नहीं है। अभाव, उत्पीड़न सब कुछ सहते हुए भी तुम अभी तक सारी परिस्थितियों का सामना हिम्मत और दृढ़ता से करते हुए स्कूल जाती रही हो। फिर आज ऐसा क्या नया हो गया है जिसने तुमको स्कूल नहीं जाने के लिए विवश कर दिया है?" अशोक ने उसकी विवशता को जानने की कोशिश करते हुए पूछा।

अशोक के इस प्रश्न पर रूपा अत्यधिक गम्भीर और ग़मगीन हो गयी थी। उसकी जिव्हा और चेहरे पर सहसा एक मौन-सा पसर गया था। उसकी आँखें नम हो आयी थीं। उसका मौन और नम आँखें उसके दर्द की कहानी बयान कर रही थीं। अशोक को समझते देर नहीं लगी कि हो न हो रूपा के साथ कोई गम्भीर हादसा हुआ है, जिसने उसकी हिम्मत को तोड़ दिया है। उसने हाथ में पकड़ा चाय का प्याला एक ओर रखा और रूपा के हाथों पर अपने हाथ रख, उसको हिम्मत बँधाता हुआ बोला, "तुम चुप क्यों हो, रूपा? बतलाओ ना क्या हुआ है तुम्हारे साथ। देखो, हिम्मत मत हारो और घबराओ मत। चाहे जो भी हुआ हो या होने का डर हो, अपने अन्दर मत रोको, बताओ। हिम्मत और धैर्य से किसी भी समस्या और चुनौती से पार पाने का रास्ता अवश्य ढूँढ़ा जा सकता है।"

अशोक के इन शब्दों से रूपा को थोड़ी सांत्वना और बल मिला। उसने पलकों में आ गये आँसुओं को अपने दुपट्टे के पल्लू से साफ़ किया और अशोक के हाथ पर अपना दूसरा हाथ रख उसकी ओर देखते हुए बोली, "कल शाम के समय संजय अपने दोस्तों के साथ बाहर खेलने गया हुआ था। मैं रात के लिए खाना बना रही थी। सब्ज़ी का भगोना स्टोव पर चढ़ाया तो ध्यान आया कि घर में नमक नहीं है। नमक के बिना सब्ज़ी नहीं बन सकती थी। संजय का कब तक इन्तज़ार करती। यह सोचकर कि दो मिनट की ही तो बात है, मैं तुरन्त स्टोव बन्द कर नमक लाने के लिए पास की दुकान की ओर चल दी। दुकान से नमक लेकर घर लौट रही थी कि अचानक गली में आ रहे सत्ते पहलवान ने सामने खड़े होकर मेरा रास्ता रोक लिया।"

सत्ते पहलवान का नाम सुनते ही अशोक भी क्षण भर को भय से अन्दर तक सिहर उठा। लेकिन शीघ्र ही स्वयं को सहज कर उसने आश्वस्ति के लिए रूपा से पूछा, "कौन सत्ते पहलवान? वह जो शहर का सबसे बड़ा गुण्डा है? जिस पर लूटपाट, रंगदारी, हत्या, अपहरण और बलात्कार के बहुत सारे मुक़दमे चल रहे हैं? और जो कई बार जेल हो आया है?"

"हाँ, वही, सत्येंद्र ठाकुर उर्फ़ सत्ते पहलवान।" कहते हुए रूपा ने हामी में सिर हिलाया।

"वह तो बहुत ख़तरनाक आदमी है...लेकिन तुमको क्या पता कि वह सत्ते पहलवान ही था? तुम कैसे पहचानती हो उसे?"

"शहर में कौन नहीं पहचानता उसे। आये दिन अख़बारों में उसकी फ़ोटो छपती रहती है अपराध की ख़बरों के साथ। कभी-कभी राजनेताओं के साथ भी उसकी फ़ोटो छपती रहती है, अख़बारों और पोस्टरों में। तुमने भी तो कई बार देखी होगी उसकी फ़ोटो?"

रूपा के यह बताते ही लम्बा क़द, भारी-भरकम डील-डौल, पेचदार मूँछों और मोटी-मोटी लाल आँखों वाले सत्ते पहलवान का ख़ूँख़ार चेहरा उसकी आँखों के सामने घूम गया और वह सोचने लगा–"रूपा सही कह रही है। वही क्या, शहर का कोई भी आदमी देखेगा तो तुरन्त पहचान लेगा कि यह सत्ते पहलवान है।"

"हाँ, यह बात तो है" कहकर कुछ क्षणों के लिए वह ख़ामोश हो गया और उसके चेहरे पर चिन्ता की रेखाएँ उभर आयीं। वह सोचने लगा–"सत्ते पहलवान

जैसे भेड़िये के चंगुल से बच निकलना आसान नहीं है। या तो उसकी बात मानकर या फिर अपनी जान देकर ही कोई उसके चंगुल से मुक्त हो सकता है, वरना नहीं। क्या होगा रूपा का अब? वह भेड़िया उसे खाये बिना नहीं छोड़ेगा। तनिक भी चूँ की तो वह सरेआम उसे अपने जबड़े में भरकर ले जायेगा और उसकी बोटी-बोटी नोंचकर खायेगा। वह चीख़ती-चिल्लाती रहेगी, अपनी रक्षा की गुहार लगायेगी। सारा मोहल्ला देखेगा, लेकिन सत्ते पहलवान के सामने आने की हिम्मत कोई नहीं कर सकेगा...तब सत्ते पहलवान के चंगुल से कैसे मुक्त होगी वह?"

अशोक को चिन्तामग्न देख पहले से डरी हुई रूपा डर से और अधिक सहम गयी। भयभीत और सहमी हुई नज़रों से उसकी ओर देखते हुए बोली, "क्या हुआ अशोक? किस चिन्ता में डूब गये तुम?"

रूपा के ये शब्द सुन वह विचार की दुनिया से बाहर आया और अपनी ख़ामोशी तोड़ते हुए बोला, "सत्ते पहलवान के बारे में तो यह विख्यात है कि जिस चीज़ पर उसकी नज़र चढ़ जाती है, वह उसे छोड़ता नहीं है।"

अशोक के मुँह से यह सुन रूपा गहरे सन्नाटे में डूब गयी। भय से उसका शरीर काँपने लगा और असहाय नज़रों से वह अशोक की ओर देखने लगी।

अपने अन्दर के डर को दबाकर उसने घटना के बारे में जानने की कोशिश करते हुए रूपा से पूछा, "कुछ कहा सत्ते पहलवान ने तुमसे?"

"हाँ।" रूपा ने डरे-सहमे स्वर में जवाब दिया।

"क्या कहा उसने?" रूपा की आँखों में देखते हुए अशोक ने आगे पूछा।

"बिना कुछ कहे उसने धड़धड़ाते हुए मेरा हाथ पकड़ लिया और अपने दूसरे हाथ से मेरे गालों को छूते हुए बोला, तू तो सच में बहुत सुन्दर है। तेरे बारे में जितना सुना था उससे भी कहीं ज़्यादा सुन्दर। मुझे पता चला है कि यहाँ मोहल्ले के लड़के तुझे बहुत परेशान कर रहे हैं। दुखी-पीड़ितों की रक्षा करना मेरा धर्म है। और सत्ते पहलवान जहाँ खड़ा हो जाता है, वहाँ कोई और खड़ा नहीं रह सकता। अब सत्ते पहलवान तेरी रक्षा के लिए आ गया है तो तेरे मोहल्ले के सारे गुण्डे-बदमाश अपने आप अपने बिलों में घुस जायेंगे। अब तू निश्चिन्त रह, और बिना डरे कहीं भी आ-जा। परेशान करने की तो बात छोड़, अब कोई तेरी ओर नज़र उठाकर देखने की हिम्मत भी नहीं करेगा। तेरे साथ जो कुछ भी करेगा सत्ते पहलवान करेगा।" इतना कहते-कहते रूपा की आवाज़ डूबने लगी और शब्द उसके गले में अटकने लगे।

अशोक ने देखा रूपा बहुत घबरायी हुई थी और घबराहट के कारण उसके माथे पर पसीने की बूँदें उभर आयी थीं। पास में रखे पानी के घड़े से एक गिलास में पानी लेकर रूपा को देते हुए वह बोला, "लो, पहले पानी पियो।"

रूपा ने अपने दुपट्टे से माथे पर आये पसीने को पोंछा और दो-तीन घूँट पानी पीकर गिलास को एक ओर रख दिया। अशोक ने उसे कुछ सहज पाया तो बोला, "और भी कुछ कहा सत्ते पहलवान ने?"

"कह रहा था तू बहुत ग़रीब है और अपने परिवार को चलाने के लिए बहुत कष्ट उठने पड़ते हैं तुझे। लेकिन अब आगे से तुझे कोई कष्ट उठाना नहीं पड़ेगा। तेरे लिए एक अच्छे घर की व्यवस्था कर दूँगा। कार, ड्राइवर रख दूँगा। रुपये-पैसे की भी कोई कमी नहीं रहेगी तुझे। अपनी माँ और भाई के साथ निश्चिन्त होकर सुखी और शान से रहना।" इतना कहते-कहते वह रुक गयी और अशोक की ओर देखने लगी। उसके लिए अपने मुँह से सत्ते पहलवान का एक-एक शब्द बोलना कठिन लग रहा था। वह महसूस कर रही थी जैसे वह सत्ते पहलवान द्वारा कहे गये शब्द नहीं बोल रही थी, बल्कि हर शब्द के साथ वह ज़हर का घूँट पी रही थी। और उस ज़हर के असर से वह अन्दर ही अन्दर निर्जीव-सी होती जा रही थी। उसका मस्तिष्क और शरीर दोनों शिथिल-से हो रहे थे।

रूपा की मन: स्थिति को भाँपते हुए अशोक भी कुछ क्षण नि:शब्द उसकी ओर देखता रहा। फिर उसके मुँह से सत्ते पहलवान की पूरी बात जानने की जिज्ञासा व्यक्त करता हुआ बोला, "इससे आगे?"

"कह रहा था, मैं शान्तिप्रिय आदमी हूँ। मुझे हिंसा और ज़बरदस्ती पसन्द नहीं है। इनका सहारा तभी लेना पड़ता है जब कोई मेरी बात नहीं माने। प्यार और अहिंसा की मेरी भाषा समझने वाले लोग मेरी बात ख़ुद ही मान लेते हैं। जो नहीं मानते हैं—वे बाद में कुछ भी मानने या ना मानने के लायक़ नहीं रहते। तुमसे भी प्यार से कह रहा हूँ। मेरी बात चुपचाप मान लो और जब, जहाँ भी तुम्हें बुलाऊँ चुपचाप चली आना। नहीं तो...मेरा नाम सत्ते पहलवान है। इससे आगे मुझे कुछ कहने की ज़रूरत नहीं है, समझी..." इतना कहकर उसने फिर से मेरे गालों को सहलाया और मेरा रास्ता छोड़कर आगे बढ़ गया।" इतना कहकर रूपा ने दोनों हाथों से अपना चेहरा ढक लिया और सिर नीचा कर नज़रें ज़मीन पर गड़ा दीं।

रूपा के मुँह से यह सब सुन अशोक भी सकते की सी हालत में आ गया। उसे कुछ नहीं सूझ रहा था कि क्या कहे, किस तरह रूपा को सांत्वना दे। रूपा के स्कूल

नहीं जाने का कारण अब स्पष्ट रूप से उसकी समझ में आ गया था। असहाय दृष्टि से रूपा की ओर देखते हुए वह गम्भीर सोच में डूब गया।

रूपा का मस्तिष्क जैसे ठस्स हो गया था। वह कुछ नहीं सोच पा रही थी। निर्धनता उसके लिए बड़ी चुनौती थी किन्तु सुन्दरता उससे भी बड़ी चुनौती और अभिशाप थी। जिस सुन्दरता को वह अपना एक बड़ा सुखद पक्ष समझती थी और उसकी माँ बहुत गर्व से यह कहती थी कि एक से एक अच्छा लड़का मिल जायेगा मेरी रूपा को शादी के लिए। उसके रिश्ते के लिए मुझे किसी के पास जाने की ज़रूरत नहीं है, लड़के वाले ही मेरे पास आयेंगे मेरी बेटी का हाथ माँगने। उसकी वह सुन्दरता ही एक दिन उसके लिए इतना बड़ा अभिशाप बन जायेगी, ऐसा उसने कभी किसी बुरे से बुरे सपने में भी नहीं सोचा था।

बहुत देर तक उसी तरह मौन में डूबे रहने के पश्चात् रूपा ने अपनी गर्दन ऊपर उठायी और अशोक की ओर देखती हुई बोली, "मेरी कुछ समझ में नहीं आ रहा है कि मैं क्या करूँ। ख़ुद को और अपने परिवार को कैसे बचाऊँ। कल रात से मैं बहुत परेशान हूँ। मेरे मन में एक विचार यह भी आया है कि मैं रात के अँधेरे में माँ और भाई को लेकर चुपचाप इस शहर से कहीं दूर चली जाऊँ। लेकिन जायेंगे कहाँ? कौन सहारा देगा हमको? और जब यह पता चलेगा कि हम सत्ते पहलवान से बचने के लिए छिपते फिर रहे हैं तो कोई चाहकर भी सहारा नहीं देगा। और सत्ते पहलवान का साम्राज्य भी तो दूर-दूर तक फैला है। उसके लोग सब जगह हैं। वह हमें ज़रूर ढूँढ़ निकालेगा और फिर...मेरा जो होगा वो मैं भुगत लूँगी, लेकिन मेरी माँ और भाई...? उनके बारे में सोचकर ही मैं काँपने लगती हूँ।"

रूपा के विचार के प्रति सहमति में सिर हिलाते हुए वह बोला, "सोच तो तुम सही रही हो। लेकिन, सवाल तो यह है कि यहाँ से भागकर जाओगी कहाँ तुम?"

रूपा ने आगे बताया, "यह भी सोचा कि पुलिस में रिपोर्ट लिखवाकर अपने लिए सुरक्षा माँगूँ। लेकिन पुलिस तो सत्ते पहलवान की ज़र-ख़रीद ग़ुलाम है। सिपाहियों की तो बात छोड़िए, दारोग़ा और एस.पी. तक सब उसके इशारों पर नाचते हैं। वे शायद रिपोर्ट भी नहीं लिखेंगे। और डर यह भी है कि कहीं कोई कार्रवाई करने या सुरक्षा देने के बजाय पुलिस वाले ख़ुद ही..."

रूपा के मन की इस आशंका को समझते हुए वह बोला, "हाँ, पुलिस होती तो ऐसी ही है। कई क़िस्से सुने हैं पुलिस के, जिनमें पुलिस के पास अपने शोषण और ज़ुल्म के ख़िलाफ़ शिकायत लिखवाने गयी स्त्रियों के साथ पुलिस ने ही..."

"तब क्या किया जाये? कुछ उपाय सोचो, अशोक! हमारे पास समय बहुत कम है। जो कुछ भी करना है, बहुत जल्दी करना है।" असहाय दृष्टि से अशोक की ओर देखती हुई रूपा बोली।

"सत्ते पहलवान तो है ही, कहीं ऐसा ना हो कि राजू भैया भी...?..." कहते हुए अशोक ने दूसरी चिन्ता व्यक्त की।

राजू भैया का नाम सुन रूपा आश्चर्य से अशोक की ओर देखते हुए बोली, "ये राजू भैया कौन है? अब किसका नाम लेकर डरा रहे हो मुझे?"

राजू भैया के बारे में बताते हुए अशोक बोला, "डरा नहीं रहा हूँ, आशंका व्यक्त कर रहा हूँ। राजन पण्डित उर्फ़ राजू भैया नया बदमाश है। सत्ते पहलवान की तरह वह भी एक ख़ूँख़ार बदमाश और बड़ा भू-माफ़िया है। अंडरवर्ल्ड की दुनिया में उसने भी अपना बड़ा साम्राज्य स्थापित कर रखा है और आजकल सत्ते पहलवान को चुनौती दे रहा है। राजनीति में भी उसकी बड़ी गहरी पैठ है। सुना है, वह भी औरतों का बहुत शौक़ीन है और रोज़ नयी-नयी सुन्दर लड़कियों को अपने होटल में बुलाता रहता है। जिनको वह लालच से नहीं ख़रीद पाता, उनको ज़बरन उठवा लेता है।"

राजू भैया के बारे में यह सब सुन पहले से भयभीत रूपा का भय और अधिक बढ़ गया। भयभीत स्वर में वह बोली, "अशोक, मैं पहले ही बहुत डरी हुई हूँ। ऐसा कहकर मेरी जान मत निकलो प्लीज़।"

राजू भैया के बारे में और अधिक जानकारी देते हुए वह बोला, "मैंने सुना है कि सत्ते पहलवान और राजू भैया दोनों एक-दूसरे के प्रबल प्रतिद्वन्दी और जानी दुश्मन बने हुए हैं। कई सम्पत्तियों और स्त्रियों पर क़ब्ज़े को लेकर भी दोनों कई बार आपस में भिड़ चुके हैं। ऐसे लोगों के लिए सुन्दर स्त्री सबसे बड़ी युद्ध-भूमि हो सकती है। और अब जब सत्ते पहलवान यहाँ तक आ गया है तो इसकी भनक राजू भैया को भी ज़रूर लग जायेगी और हो सकता है, अब तक लग भी गयी हो। देख लेना जल्दी ही राजू भैया या उसका कोई गुर्गा तुम तक ज़रूर पहुँचेगा।"

अशोक के मुँह से यह सब सुन रूपा जैसे गहरे, अँधेरे कुएँ में जा पड़ी थी। वहाँ से निकलने का कोई रास्ता उसे नहीं सूझ रहा था। घबराहट से उसका दिल बैठने लगा। उसके मुँह से भी शब्द बाहर निकलने का साहस नहीं कर रहे थे। जैसे-तैसे उसने उसके मुँह से शब्द बाहर निकले, "यदि ऐसा हुआ तब क्या करूँगी मैं? अभी तक मोहल्ले के आवारा लड़कों और सत्ते पहलवान का ही डर था, ये राजू भैया का

एक नया डर बैठा दिया है तुमने। मेरा तो दिमाग़ ही काम नहीं कर रहा है, और सिर पूरी तरह चकरा रहा है। ना भूख-प्यास लग रही है और ना कुछ और सूझ रहा है।"

रूपा को ढाढ़स बँधाते हुए वह बोला, "तुम्हारी चिन्ता समझ रहा हूँ मैं। लेकिन सम्भावित ख़तरे की ओर से आँख बन्द कर लेने से तो कोई बात बनने वाली नहीं है। ख़तरे का सामना तो करना पड़ेगा...इन सबसे निकलने का मुझे एक उपाय सूझ रहा है। शायद बहुत अच्छा नहीं है, लेकिन तुम्हारी इन परिस्थितियों से उबरने के लिए उससे उपयुक्त कोई अन्य उपाय मुझे दिखाई नहीं दे रहा है...हाँ, शायद यहाँ से कोई दूसरा रास्ता मिल जाये।"

अशोक के इन शब्दों में रूपा को आशा की एक किरण दिखाई दी। वह उत्साहित होते हुए बोली, "क्या सोच रहे हो तुम? क्या उपाय आ रहा है तुम्हारे मस्तिष्क में, जल्दी बताओ, अशोक! मैं जल्दी से जल्दी इस चक्रव्यूह से निकलना चाहती हूँ।"

अशोक ने बताया, "कुछ दिन पहले मैंने इंटरनेट पर एक ख़बर पढ़ी थी। ख़बर दक्षिण अमेरिका के एक छोटे-से देश पेरू की थी। वहाँ भी एक लड़की तुम्हारी तरह बहुत सुन्दर थी। उसके पिता की मृत्यु भी उसके बचपन में ही हो गयी थी और उसकी माँ बीमार रहती थी। अपनी और परिवार की आजीविका और माँ की बीमारी का ख़र्च चलाने के लिए वह लड़की पढ़ाई के साथ-साथ मॉडलिंग का काम करती थी।"

अशोक की बात में अपने लिए कुछ न पाते हुए वह बोली, "लेकिन मेरी समस्या केवल आर्थिक संकट की समस्या नहीं है, अशोक...तुम तो जानते हो मेरे पिता चतुर्थ श्रेणी कर्मचारी थे और एक दुर्घटना में उनकी मौत हुई थी। बहुत कम सेलरी थी उनकी। उसमें ही परिवार की आजीविका आसान नहीं थी। पेंशन तो और भी बहुत कम आती है उनकी। बहुत मुश्किल होता है उससे परिवार का ख़र्च चलाना, लेकिन किसी तरह चला लेते हैं। मेरी समस्या दूसरी है..."

रूपा के मन की स्थिति को समझते हुए अशोक उसे समझाते हुए बोला, "हाँ, जानता हूँ सब कुछ। उस लड़की की समस्या भी केवल आर्थिक नहीं थी। तुम्हारी तरह उसकी असली समस्या भी उसकी सुन्दरता थी। शहर के लड़कों ने परेशान कर-कर के उसका जीना दूभर कर दिया था। लोग उसको तरह-तरह के ऑफ़र दे रहे थे। एक तरह से उसकी बोली लगायी जा रही थी। वह भी बहुत तनाव में थी अपनी इस समस्या को लेकर।"

अशोक से यह सुन रूपा के मन में उस लड़की के बारे में और अधिक जानने की जिज्ञासा पैदा हुई। अपनी जिज्ञासा व्यक्त करते हुए वह बोली, "तो क्या रास्ता अपनाया उसने अपनी इस समस्या से निकलने के लिए?"

अशोक ने बताया, "गुण्डों से अपनी अस्मिता को सुरक्षित रखना सम्भव नहीं है, और बिकना ही एकमात्र विकल्प है तो क्यों न अपनी क़ीमत पर बिका जाये। यह सोचकर उसने एक दिन इंटरनेट पर एक विज्ञापन दे दिया कि "मैं अपना कौमार्य बेचना चाहती हूँ। जो भी सबसे अधिक धनराशि देगा, मैं उसी को बेचूँगी।"

उस लड़की के बारे में यह सुन रूपा संशय से भर गयी। अपने मन का संशय व्यक्त करते हुए वह बोली, "मीडिया पर उसकी फ़ोटो गयी तो उसकी बेइज़्ज़ती नहीं हुई होगी? कैसे सामना किया होगा उसने इसका?"

अशोक ने बताया, "उसने इसमें कोई बेज़्ज़ती महसूस नहीं की, बल्कि साहस से सामना किया। सोशल मीडिया पर जैसे ही उसकी ख़बर और फ़ोटो वायरल हुई वह सबसे हॉट ख़बर बन गयी। मीडिया के लोगों ने उससे सम्पर्क किया। एक मीडियाकर्मी ने उससे पूछा, "तुमने यह क़दम क्यों उठाया? क्या यह पैसे के लिए किया है अथवा चर्चा में आने के लिए कोई पब्लिसिटी स्टंट है ताकि उससे तुम्हें कोई बड़ा काम मिल जाये? या कोई अन्य विवशता रही है?"

"क्या जवाब दिया उस लड़की ने?" रूपा ने उत्सुकता से पूछा।

"उसने मीडियाकर्मी से ही पलटकर प्रश्न किया–"तुम यदि मेरी तरह एक सुन्दर लड़की होते और तुम्हारे साथ ऐसी स्थिति पैदा होती जैसी मेरे साथ पैदा हुई है तो तुम क्या करते ऐसे में, जहाँ चारों ओर आपको नोचकर खाने के लिए भेड़िये ही भेड़िये हों और कोई रक्षा करने वाला नहीं हो।" मीडियाकर्मी के पास उसका कोई जवाब नहीं था।"

"फिर क्या हुआ?"

एक अन्य मीडियाकर्मी ने पूछा, "यदि कोई बहुत बदसूरत, बूढ़ा या कोई ऐसा व्यक्ति जिसके शरीर से बदबू आती हो, सबसे ऊँची बोली लगाकर तुम्हारा कौमार्य ख़रीदे तो क्या तुम उसको अपना कौमार्य बेच दोगी?"

"तो इस पर क्या कहा उसने?" रूपा ने अपनी जिज्ञासा व्यक्त करते हुए कहा।

अशोक ने बताया, "उसने कहा–हाँ, मैं उसको अपना कौमार्य बेच दूंगी। वह जो भी होगा, कम से कम वह एक पुरुष होगा, भेड़िया नहीं।"

"हुम्म्म्म, तो तुम चाहते हो कि मैं भी उस लड़की की तरह ख़ुद को...?" कहते हुए रूपा ने प्रश्नसूचक दृष्टि से अशोक की ओर देखा।

नहीं, मैं अपने दिल से बिल्कुल नहीं चाहूँगा कि तुम ख़ुद को बेचो। लेकिन... सत्ते पहलवान भी तो तुमको ख़रीदने की ही बात कर रहा है ना? और ये तुम्हारी गली के लड़के जो तुमको तरह-तरह के प्रलोभन दे रहे हैं, ऐसा करके, एक तरह से वे भी तो तुमको ख़रीदने के लिए तुम्हारी बोली ही लगा रहे हैं। तब...? तुम्हारी इच्छा के विरुद्ध कोई व्यक्ति तुम्हारे शरीर को ज़बरन रौंदे, क्या तुम यह पसन्द करोगी?" अपनी बात स्पष्ट करते हुए अशोक ने रूपा से ही प्रश्न किया।

रूपा तुरन्त इनकार करते हुए बोली, "नहीं, बिल्कुल नहीं।"

रूपा को यथार्थ का आईना दिखाते हुए वह बोला, "दुनिया के इस बाज़ार में तुम्हारा शरीर तुम्हारा अपना माल है। इससे पहले कि कोई ज़बरदस्ती तुमसे तुम्हारा माल तुमसे लूटे, यह बेहतर है कि तुम इसको किसी उचित ग्राहक को बेच दो। कम से कम इसमें पाशविक हिंसा से बचोगी, और तुम्हारे अन्दर लुटने और हारने की पीड़ा नहीं होगी...और, एक बार तुम लुटीं तो यह कोई गारंटी नहीं है कि फिर कभी नहीं लुटोगी। वही लुटेरा या कोई दूसरा लुटेरा तुम्हें फिर से भी लूट सकता है। तुम बार-बार लूटी जा सकती हो। लेकिन तुमने ख़ुद ही ख़ुद को बेचा तो यह निश्चित है कि कोई तुम्हें तब तक नहीं ख़रीद सकेगा जब तक तुम ख़ुद को बेचना नहीं चाहोगी।"

रूपा का मन अशोक की बात को लेकर संशयपूर्ण बना हुआ था। वह बोली, "यह बेचना भी तो अपनी इच्छा के विरुद्ध जाना ही हुआ। अपनी ज़िन्दगी को अपनी इच्छानुसार जीने का सुख और स्वतन्त्रता कहाँ है इसमें भी?"

अशोक उसके संशय को दूर करते हुए बोला, "हाँ, मैं तुमसे सहमत हूँ। यह भी अपनी इच्छा के विरुद्ध जाना ही है। लेकिन ख़ुद को बेचना जबरन लुटने और नोंचे जाने से कहीं बेहतर विकल्प है।"

रूपा का मन अभी भी संशयग्रस्त था। संशय में डूबे स्वर में ही उसने "हुम्म्म्म" कहते हुए प्रश्नसूचक दृष्टि से अशोक की ओर देखा। अशोक ने आगे कहा, "तुम्हारे सामने जिस तरह की परिस्थितियाँ बन गयी हैं, उनमें इस समय यही सर्वाधिक उपयुक्त विकल्प दिखाई दे रहा है। और यह बिना किसी दिक़्क़त या रिस्क के बहुत सहजता से हो जायेगा। पोस्ट डाली नहीं कि कुछ ही मिनटों में दुनिया भर में वायरल हो जायेगी और उसके जवाब में आफ़र आने लगेंगे। मुझे लगता है, केवल कुछ दिन के अन्दर ही सब कुछ हो जायेगा और तुम इस सब तनाव और दबावों से मुक्त होकर सामान्य रूप से जी सकोगी।"

अशोक का यह विचार रूपा को सही लग रहा था। किन्तु इसके उपरान्त सामाजिक स्वीकृति और मर्यादा में बँधा उसका मन इसे स्वीकार करने के लिए तैयार नहीं हो पा रहा था। सामाजिक मर्यादा का हवाला देते हुए वह बोली, "लेकिन तुम जहाँ की बात कर रहे हो, वहाँ के समाज और हमारे यहाँ के समाज में बहुत अन्तर है, अशोक! यहाँ कोई लड़की ऐसा क़दम उठा ले तो उसे तुरन्त वेश्या क़रार दे दिया जायेगा और कहीं से भी मुँह उठाकर निकलना दूभर हो जाएगा उसका। और केवल लड़की को नहीं उसके समस्त परिवार को बहिष्कृत कर देंगे और ताने दे-देकर मार देंगे लोग। वह लड़की ऐसा बोल्ड क़दम उठा सकती थी, क्योंकि उसके समाज में इसकी गुंजाइश थी। हमारे समाज में यह गुंजाइश कहाँ है?"

अशोक ने महसूस किया, रूपा के शब्दों में समाज और संस्कृति के घिसे-पिटे सदियों पुराने परम्परागत आदर्श बोल रहे थे। इस आदर्शवाद की सीलन और घुटन-भरी कोठरी से बाहर निकलने का रास्ता दिखाते और उसकी चेतना में यथार्थ की खुली हवा का संचार करने की कोशिश करते हुए वह बोला, "क्यों नहीं है गुंजाइश? वहाँ पर भी उसी तरह के पुरुष थे, जैसे यहाँ हैं। उन पुरुषों पर भी यौन हिंसा का वैसा ही भूत सवार था। उनके लिए भी स्त्री एक शरीर थी और वे भी स्त्री को अपनी यौन-तृप्ति का साधन समझते थे। क्या अन्तर है वहाँ के समाज में और हमारे समाज में? सब जगह पुरुषों के लिए स्त्री नरम और गरम मांस का एक टुकड़ा है, जिसे वे चटखारे के साथ खाने को आतुर रहते हैं...स्त्री का शरीर उसका अपना है। वह अपना शरीर किसको दे, पुरुष कौन होता है यह तय करने वाला। उसे किसके साथ अपने शरीर को बाँटना है और किसके साथ नहीं, इस पर सिर्फ़ स्त्री का अधिकार है। वहाँ के और यहाँ के समाज की बात नहीं है, जहाँ कहीं भी स्त्री के प्रति पुरुष का इस तरह का दमनकारी और वर्चस्ववादी दृष्टिकोण हो, वहाँ सब जगह स्त्री द्वारा अपना शरीर या कौमार्य बेचे जाने की गुंजाइश है।"

रूपा बहुत ध्यान से अशोक की बातें सुन रही थी। अशोक के इन तार्किक शब्दों ने उसको प्रभावित किया। उसके मस्तिष्क पर छाये संशय के बादल एक-एक कर छँटने लगे थे। उसे लगा पेरू की वह लड़की उसके अन्दर उतर आयी है और उस लड़की की चेतना उसके अन्दर प्रवाहित हो रही है। और वह एक ऐसे स्थान पर खड़ी है, जहाँ उसके चारों ओर उसके चाहने वालों की अपार भीड़ है, जिसमें हर कोई उसे पाने के लिए प्रतिस्पर्द्धा कर रहा है। किन्तु हिंसा और आतंक की शक्ल

में नहीं, अपितु सब के सब प्रशंसक और याचक की मुद्रा में खड़े हैं। इस अनुभूति ने उसके अन्दर विश्वास का संचार किया। किन्तु एक बड़ी दुविधा अभी भी उसके मस्तिष्क में बनी हुई थी, जो उसे बहुत परेशान कर रही थी। अशोक के समक्ष अपनी दुविधा रखते हुए वह बोली, "लेकिन माँ को पता चलेगा कि उसकी बेटी अपना कौमार्य बेच रही है तो वह तो जीते जी मर जाएगी।"

रूपा की इस दुविधा से सहमति व्यक्त करते हुए वह बोला, "यह चिन्ता तो ठीक है तुम्हारी। लेकिन सोचो, यदि सत्ते पहलवान, राजू भैया या कोई और तुम्हारी माँ के सामने से ही तुम्हें जबरन उठाकर ले जाये और तुम्हारे साथ बलात्कार करे, तब वह क्या कर लेंगी? क्या तब वह जीते जी नहीं मर जाएँगी?" यह कहते हुए उसने रूपा की आँखों में देखा।

अशोक के मुँह से यह सुन उसका दिल अन्दर तक काँप उठा। उसके मुँह पर जैसे ताला-सा जड़ गया था। पत्थर की तरह स्थित आँखों से वह अशोक की ओर देखती रह गयी। उसके मन की स्थिति को समझते हुए, अशोक ने यथार्थवादी दृष्टिकोण से सोचने का आग्रह करते हुए उससे कहा, "सब परिस्थितियाँ तुम्हारे सामने हैं। इसलिए माँ के दृष्टिकोण से नहीं अपने दृष्टिकोण से सोचो...यह भावुकता का नहीं, जीवन के यथार्थ और उसकी चुनौतियों का दृढ़ता से सामना करने का समय है। इसलिए भावुक होकर नहीं, ठण्डे दिमाग़ से सोचो।"

अशोक ने जिस तरह उसे यथार्थ की ज़मीन पर ला पटका था, उसे लगा अशोक सही कह रहा है। उसने महसूस किया कि सच में यथार्थ की इस चुनौती का सामना भावुक रहकर नहीं किया जा सकता। अशोक के शब्दों से उसे मानसिक बल मिला और उसने आदर्श और भावुकता से बाहर निकल यथार्थ की चुनौतियों का सामना करने के लिए मानसिक रूप से स्वयं को तैयार किया।

बात करते हुए अचानक दीवार पर टँगी घड़ी की ओर रूपा की दृष्टि गयी तो देखा साढ़े दस बज गये थे। उसे याद आया, यह तो स्कूल की भी आधी छुट्टी का समय है। वह उठते हुए बोली, "अरे, लंच का समय हो गया। तुमको भूख लग आयी होगी। मैं तुम्हारे लिए कुछ खाने को ले आती हूँ।"

रूपा के यह कहते ही अशोक को भी भूख और खाना याद हो आया था। वह तत्काल रूपा की ओर देखते हुए बोला, "अरे हाँ, तुमने अच्छा किया याद दिलाकर। ...मैं तो भूल ही गया था। तुमने कल से कुछ नहीं खाया है...मैं तो अपना लंच लाया हूँ घर से। तुम अपने लिए लेकर आओ जल्दी से, फिर साथ बैठकर खायेंगे।"

"ठीक है, तुम लाये हो तो अपना लंच तो तुम खा लो। मुझे भूख नहीं है।" रूपा ने अनिच्छा व्यक्त करते हुए कहा।

"कब तक नहीं खाओगी, ऐं? कब तक भूखी रहोगी? क्या भूखे रहने से सब ठीक हो जायेगा? बिना खाये, भूखी रहकर इन संघर्ष और चुनौतियों का सामना कैसे करोगी तुम? खाना ज़रूर खाओ, रूपा...आओ, मेरे खाने में से ही खाते हैं।" यह कहते हुए अशोक ने रूपा का हाथ पकड़कर अपने पास बैठा लिया और अपना लंच बॉक्स खोलकर उसके हाथों में थमा दिया।

अशोक के आत्मीय आग्रह के आगे रूपा ना नहीं कर सकी। उसने लंच बॉक्स को खोला और रोटी का एक टुकड़ा तोड़कर हाथ में लेती हुई बोली, "वैसे तो सच में मेरा कुछ भी खाने का मन नहीं है, अशोक, लेकिन तुम कह रहे हो तो..."

अशोक के लंच बॉक्स में दो रोटियाँ और अचार था। दोनों ने एक-एक रोटी खायी। खाना खाने के बाद रूपा ने चाय बनायी और चाय के प्याले लाकर अशोक के पास बैठते हुए बोली, "अब बताओ, क्या करना चाहिए?"

अशोक ने बिना किसी लाग-लपेट के अपना सुझाव दिया, मुझे लगता है, तुम्हें उस लड़की की तरह इंटरनेट पर अपना विज्ञापन दे देना चाहिए। एक तो इसमें समय बहुत कम लगेगा। दूसरे, सत्ते पहलवान, राजू भैया, तुम्हारे मोहल्ले के लड़के तथा तुम पर इस तरह की नज़र रखने वाले अन्य लोग भी परस्पर प्रतिस्पर्धा करेंगे। ये छुटभइए तो रास्ते से वैसे ही अलग हट जायेंगे। रही सत्ते पहलवान और राजू भैया की बात तो एक-दूसरे को रास्ते से हटाने के लिए वे दोनों आपस में टकरायेंगे। इससे तुम्हारी ओर से ध्यान हटकर उनका ध्यान आपसी लड़ाई और प्रतिद्वन्द्विता पर केन्द्रित होगा। इस सबसे तुमको कुछ राहत मिलेगी और इस दौरान कोई न कोई दूसरा रास्ता निकल आयेगा।

रूपा को अशोक के सुझावपूर्ण शब्दों में कोई अनुभवी और सुलझा हुआ व्यक्ति बोलता दिखाई दिया। उसके साथ सहमति में सिर हिलाते हुए वह बोली, "बात तो तुम्हारी ठीक है, लेकिन मैं इंटरनेट पर अपना विज्ञापन दूँगी कैसे। मेरे पास तो ना कम्प्यूटर है ना मोबाइल।"

"उसकी चिन्ता तुम मत करो। मेरे पास मोबाइल है। इसमें इंटरनेट कनेक्शन भी है। इस मोबाइल से अपलोड करेंगे तुम्हारी डिटेल्स और जो भी रेसपॉन्स आयेगे वो मैं तुमको बता दूँगा।" यह कहते हुए अशोक ने उसकी चिन्ता को दूर किया।

"ठीक है। लेकिन सब कुछ तुमको ही हैंडल करना होगा। मुझे कुछ पता नहीं है इस बारे में। मेरा तो दिल अन्दर से काँप रहा है। मैं बस तुम्हारे भरोसे यह कर रही हूँ।" रूपा अभी भी अन्दर से पूरी तरह सहज नहीं थी।

अशोक ने उसका मनोबल बढ़ाते हुए कहा, "तुम निश्चिन्त रहो...और देखना तुम्हारी समस्या का कोई न कोई अच्छा समाधान निकलेगा इस रास्ते से।"

अशोक ने अपनी जेब से मोबाइल निकालकर सबसे पहले रूपा का एक प्रोफ़ाइल बनाया और बहुत सारे समूहों के साथ उसे जोड़ दिया। फिर उसका एक आकर्षक-सा फ़ोटो खींचा और उस फ़ोटो के साथ कैप्शन में लिखा–"मैं अपना कौमार्य बेचना चाहती हूँ।" कैप्शन के नीचे लिखा–उम्र 17 साल, रंग गोरा, क़द 5"3", सुन्दर, स्लिम, आकर्षक, वर्जिन। कौमार्य सबसे ऊँची बोली लगाने वाले किसी भी देश, धर्म, नस्ल, जाति के व्यक्ति को बेचा जा सकेगा। स्वस्थ व्यक्तियों को वरीयता दी जायेगी। इच्छुक व्यक्ति अपनी बोली के साथ नीचे दिये पते पर सम्पर्क करें। सन्देश के नीचे ई-मेल का पता दिया गया था। सभी समूहों में इस सन्देश को भेजने के बाद वह रूपा से बोला, "लो, हो गया। चला गया सारी दुनिया में।"

यह कहते हुए अशोक ने रूपा की ओर देखा। रूपा के चेहरे पर एक अजीब-सी घबराहट दिखाई दे रही थी। जिसका पता उसके चेहरे पर उभर आयी पसीने की बूँदों से चल रहा था। वह अशोक की ओर देख रही थी लेकिन कोई प्रतिक्रिया व्यक्त नहीं कर पा रही थी। अब क्या होगा? क्या इससे सचमुच उसकी समस्या हल हो जायेगी या वह दुनिया भर में एक विश्व-वेश्या के रूप में बदनाम होकर रह जायीगी। एक नयी तरह का अंजाना भय भी उसके अन्दर बैठता जा रहा था। सहसा एक आवेग से उसने अशोक का हाथ अपने हाथों में ले लिया और उसकी आँखों में देखते हुए बोली, "अशोक! मुझे बहुत डर लग रहा है। पता नहीं क्या होगा...मेरे आसपास तुम्हारे सिवाय कोई अपना नहीं है। मुझे तुम्हारी बहुत ज़रूरत है...तुम्हारे बिना मैं एक क़दम भी नहीं चल पाऊँगी।"

अशोक ने उसके हाथों की गर्मी को महसूस किया। उसने अपना दूसरा हाथ रूपा के हाथों पर रखा और उसे आश्वस्त करते हुए बोला, "तुम चिन्ता मत करो। मैं तुम्हारे साथ हूँ और रहूँगा। मैंने अपने मोबाइल से किया है सब कुछ। सब लोग मेरे मोबाइल पर मुझसे सम्पर्क करेंगे। मैं ख़ुद उन्हें हैंडल करूँगा...तुम डरो मत। यह सब केवल तुम्हें इन भूखे भेड़ियों के जबड़ों से बचाने का एक रास्ता है। हिम्मत से काम लो, तुम्हें कुछ नहीं होगा। ख़रीदारों की भीड़ में इन्सानियत ख़रीदने वाले लोग

भी ज़रूर होंगे, जो तुम्हारा कौमार्य नहीं तुम्हारे दुःख ख़रीदने को तैयार हो जायेगे। पेरू की उस लड़की को भी कौमार्य बेचना नहीं पड़ा था। मुझ पर विश्वास करो, तुम्हारे साथ ऐसा-वैसा कुछ नहीं होने दूँगा। मैं कुछ भी करूँगा तुम्हारा कौमार्य नहीं बिकने दूँगा।"

स्कूल की छुट्टी का समय हो गया था। अशोक ने अपना बैग उठाया और "अच्छा, मैं चलता हूँ। कल सुबह फिर आऊँगा। अपना ध्यान रखना।" यह कहते हुए वह उठकर खड़ा हो गया। अपना बैग उठाकर कन्धे पर टाँगा और रूपा के घर से बाहर की ओर क़दम बढ़ा दिये।

रूपा ने दरवाज़े तक आकर उसे विदा किया और उसके बाहर निकलते ही दरवाजा अन्दर से बन्द कर लिया।

चक्रव्यूह

"मैं अपना कौमार्य बेचना चाहती हूँ।" व्हाट्स एप्प एवं फ़ेसबुक पर अपलोड करते ही यह पोस्ट सोशयल मीडिया पर वायरल हो गयी। चारों ओर एक सनसनी-सी फैल गयी। अपनी तरह की यह एक नयी और गर्म ख़बर थी। सोशल मीडिया पर आने के बाद थोड़ी देर में ही यह ख़बर खोजी पत्रकारों तक पहुँच गयी और कुछ घण्टों के अन्दर ही टेलीविज़न चैनलों पर ब्रेकिंग न्यूज़ प्रसारित होने लगी–"कौमार्य बिकाऊ है"। जो लोग सोशल मीडिया पर इस ख़बर को नहीं पढ़ और देख सके थे, वे टेलीविज़न के न्यूज़ चैनलों पर इस ख़बर को देख रहे थे।

"यह लड़की बेचना चाहती है अपना कौमार्य" कहते हुए टीवी स्क्रीन पर बार-बार क्लोज़-अप में रूपा का चेहरा दिखाया जा रहा था। टेलीविज़न चैनलों के लिए अपनी टीआरपी बढ़ाने का यह एक बहुत अच्छा अवसर था। इसलिए अपनी-अपनी टीआरपी बढ़ाने के लिए टीवी चैनलों में इस ख़बर को अधिक से अधिक और रोचक और उत्तेज़क रूप में प्रस्तुत करने की होड़-सी लगी थी।

शाम तक, बल्कि देर रात तक यह ख़बर टेलीविज़न चैनलों पर ब्रेकिंग न्यूज़ के रूप में छायी रही। एक टीवी चैनल द्वारा तो इस मुद्दे पर लाइव डिबेट आयोजित की गयी। मस्तिष्क में उमड़ते-घुमड़ते क्या? क्यों? कैसे? आदि अनेक प्रश्नों के साथ लोग बहुत उत्सुकता से इस ख़बर को देख और सुन रहे थे।

"एक लड़की अपना कौमार्य बेचना चाहती है" बाज़ार, रेस्टोरेंट से लेकर पान की गुमटी और चाय की दुकानों तक सब जगह यही चर्चा थी। स्त्रियों के कानों तक यह ख़बर पहुँची तो उनमें भी यह जानने की जिज्ञासा हुई कि "देखें तो सही हम भी, कौन है वो लड़की, जो खुले-आम अपनी इज़्ज़त बेच रही है।" बहुत-सी स्त्रियाँ अपने घर के काम रोककर, टेलीविज़न के परदे पर दिखाये जा रहे रूपा के चेहरे को देखने लगी थी। क्लोज़-अप में रूपा के चेहरे को ग़ौर से देखते हुए एक स्त्री के

मुख से सहसा निकला, "देखो तो कितनी सुन्दर है", और फिर अपने होंठों में ही बुदबुदायी, "इतनी सुन्दर लड़की को कौन छोड़ेगा। उसे तो कोई भी ख़रीद लेगा।"

अपनी माँ को टेलीविज़न के परदे पर आँख गड़ाकर देखने के साथ मुँह से कुछ बुदबुदाते हुए देखा तो उसकी सोलह वर्षीय बेटी ने पास आकर पूछा, "क्या देख रही हो माँ इतनी ग़ौर से?"

बेटी ने जैसे उसे कोई चोरी करते हुए रँगे हाथ पकड़ लिया था। उसको पास आता देख उसने तत्काल टेलीविज़न बन्द किया और वहाँ से उठते हुए बोली, "कुछ नहीं है। चल काम कर अपना।"

"अरे, अभी तुम तो बड़े ध्यान से देखते हुए मुँह से कुछ बड़बड़ा भी रही थी। और अब कह रही हो कुछ नहीं है। अजीब बात है।" बेटी ने आश्चर्य से उसकी ओर देखते हुए कहा।

बेटी के मस्तिष्क में कोई शंका घर न कर जाये, यह सोचकर वह उसे समझाती हुए बोली, "अरे कोई कह रहा था कहीं पर एक ड़ायन ने कई बच्चों को खा लिया। टेलीविज़न पर वह दिखाई जा रही है। तो मैंने भी सोचा कि मैं भी तो देखूँ कि कैसी है वह डायन? बस उसे ही देख रही थी।"

उसने बात को जिस तरह कहा था, उसकी बेटी को उस पर यक़ीन हो गया। बेटी स्कूल में पढ़ती थी और उसमें इतनी विवेकशील थी कि वह देवी-देवता, भूत-प्रेत आदि में विश्वास नहीं करती थी। वह उन्हें शैतानी दिमाग़ की उपज मानती थी। जब भी वह अपनी माँ को पूजा-पाठ या कोई टोना-टोटका करते देखती तो उसे यह सब नहीं करने के लिए टोकती थी, किन्तु पुरातन विचारों में रची-बसी उसकी माँ पर उसकी बातों का कोई असर नहीं होता था। आज भी उसने अपनी माँ के मुँह से भूत-प्रेत के बारे में सुना तो उसे अपनी माँ की समझ पर तरस-सा आया। माँ के इस मानसिक पिछड़ेपन के प्रति वह अपना क्षोभ व्यक्त करते हुए बोली, "माँ, तुम भी ना। कितनी बार समझाया है आपको कि भूत-प्रेत, डायन-वायन जैसा कुछ नहीं होता है। यह सब अज्ञानता के कारण मन में बैठा हुआ भय है और कुछ नहीं है। लेकिन तुम हो कि अपने दिमाग़ में इस कूड़े को भरे हुए हो। दिमाग़ से निकालती ही नहीं हो।"

यह देखकर कि अपनी बेटी से अपना सच छिपाने में वह कामयाब हो गयी थी, उसने एक राहत की साँस ली। वह नहीं चाहती थी कि उसकी बेटी इस ख़बर को देखे या सुने। उसे इस बात का डर था कि कहीं उसकी बेटी पर भी रूपा का

असर न हो जाये। बेटी का ध्यान वहाँ से हटाने के लिए उसने तत्काल उसे टोकती हुई बोली, "अरे, सब्ज़ी बाहर निकालकर रख दे ज़रा। देर हो गयी है। मैं खाना बना दूँ। भूख लग रही होगी सबको।"

बेटी ने फ्रिज से निकालकर सब्ज़ी बाहर रख दी और वह रसोई में आकर रात का खाना बनाने में व्यस्त हो गयी।

अगले दिन के समाचार-पत्रों में भी यह एक प्रमुख ख़बर थी। लगभग सभी समारचार-पत्रों ने इस ख़बर को प्रमुखता देते हुए मुखपृष्ठ पर प्रकाशित किया था। कुछ समाचार-पत्रों ने इसे बॉक्स न्यूज़ के रूप में दिया था। जो लोग टेलीविज़न पर यह ख़बर नहीं देख सके थे और समाचार-पत्र ही जिनका देश-दुनियां के बारे में जानने का प्रमुख स्रोत या साधन था, उन लोगों तक समाचारपत्र के माध्यम से यह ख़बर पहुँच रही थी। जिसे देखो वह इसी बात की चर्चा कर रहा था कि एक लड़की अपना कौमार्य बेच रही है।

ऑफ़िस पहुँचते ही तपन ने अपना बैग एक ओर रखा और दफ़्तरी किशन को आवाज़ लगाकर एक कप चाय लाने को कहा। यह उसका लगभग रोज़ का रूटीन था। किशन चाय लाने के लिए निकल ही रहा था कि उसके ऑफ़िस के एक सहकर्मी मोहन ने उसे रोकते हुए कहा, "चल, यहाँ क्या मँगवाता है, रेस्टोरेंट में ही चलकर पीते हैं ना। आज साहब भी नहीं है। काम की भी कोई ख़ास मारामारी नहीं है।"

तपन के ऑफ़िस के पास एक मार्केट थी, जहाँ पर एक छोटा-सा रेस्टोरेंट भी था। जब भी ऑफ़िस से बाहर चाय पीने का मन होता था तो यह रेस्टोरेंट ही उनका ठिकाना होता था। रेस्टोरेंट के मालिक का उसके ऑफ़िस से काम पड़ता रहता था। इसलिए वह ऑफ़िस के कर्मचारियों को पहचानता था और उनका लिहाज़ भी करता था। यही कारण था कि उसके ऑफ़िस के लोग चाय के बहाने उस रेस्टोरेंट में घण्टों तक बैठे रहते थे।

"ठीक है। रेस्टोरेंट में ही चलकर पीनी है तो वहाँ चले चलते हैं," मोहन से यह कहने के साथ उसने किशन को आवाज़ लगायी, "रहने दे, किशन! हम चाय पीने के लिए रेस्टोरेंट में जा रहे हैं।" यह कहते हुए वह अपनी कुर्सी से उठा और मोहन के साथ ऑफ़िस से निकलकर रेस्टोरेंट में आ गया।

चाय का आनन्द लेने के साथ वे लोग इधर-उधर की कुछ सामान्य बातें भी कर रहे थे। बातों के दौरान तपन मेज़ पर रखे समाचारपत्र के पन्नों को उलट-पुलट रहा था कि सहसा एक पन्ने पर प्रकाशित इस ख़बर को पढ़ते ही वह चौंक गया और

आश्चर्य से वह उस ख़बर को देखता रह गया। उसे अपनी आँखों पर विश्वास नहीं हुआ कि उसने जो पढ़ा है, वह सही है। अपने कुर्ते के एक कोने से उसने अपनी आँखों पर लगा चश्मा साफ़ किया और ख़बर को दोबारा पढ़ा। लेकिन फिर से वही अक्षर, वही शब्द और वही वाक्य उसकी आँखों के सामने थे। अब तपन में किसी तरह का कोई संशय नहीं रह गया था। उसने जो पढ़ा था, वह सही था। इस ख़बर ने उसे अन्दर तक झकझोर दिया। अख़बार के उस पन्ने पर अपनी नज़रें गड़ाये हुए उसने अपने मन का आश्चर्य व्यक्त करते हुए कहा, "यह क्या हो रहा है आजकल? कहाँ जाएगी ये दुनियां?"

तपन के मुँह से ये शब्द सुन सामने वाली कुर्सी पर बैठा मोहन प्रश्नसूचक दृष्टि से उसकी ओर देखते हुए बोला, "क्यों? क्या हुआ?"

"यह देखो" कहते हुए तपन ने समाचारपत्र का वह पन्ना मोहन की ओर बढ़ा दिया।

मोहन ने समाचारपत्र हाथ में लेकर ख़बर पढ़ी तो वह भी विस्मय से चौंक गया और तपन के स्वर में स्वर मिलाता हुआ बोला, "सही कह रहे हो भैया, दुनिया का कोई धरमधोरा ही नहीं रहा अब तो। लोक-लाज, शर्म-हया, कुछ भी नहीं बचा। कौमार्य भी इस तरह सरेआम बिकेगा तो और रह ही क्या जाएगा।"

मोहन के इन शब्दों से तपन को बल मिला। वह उत्साहित होता हुआ बोला, "पूछ मत भैया। अख़बार, टेलीविज़न सब कहते हैं कि दुनिया बहुत तरक़्क़ी कर रही है...लगता है बाक़ी सब तरक़्क़ी तो हो गयी, यही तरक़्क़ी बाक़ी रह गयी थी, अब यह भी कर ली है।"

मोहन ने निराशा-भरी साँस ली और समाचारपत्र को एक ओर रखता हुआ बोला, "हाँ, भैया!...क्या-क्या नहीं देखा है इस दुनिया में...जो कुछ नहीं देखा है, वह अब देखना पड़ेगा...देखने के सिवाय हम और कर भी क्या सकते हैं।"

मोहन चाय पी चुका था। तपन अभी पी रहा था। अदरक-इलायची की जैसी चाय तपन पसन्द करता था, चाय ठीक वैसी ही बनी थी और वह चाय का आनन्द भी ले रहा था। किन्तु अख़बार में छपी इस ख़बर ने उसकी चाय का स्वाद किरकिरा कर दिया था। कप में कई घूँट चाय अभी बची हुई थी, किन्तु तपन का मन चाय पीने का नहीं हुआ। चाय के पैसों का भुगतान कर वह मोहन के साथ रेस्टोरेंट से बाहर निकला और ऑफ़िस की ओर चल दिया।

कुछ क़दम की दूरी पर ही एक लकड़ी के खोखे में पान-सिगरेट की दुकान थी। पान की दुकान पर कुछ लोग खड़े थे और पान चबाते हुए परस्पर वार्तालाप

कर रहे थे। उनमें तपन का दोस्त सुदीप भी था। तपन का ध्यान उनकी ओर नहीं था। वह मोहन के साथ बात करता हुआ चला जा रहा था। सुदीप ने उसे जाते हुए देखा तो तुरन्त आवाज़ लगायी, "तपन..."

अपना नाम सुन तपन ने आवाज़ की दिशा में देखा। सुदीप हाथ के इशारे से उसे अपने पास बुलाते हुए कह रहा था, "आ जाओ यार, एक पान खा लें, फिर चलता हूँ मैं भी।"

तपन और मोहन दोनों सड़क से हटकर पान की दुकान के पास आ गये।

वहाँ पर भी रूपा की ही चर्चा चल रही थी। अनूप नाम का एक व्यक्ति पास खड़े सुदीप से पूछ रहा था, "क्या आज का अख़बार देखा तुमने?"

सुदीप ने उदासीन और रुख़े-से शब्दों में जवाब देते हुए कहा, "सब वही रोज़ की घिसी-पिटी ख़बरें होती हैं। राजनीतिक उठा-पटक के अलावा हत्या, बलात्कार, झपटमारी, राहजनी, ये ही सब छाया होता है अख़बारों में। रोज़-रोज़ क्या पढ़ें इनका।"

"वो बात तो तुम्हारी ठीक है, लेकिन कभी-कभी कुछ नयी ख़बरें भी होती हैं। इस तरह की नयी ख़बरों को तो लोग पढ़ ही लेते हैं।" अनूप ने अपनी राय व्यक्त की।

सुदीप का मन अख़बारों में छपने वाली ख़बरों के प्रति विरक्ति से भरा था। अनूप से अपनी अहसमति व्यक्त करते हुए वह बोला, "हाँ, वो तो है लेकिन कोई ख़ास ख़बर हो तब ना।" और फिर उससे ही पूछते हुए बोला, "कोई ख़ास ख़बर है क्या आज के अख़बार में?"

सुदीप ने प्रश्न अनूप से किया था। किन्तु अनूप के बजाय तपन उसे जानकारी देते हुए बोला, "ख़ास ही नहीं, बहुत सनसनीख़ेज़ ख़बर है। तुमने नहीं पढ़ी क्या?"

"नहीं, मैंने नहीं पढ़ी।" सुदीप ने अनभिज्ञता में अपना सिर हिलाया।

"ताज्जुब है, तुमने इतनी बड़ी और सनसनीख़ेज़ ख़बर भी नहीं पढ़ी।" तपन, उसकी ओर आश्चर्य से देखते हुए बोला।

तपन की बात सुदीप की समझ में नहीं आ रही थी। वह जिज्ञासा व्यक्त करते हुए बोला, "क्या?...क्या नहीं पढ़ा? तुम बता दो ना यार कौन सी ऐसी बड़ी और सनसनीख़ेज़ ख़बर है।"

"एक लड़की अपना कौमार्य बेचना चाहती है।" अत्यन्त सहजता से और एक-एक शब्द पर ज़ोर देते हुए तपन ने बताया।

यह सुनते ही सुदीप आश्चर्य से उसकी ओर देखता रह गया और अनायास उसके मुँह से निकला, "क्या कहा...कौमार्य बेचना चाहती है...?"

"हाँ, कौमार्य...", पहले की तरह शब्दों पर ज़ोर देते हुए तपन ने दोहराया।

"लेकिन क्यों?" कहने के साथ सुदीप ने प्रश्नसूचक दृष्टि से उसकी ओर देखा।

"यह तो पता नहीं।" तपन ने कन्धे उचकाते हुए अपनी अनभिज्ञता व्यक्त की।

सुदीप उस लड़की के बारे में जानने को जिज्ञासु हो उठा। अपनी जिज्ञासा व्यक्त करते हुए वह बोला, "कौन है वह लड़की? कहाँ की है?"

इस बार अनूप उसकी जिज्ञासा को शान्त करते हुए बोला, "कौन है, कहाँ की है, यह तो पता नहीं। सामाचार में उसके शहर का नाम नहीं दिया है। उस लड़की का नाम भी असली नहीं, छद्म ही दिया हुआ है। लेकिन लड़की बहुत सुन्दर है।"

"कह तो ऐसे रहे हो जैसे तुम उसे बहुत अच्छी तरह से जानते हो...तुम्हें क्या पता कि वह बहुत सुन्दर है?" सुदीप ने मित्रवत् उसे छेड़ते हुए कहा।

"सोशल मीडिया पर उसकी फ़ोटो ख़ूब वायरल हो रही है। और लोग उसकी सुन्दरता पर मोहित हैं। युवक तो उसकी सुन्दरता के दीवाने हो रहे हैं। वह सबके सपनों की रानी बनी हुई है।" अनूप ने बताया।

"यह तो सच में बिल्कुल नयी बात सुनने को मिल रही है।" सुदीप ने आश्चर्य में डूबे हुए कहा।

"वही तो..." कहते हुए अनूप ने उसकी स्वीकृति में सिर हिलाया।

पास में खड़ा आमोद नाम का एक अन्य व्यक्ति इसे परिहास का विषय बनाते हुए बोला, "इतनी सुन्दर लग रही है और पसन्द है तो तुम ख़रीद लो, तुमको ज़रूरत है तो।"

अनूप ने उसके परिहास में शामिल न होकर पूर्ववत् गम्भीरतापूर्वक कहा, "बात मेरी या तेरी ज़रूरत की नहीं है। बात यह है कि एक लड़की अपना कौमार्य बेच रही है और वह भी सोशल मीडिया पर बोली लगाकर। सामाजिक मूल्य और मर्यादाओं का इतना पतन हो गया है। समाज की यह स्थिति हो गयी है आज..."

यह देखकर कि लोग इस मामले को लेकर बहुत गम्भीर हैं और इस पर परिहास करने के मूड में नहीं हैं, परिहास का रास्ता छोड़ आमोद भी गम्भीरता के रास्ते पर आते हुए बोला अरे भाई, तो इसमें परेशान होने की क्या बात है। तुम तो व्यवसाय करते हो। इतना तो समझते हो कि दुनियाँ अपने आप में एक बाज़ार है। यहाँ हर चीज़ एक उत्पाद है और हर उत्पाद बिकने के लिए है। स्त्री का शरीर भी

उत्पाद है और उसकी वर्जिनिटी भी। उस लड़की की वर्जिनिटी उसका माल है, वह अपने माल को बेचे या किसी को उपहार में दे, उसकी मर्ज़ी। कोई इसमें क्या कर सकता है।

"वर्जिनिटी उत्पाद है?...तुम भी ना हर बात को मज़ाक़ में ले जाते हो। कभी सीरियस होकर भी बात कर लिया करो।" सुदीप ने उसे नसीहत देने के अन्दाज़ में टोका।

"मज़ाक़ नहीं कर रहा हूँ मैं। सीरियसली ही कह रहा हूँ। तुम नहीं देख रहे हो क्या कि आज की शिक्षित और स्वावलम्बी स्त्री जब अपनी अस्मिता, स्वतन्त्रता और अधिकारों की बात करती है तो उसमें देह की स्वतन्त्रता भी एक प्रमुख मुद्दा होता है।" आमोद ने अपनी बात के समर्थन में तर्क देते हुए कहा।

सुदीप को उसका तर्क कुछ उचित नहीं लगा। वह अपनी असहमति व्यक्त करते हुए बोला, "हाँ, यह तो ठीक है कि अपनी स्वतन्त्रता और अधिकारों के प्रति सजग स्त्री आज ऐसा सोचती है। लेकिन शरीर को अपनी प्रॉपर्टी या उस पर अपना अधिकार मानना अलग बात है और उसे उत्पाद मानना दूसरी बात है।"

"कहाँ अन्तर है दोनों में। जब शरीर एक प्रॉपर्टी है और वह लड़की उसे बेचना चाहती है, और दुनिया की मण्डी में उसकी बोली लगा रही है तो वह उत्पाद ही हुआ ना...आख़िर प्रॉपर्टी भी तो ख़रीदी-बेची ही जाती है।" इस बार तपन उनके बीच हस्तक्षेप करते हुए बोला।

तपन के इस तर्क का सुदीप के पास कोई जवाब नहीं था। "हाँ, यह बात तो है", कहते हुए उसने तपन के प्रति सहमति में सिर हिलाया और ख़ामोश हो गया।

कान्ति प्रसाद नाम का एक अन्य व्यक्ति, जो अभी तक चुपचाप खड़ा उन दोनों की बात सुन रहा था, एक नए रहस्योद्घाटन के साथ चर्चा में शामिल होते हुए बोला, "अरे पता चला है, यह लड़की हमारे शहर की ही है।"

पहले से ही आश्चर्यचकित सुदीप को यह सुनकर और भी अधिक आश्चर्यजनक लगा। अपना आश्चर्य व्यक्त करते हुए वह बोला, "क्या कहा? हमारे शहर की है?"

"हाँ। हमारे शहर की ही है।" कान्ति प्रसाद ने विश्वासपूर्वक कहा।

सुदीप को उसका यह कथन कुछ अविश्वसनीय सा लग। अपना अविश्वास व्यक्त करते हुए वह बोला, "तुम इतने विश्वास के साथ कैसे कह रहे हो यह बात? तुम्हें क्या पता है उसके बारे में?"

"मुझे कहीं से पता चला है कि यह लड़की शहर के एक सेकेण्डरी स्कूल में पढ़ती है। किसी मलिन बस्ती की रहने वाली है...और यह भी पता

चला है कि वह दलित समाज की है।" कान्ति प्रसाद ने पूर्ववत् विश्वास के साथ कहा।

"दलित समाज की" सुनते ही तपन के कान खड़े हो गये। उसे लगा कि कहीं उस लड़की को दलित समाज की बताकर अप्रत्यक्ष रूप से स्वयं उसके प्रति ही तो घृणा का ज़हर नहीं उगला जा रहा है। क्योंकि ऐसी स्थितियों का वह पहले भी कई बार सामना कर चुका था। उसने कान्ति प्रसाद से पूछा, "लेकिन यह तुम्हें कहाँ से पता चला कि यह लड़की दलित समाज की है? वह किसी सवर्ण जाति की भी तो हो सकती है।"

कान्ति प्रसाद ने बताया, "मेरा बेटा उसी स्कूल में पढ़ता है, जिसमें यह लड़की पढ़ती है। उसने ही यह बताया है कि इस लड़की का नाम रूपा है और वह एस.सी. है।"

"यह तो टेलीविज़न पर ख़बर में भी आया है कि यह लड़की हमारे शहर की है।" आमोद ने कान्ति प्रसाद की बात का समर्थन करते हुए कहा।

आमोद के मुँह से यह सुन तपन "हुम्मम्मम" कहकर चुप लगा गया और कुछ सोचने लगा। जब कि यह पता चलते ही कि वह लड़की एस.सी. है, कई व्यक्तियों के मुँह से एक साथ निकला, "अच्छा, दलित समाज की है...तभी तो..."

तपन को उनकी यह प्रतिक्रिया बहुत विचित्र और आपत्तिजनक लगी। उसने उन सबके चेहरों की ओर देखा और प्रतिकार के स्वर में बोला, "तभी तो...? इसका क्या मतलब हुआ? यदि वह दलित है तो, और दलित नहीं है तो...इससे क्या फ़र्क़ पड़ता है?"

तपन के इस प्रश्न पर एक क्षण को सबको साँप-सा सूघ गया। सबके बीच एक चुप्पी-सी पसर गयी। तपन के इस प्रश्न का क्या जवाब दें, इसके लिए वे एक-दूसरे की ओर देखने लगे। तपन उत्तर की आशा में उन सबके चेहरों की ओर देख रहा था। कुछ देर के पश्चात् कान्ति प्रसाद ने ही ख़ामोशी तोड़ी, "वैसे फ़र्क़ तो कोई ख़ास नहीं पड़ता है...लेकिन एक फ़र्क़ अवश्य पड़ता है।"

"क्या फ़र्क़ पड़ता है?" तपन ने पूछा।

"इज़्ज़तदार परिवार या ख़ानदान की लड़की अपने कौमार्य को इस तरह चौराहे पर नीलाम करके बेचने का काम नहीं कर सकती।" कान्ति प्रसाद ने अपनी बात को स्पष्ट करते हुए कहा।

यद्यपि मुँह से कोई कुछ नहीं बोल रहा था। किन्तु उनकी आँखें और चेहरों की भाव-भंगिमा बता रही थी कि वे कान्ति प्रसाद की बात से सहमत थे तथा गर्दन या सिर हिलाकर उसके प्रति अपनी सहमति व्यक्त कर रहे थे। किन्तु तपन को कान्ति

प्रसाद का यह विचार बहुत अपरिपक्व, तर्कहीन और आपत्तिजनक लगा। वह प्रतिकार के स्वर को तेज़ करते हुए बोला, "यह क्या कह रहे हो तुम? इज़्ज़तदार से क्या तात्पर्य है तुम्हारा? क्या उच्च जातियों के लोग ही इज़्ज़तदार होते हैं। क्या दलितों की कोई इज़्ज़त नहीं होती है? वे इज़्ज़तदार नहीं होते हैं?"

तपन का प्रश्न प्रत्यक्ष रूप से भले ही कान्ति प्रसाद से था, किन्तु परोक्ष रूप से यह प्रश्न उन सभी से था जो कान्ति प्रसाद की टिप्पणी के साथ सहमति व्यक्त कर रहे थे। सब के सब फिर से असहज हो एक-दूसरे की ओर देखने लगे। उनके चेहरे उनकी असहजता को व्यक्त कर रहे थे। कान्ति प्रसाद भी अब यह महसूस कर रहा था कि उसे अपनी यह टिप्पणी सावधानी से देनी चाहिए थी। कम से कम तपन की मौजूदगी का ध्यान अवश्य रखना चाहिए था। किन्तु शब्द मुँह से निकल चुके थे और वापस नहीं आ सकते थे। वह अपनी बात को सँभालने की कोशिश करता हुए बोला, "नहीं, मेरा मतलब वह नहीं था, जो तुम सोच रहे हो बल्कि मेरे कहने का तात्पर्य यह था कि व्यक्ति के परिवेश और परिस्थितियों पर बहुत कुछ निर्भर करता है।"

आमोद ने कान्ति प्रसाद के स्वर में अपना स्वर जोड़ते हुए कहा, "दलित लोग गन्दे और घटिया काम करते हैं और गन्दी जगहों पर रहते हैं। उनका परिवेश गन्दगी से भरा होता है। उनकी सोच का स्तर भी उसके अनुसार ही होता है। इसलिए बेहतर जीवन जीने की चाह में दलित लड़की द्वारा ही बिना किसी लोक-लाज या मान-मर्यादा के, इस तरह अपना कौमार्य बाज़ार में बेचा जा सकता है। कुल-ख़ानदान की मान-मर्यादा के बन्धन में बँधी कोई उच्च जाति की लड़की ऐसा नहीं कर सकती है।"

आमोद की यह टिप्पणी तपन को बहुत अटपटी और दूषित मानसिकता से ग्रस्त लगी। इस टिप्पणी पर उसने तत्काल अपनी प्रतिक्रिया देनी चाही, किन्तु कान्ति प्रसाद ने उसके कुछ कहने से पहले ही आमोद की बात को आगे बढ़ाते हुए कहा, "तुम बुरा मत मानो, तपन! आर्थिक अभाव किसी भी व्यक्ति से कुछ भी करा सकता है। और आजकल के दौर में जब प्रत्येक व्यक्ति वह सब कुछ चाहता है जो दूसरों के पास है तो जिसके पास कुछ नहीं है, वह उसे पाने के लिए कोई भी रास्ता अपना सकता है। आजकल बढ़ती अपराधवृत्ति का कारण भी तो यही है। अब यदि उस लड़की ने भी अपना कौमार्य बेचने का यह क़दम उठाया है तो इसका कारण उसकी वह सब पाने की लालसा हो सकती है, जिसे वह अपनी दुर्बल आर्थिक स्थिति के कारण नहीं पा सकती है।"

कान्ति प्रसाद ने यह सब इतनी सहजता से कहा था जैसे कि यह कोई अत्यन्त सामान्य बात रही हो। अन्य लोग भी "सही बात है" कहते हुए उसकी बात का समर्थन कर रहे थे। किन्तु तपन पर इसकी त्वरित प्रतिक्रिया हुई। उसने तत्काल प्रतिवाद करते हुए कहा, "तुम जो कह रहे हो, वह बात वह नहीं है। मैं तुम्हारी बात से सहमत नहीं हूँ। सच्चाई यह है कि दलितों को तो अभाव और ग़रीबी में जीने की आदत होती है। और अपनी उस स्थिति में भी वे सम्मान के साथ जी लेते हैं। धन और ऐश्वर्य के लिए अपना शरीर बेचने वाली स्त्रियाँ दलित नहीं ग़ैरदलित होती हैं। दलित स्त्रियों की तो त्रासदी यह है कि उनकी इज़्ज़त तो उनके साथ बलात्कार करके जबरन लूट ली जाती है। मुझे नहीं लगता कि उस लड़की ने धन और ऐश्वर्य की लालसा में अपना कौमार्य बेचने का निर्णय लिया होगा। उसके समक्ष अवश्य ही कोई न कोई बड़ी समस्या रही होगी, जिसका समाधान उसके पास नहीं होगा और उसके चलते उसे यह क़दम उठाने को बाध्य होना पड़ा होगा। समस्या को बिना जाने-समझे केवल जाति के आधार पर कोई निष्कर्ष निकाल लेना ठीक नहीं है। यह दलितों के प्रति जातिगत घृणा और द्वेष की अभिव्यक्ति है।"

मोहन अब तक केवल श्रोता बना हुआ था। वक्ता के रूप में वह चर्चा में शामिल नहीं हुआ था। पहली बार वह चर्चा में शामिल हुआ और तपन की बात का समर्थन करते हुए बोला, "तपन का कहना बिल्कुल सही है। असली मुद्दा यह नहीं है कि वह लड़की किस धर्म या जाति की है। बल्कि, मुद्दा यह है कि उस लड़की ने यह क़दम उठाया है तो क्यों उठाया है? क्या हमारा समाज इतना अमानवीय, संवेदनहीन और क्रूर हो गया है कि किसी बेटी को इस तरह सरेआम अपना कौमार्य बेचने के लिए मजबूर कर दे...यह कोई सामान्य बात नहीं है। यह बहुत गम्भीर समस्या है और देश के समक्ष एक बड़ी चुनौती है।"

मोहन ने कौमार्य बेचे जाने की इस घटना को जिस तरह देश के साथ जोड़कर प्रस्तुत किया, उसने वहाँ उपस्थित सभी लोगों को भी प्रभावित किया। उसके प्रति सहमति में सिर हिलाते हुए वे सब उसकी ओर देखने लगे। मोहन ने भी एक-एक कर सबके ऊपर दृष्टि डाली और आगे कहा, "हमारी सबसे बड़ी विडम्बना यही है कि हम ऐसे देश और समाज में रह रहे हैं जहाँ व्यक्ति से अधिक जाति का महत्त्व है और हर बात को जाति से जोड़कर देखा-परखा जाता है।" इतना कहते हुए उसने सब लोगों की ओर देखा और चुप हो गया। मोहन के मुँह से यह सुन लोगों ने अपनी-अपनी गर्दन झुका ली और एक-दूसरे की ओर देखते हुए वहाँ से चलने लगे।

रूपा द्वारा कौमार्य बेचे जाने को लेकर चारों ओर इसी तरह की चर्चाएँ थीं। किन्तु इन सभी चर्चाओं से बेख़बर रूपा अपने घर में अपने स्कूल के सहपाठी और मित्र अशोक के साथ बैठी उसके मोबाइल पर विज्ञापन के जवाब में आये प्रस्तावों को देख रही थी।

बहुत सारे प्रस्ताव प्राप्त हुए थे। इनमें दस हज़ार से लेकर दस लाख रुपये तक के ऑफ़र थे। अधिकांश प्रस्ताव एक रात के लिए थे। किन्तु कुछ प्रस्ताव आजीवन तक के भी थे। कालेज में पढ़ने वाले एक युवक का प्रस्ताव साथ में ज़िन्दगी बिताने का। अपने प्रस्ताव में उसने लिखा था–"हाय, मिस अन-नोन। जब से तुम्हारी तस्वीर देखी है, तभी से मैं तुम्हारा दीवाना हो गया हूँ। हर समय आँखों में तुम्हारी तस्वीर छायी रहती है। मैं कॉलेज में अन्तिम वर्ष में पढ़ता हूँ। कुछ माह पश्चात् परीक्षा हो जायेगी। उसके पश्चात् कहीं अच्छी नौकरी ज्वाइन करूँगा। मेरे कई नज़दीकी रिश्तेदार बहुत बड़े-बड़े पदों पर हैं। इसलिए कोई अच्छी नौकरी पाना मेरे लिए कोई बड़ी बात नहीं है। मेरा परिवार भी खाता-पीता मध्यवर्गीय परिवार है। तुम्हारा कौमार्य बेचने का निर्णय मुझे बहुत विचलित कर रहा है। देखने में तुम चालू लड़की नहीं लगती हो। फिर तुम ऐसा क्यों करना चाहती हो? देखो, अपने इस फ़ैसले पर अमल करने से पहले तुम सोचो। मैं तुमसे शादी करने के लिए तैयार हूँ। मुझसे शादी कर लो। मैं तुम्हें अपने दिल की रानी बनाकर रखूँगा।"

दूसरा प्रस्ताव एक व्यवसायी का था। उसने लिखा था–"तुम बहुत सही लड़की हो जो दुनिया को समझती हो और उसके अनुसार चल रही हो। यह दुनिया एक बाज़ार है, जहाँ हर चीज़ एक माल है और वह सब बिकने के लिए है। मैं एक बिज़नेसमैन हूँ। ख़रीदने-बेचने का ही काम है मेरा। कई करोड़ सालाना टर्न ओवर है। तुम मुझे पसन्द हो। तुमने अपनी कोई क़ीमत नहीं बतायी है। लेकिन मैं तुम्हारे कौमार्य के लिए एक लाख रुपए देने को तैयार हूँ। ज़्यादा सोचो मत। मेरे प्रस्ताव को स्वीकार कर लो। तुम्हारे कौमार्य की इससे अधिक क़ीमत तुम्हें कोई नहीं दे सकता है। मैं ईमानदारी का बिज़नेस करता हूँ। पैसे किस प्रकार लेना चाहोगी कैश या चैक द्वारा? जैसी भी स्थिति हो बता दो, मैं उसी के अनुसार तुमको तत्काल भुगतान कर दूँगा। तुमसे मिलने को आतुर हूँ।"

तीसरा प्रस्ताव एक डॉन का था–"तुमने बहुत अच्छा किया जो अपना कौमार्य बेचने के लिए खुलकर सामने आ गयी हो। नहीं तो इतनी ख़ूबसूरत चीज़ का हमें कुछ पता ही नहीं चलता। मुझे सुन्दर चीज़ें बहुत भाती हैं। मुझे तुम्हारी सुन्दरता आकृष्ट कर रही है। मैं चाहूँ तो तुम्हारा अपहरण करके जबरन भी तुम्हारा कौमार्य

लूट सकता हूँ, लेकिन जब तुम बेचने को तैयार हो तो मैं ख़रीदकर ही तुमको भोगना पसन्द करूँगा। लेकिन मैं असमंजस में हूँ कि तुम्हारे कौमार्य की क्या क़ीमत लगाऊँ। तुम अपना नाम, पता बता दो मैं ख़ाली चैक तुमको भेज दूँगा, जितनी धनराशि तुम चाहो, उसमें भर लेना। तुम्हारा कौमार्य सिर्फ़ मैं ख़रीदूँगा।"

इनके अलावा भी अन्य बहुत-से प्रस्ताव प्राप्त हुए थे। प्रस्ताव करने वालों में पत्रकार और राजनेताओं से लेकर गुण्डे, बदमाश और तश्कर सभी तरह के लोग शामिल थे। प्रस्तावों में आर्थिक-सामाजिक सुरक्षा की गारंटी से लेकर उन्नति के शिखरों तक जाने के सपने भी दिखाये गये थे। रूपा प्रस्तावों को बहुत ध्यान से पढ़ रही थी। प्रस्तावों को पढ़ते समय उसके अन्दर एक घबराहट-सी हो रही थी। अपनी घबराहट को कम करने के लिए वह अपने एक हाथ से अशोक के हाथ को ज़ोर से पकड़े हुए उसके कन्धे से कन्धा मिलाकर बैठी हुई थी। जैसे-जैसे वह प्रस्तावों को पढ़ती जा रही थी, पहले से ही तनाव और द्वन्द्व में डूबा उसका मन और गहरे द्वन्द्व में डूबता जा रहा था। सभी प्रस्तावों को पढ़ लेने के पश्चात् उसने मोबाइल की स्क्रीन से अपनी नज़रें हटायीं और किंकर्तव्यविमूढ़-सी अशोक की ओर देखते हुए बोली, "क्या करूँ, अशोक? मेरा तो दिमाग़ काम नहीं कर रहा है। पता नहीं क्या होगा। बहुत डर लग रहा है।"

अशोक ने उसके हाथ को अपने हाथ में पकड़ा और हिम्मत बँधाते हुए बोला, "डरो मत। हिम्मत से काम लो। अपने आप पर विश्वास रखो और जिस तरह तुम इस दिशा में अभी तक आगे बढ़ती रही हो, उसी तरह बढ़ती रहो। सब ठीक होगा।" यह कहते हुए अशोक फिर से मोबाइल की स्क्रीन को देखने लगा।

"आगे कुआँ है और पीछे खाई। कहाँ जाऊँ? किस रास्ते पर अपने क़दम बढ़ाऊँ मैं...?...यदि मैं इतनी सुन्दर नहीं होती, पापा की असमय मौत नहीं हुई होती और मैं अकेली बेबस और बेसहारा नहीं होती तो यह दिन नहीं देखना पड़ता। गली-मोहल्ले के आवारा लड़के रात-दिन जीना हराम नहीं करते। ना सत्ते पहलवान जैसे गुण्डों के आतंक का भय होता, न हर क्षण अपहरण और बलात्कार के डर से घर से बाहर क़दम रखना दूभर होता। कोई पाँच सौ के और हज़ार रुपये के नोट दिखाता है, कोई ज़बरदस्ती उठाकर ले जाने की धमकी देता है। एक-एक क्षण भय और आतंक के साये में जीना पड़ रहा है...जी नहीं रही हूँ, एक-एक साँस के साथ मर रही हूँ मैं। कोई पत्ता भी गिरता है तो डर से काँप उठती हूँ...ज़िन्दगी ने किस मोड़ पर लाकर खड़ा कर दिया है मुझे।" इन शब्दों के

ज़रिए अपने मन का द्वन्द्व और पीड़ा व्यक्त करते हुए रूपा ने दोनों हाथों से अपना सिर पकड़ लिया।

कुछ देर अशोक ने रूपा की ओर देखा, फिर उसके कन्धे पर अपना हाथ रख उसकी पीठ थपथपाते हुए बोला, "तुम ब्रेव गर्ल हो। डर को अपने ऊपर हावी मत होने दो। अपने अन्दर से डर को बाहर निकाल दो और हिम्मत से काम लो। अब तुम्हारे साथ कोई ज़बरदस्ती नहीं करेगा।"

रूपा ने अपने कन्धे पर अशोक के हाथ की गर्मी को महसूस किया। उसे अपने अन्दर हिम्मत और उत्साह के संचार की अनुभूति हुई। उसने अपना हाथ अशोक के हाथ के ऊपर रखा और उसकी आँखों में देखते हुए बोली, "तुम मेरी हिम्मत हो, अशोक! तुम साथ में होते हो तो मेरी हिम्मत बँधी रहती है। मुझे सिर्फ़ तुम्हारा ही सहारा है और तुम पर ही विश्वास है मुझे।"

अशोक ने अपने दूसरे हाथ से रूपा के हाथ को दबाया तथा इस दौरान प्राप्त हुए कुछ और सन्देशों को पढ़ने लगा।

सहसा एक सन्देश को पढ़कर वह ख़ुशी से उछल गया और उत्साह से भर रूपा का हाथ पकड़कर उसकी ओर देखता हुआ बोला, "ओए, देख रूपा" इस मेसेज को पढ़ जल्दी से।"

"ऐसा क्या है इस मेसेज में?" यह कहते हुए रूपा ने मोबाइल की ओर देखा और उस सन्देश को पढ़ने लगी।

सन्देश बॉलीवुड के एक फ़िल्म निर्माता का था। सन्देश में लिखा था, "मैं यह जानकर स्तब्ध हूँ कि मेरे देश और समाज की एक बेटी को अपना कौमार्य बेचना पड़ रहा है। मैं सत्तर साल का एक वृद्ध व्यक्ति हूँ। तुम मेरी बेटी के समान हो। मुझे तुम्हारा कौमार्य नहीं चाहिए। कौमार्य बेचने के पीछे तुम्हारी क्या मजबूरी रही है, मैं वह जानना नहीं चाहता। लेकिन मुझे यह आभास हो रहा है कि कौमार्य बेचने की तुम्हारी मजबूरियों में सुरक्षा और आर्थिक अभाव शायद सबसे प्रमुख हैं। मैं तुम्हें बहुत पैसा नहीं दे सकता लेकिन तुमको एक सुखी, सुरक्षित और स्वावलम्बी ज़िन्दगी जीने का रास्ता दिखा सकता हूँ। मैं फ़िल्म निर्माता हूँ, तुमको फ़िल्मों में काम दे सकता हूँ। तुम मुम्बई चली आओ। यहाँ तुम्हारे लिए और तुम्हारे परिवार के लिए रहने की व्यवस्था मैं कर दूँगा। यहाँ फ़िल्मों में काम करके तुम एक अच्छी और स्वावलम्बी ज़िन्दगी जी सकती हो, और जब जिस व्यक्ति से चाहो, उससे विवाह करके सूखा पूर्वक अपनी ज़िन्दगी व्यतीत कर सकती हो।"

उस सन्देश को पढ़ते-पढ़ते रूपा के चेहरे पर छायी निराशा दूर होने लगी और उसके अन्दर आशा का संचार होने लगा। सन्देश को पूरा पढ़ने के पश्चात् उसने राहत की साँस ली।

रूपा को द्वन्द्व और निराशा से मुक्त देख अशोक को भी बहुत अच्छा लगा। पूर्ववत् उत्साह के साथ वह रूपा की ओर देखते हुए बोला, "मैं कहता था न कि जिस चक्रव्यूह में तुम फँसी हो, उससे बाहर निकलने का कोई न कोई रास्ता अवश्य निकलेगा...मिल गया न सही रास्ता?"

"हाँ अशोक, सच में इससे अच्छा कोई रास्ता नहीं हो सकता था। बचपन से मेरा एक सपना था कि मैं भी फ़िल्मों की हीरोइन बनूँ। बड़ी-बड़ी अभिनेत्रियों की तरह ख़ुद को सँवारने की कोशिश करती थी मैं। बहुत-बहुत देर तक दर्पण के सामने खड़ी होकर उनसे अपनी सुन्दरता की तुलना करती थी तथा उनके हाव-भाव और एक्टिंग की नक़ल किया करती थी। बड़ी हुई तो परिवार की परिस्थितियों ने सब कुछ बदल दिया। सारे सपने चकनाचूर हो गये। लेकिन आज, मेरे अन्दर की मर चुकी भावनाएँ फिर से ज़िन्दा हो गयी हैं और हीरोइन बनने का मेरा सपना साकार होता दिख रहा है...लेकिन, पता नहीं क्या सच में ऐसा होगा या...?" यह कहते हुए, उसने आशंकित दृष्टि से अशोक की ओर देखा।

अशोक ने उसकी शंका का समाधान करते हुए कहा, "रूपा, इसमें किसी आशंका की कोई गुंजाइश दिखाई नहीं देती है...मनोज मानव सबसे बड़ा निर्माता निर्देशक है। बोलिवुड का सबसे बड़ा निर्माता है। बड़े-बड़े अभिनेता और अभिनेत्री उसके आगे लाइन लगाये रहते हैं। अपनी फ़िल्मों में नये कलाकारों को मौक़ा देने के लिए वह मशहूर है। अपने साथ काम करने वाली सभी युवा अभिनेत्रियों को वह बेटी की तरह मानता है और शूटिंग के दौरान और सेट पर असामाजिक तत्त्वों से उनकी सुरक्षा की पूरी व्यवस्था करता है। सब कलाकार उसकी बहुत इज़्ज़त करते हैं। भारतीय फ़िल्म जगत् का वह बहुत महान व्यक्ति है। उस पर कोई सन्देह करने की ज़रूरत नहीं है।"

"तुमको कैसे पता उनके बारे में यह सब?" रूपा ने जिज्ञासा व्यक्त करते हुए पूछा।

"मैंने अख़बारों और पत्रिकाओं में पढ़ा है उसके बारे में। इंटरनेट पर भी उनके बारे में बहुत सी जानकारियाँ उपलब्ध हैं। तुम भी पढ़ सकती हो।" यह कहते हुए उसने गूगल सर्च से मनोज मानव के बारे में जानकारी निकाली और मोबाइल रूपा

को देता हुआ बोला, “यह लो। पढ़ लो तुम भी उनके बारे में।” यह कहते हुए उसने अपना मोबाइल रूपा की ओर बढ़ा दिया।

रूपा ने मोबाइल अपने हाथों में लिया तथा कुछ सूचनाओं के शीर्षक और दो-चार लाइनें पढ़ने के पश्चात् मोबाइल अशोक को वापस देते हुए बोली, “यह लो। तुम्हें जानकारी है ना। मेरे लिए वही काफ़ी है।”

“तो क्या किया जाये?” कहते हुए अशोक ने रूपा की ओर देखा।

“तुम ही बताओ, क्या करना चाहिए।” रूपा ने भी अशोक के चेहरे की ओर देखते हुए कहा।

“मैं तो कहता हूँ, यह बहुत अच्छा प्रस्ताव है। इस प्रस्ताव को स्वीकार कर लेना चाहिए। गली के आवारा लड़कों की छेड़छाड़ और फ़िकरेबाज़ी से भी मुक्ति मिलेगी और राजन पाण्डेय और सत्ते पहलवान जैसे गुण्डों के आतंक से भी मुक्त हो जाओगी और फ़िल्मी दुनिया में ख़ुद को स्थापित कर ख़ुशहाल ज़िन्दगी जीने का एक बहुत अच्छा मौक़ा तो है ही। इससे अधिक और क्या चाहिए तुम्हें?” अशोक ने अपनी राय व्यक्त करते हुए कहा।

रूपा का मस्तिष्क अभी भी कुछ उद्विग्न और उथल-पुथल-सा थी। अपने मन की उथल-पुथल को व्यक्त करते हुए वह बोली, "तुम ठीक कह रहे हो, अशोक! लेकिन एक सवाल अभी भी बार-बार पीछा कर रहा है कि लोग क्या कहेंगे। यही न कि यह सब पाने के लिए मैंने अपने शरीर को सीढ़ी के रूप में इस्तेमाल किया है।”

अशोक ने रूपा के मन की उथल-पुथल को महसूस किया। वह ग़लत नहीं कह रही थी। उसका मनोबल बढ़ाते हुए वह बोला, “कौन से समाज से डर रही हो तुम?...उस समाज से जिसने तुमको यह क़दम उठाने के लिए मजबूर किया है। जो समाज तुमको गुण्डों, बदमाशों से सुरक्षा नहीं दे सका, जो समाज तुमको हज़ार-पाँच सौ रुपये में ख़रीदना चाहता है, या बलात तुम्हारा यौन शोषण करना चाहता है। ऐसे समाज की परवाह करना पागलपन है। ऐसा समाज परवाह करने के लायक़ नहीं है। यह समाज नहीं जंगल है, यहाँ मनुष्य नहीं भेड़िये रहते हैं। तुम जो भी करोगी, जिस रास्ते को भी चुनोगी, लोग तब भी यही सब कहेंगे। यह नहीं कहेंगे तो कुछ और कहेंगे, लेकिन कुछ न कुछ कहेंगे। तुम लोगों को कुछ भी सोचने और कहने से रोक नहीं सकती। अपना सच तुम्हें पता है। सच सबसे बड़ी शक्ति है। अपने सच पर रहो। लोग कितनी भी असत्य, अनर्गल बातें कहें, तुम्हारे बारे में कितनी भी अफ़वाह फैलायें, कितना भी मिथ्या और दुष्प्रचार करें, तुम्हारा सच उन सब पर

हमेशा भारी रहेगा। इसलिए इस डर को अपने मन से निकाल दो और वह करो जो तुमको उचित लगता है।"

अशोक के इन शब्दों ने रूपा के मन में समाये समाज के भय को ख़त्म कर दिया था। उसे यह सोचकर मन ही मन सन्तोष हो रहा था कि उसके पास अशोक जैसा दोस्त है जो हर क़दम पर उसका साथ देता है। जब कभी भी उसका विश्वास डगमगाता है या वह हिम्मत हारती है, अशोक उसके अन्दर विश्वास पैदा कर उसका मनोबल बढ़ाता है। साथ ही यह विचार भी उसके मन में आ रहा था कि यदि अशोक का साथ नहीं होता तो न जाने क्या होता। कैसे वह ज़िन्दगी के इस चक्रव्यूह से बाहर निकलती? अशोक के साथ की अनुभूति और उसकी सकारात्मकता ने रूपा के अन्दर एक नये विश्वास को जन्म दिया, जिसने उसके मन की उथल-पुथल को शान्त कर दिया था। मनोज मानव का प्रस्ताव् पढ़ने के पश्चात अब उसके अन्दर किसी प्रकार का कोई डर या द्वन्द्ध नहीं था। अपने पूरे विश्वास और दृढ़ता से वह अशोक से बोली, "ठीक है फिर, भेज दो मनोज मानव जी को जवाब।"

रूपा को विश्वास से भरा देख अशोक को सुखद अनुभूति हुई। बहुत ग़ौर से उसने रूपा की ओर देखा। दृढ़ता और विश्वास से रूपा का चेहरा दमक रहा था। अशोक को यह बहुत अच्छा लगा। रूपा के विश्वास को और दृढ़ करने के उद्देश्य से वह उससे बोला, "मैं नहीं, तुम लिखो अपने हाथ से जो भी लिखना हो। वह ठीक रहेगा।"

रूपा विश्वास से भरी थी। किन्तु अशोक के प्रति अपने विश्वास को पूर्ववत् बनाये रखते हुए उसने अशोक से कहा, "सब कुछ तुम ही कर रहे हो। जवाब भी तुम ही लिखो। तुम जो भी लिख दोगे वे मेरे ही शब्द होंगे।" यह कहते हुए उसने स्नेहिल दृष्टि से अशोक की ओर देखा।

अशोक ने "ठीक है" कहते हुए हल्की-सी मुस्कुराहट के साथ एक बार नज़रें उठाकर रूपा की ओर देखा और फिर मनोज मानव को उसके सन्देश का जवाब लिखने लगा। अशोक की आँखें मोबाइल की स्क्रीन पर और रूपा की आँखें अशोक के चेहरे पर थीं।

बहिष्कार

रामप्रसाद के घर में पिछले एक सप्ताह से बहुत चहल-पहल थी। चारों ओर काम फैले हुए थे। उनको निपटाने के लिए भी अफ़रा-तफ़री थी। रामप्रसाद और उसकी पत्नी धनदेवी मेहमानों की आवभगत और तैयारियों की देखरेख के लिए इधर-उधर भाग-दौड़ कर रहे थे। धनदेवी घर के काम देख रही थी और रामप्रसाद बाहर के काम देख रहा था। वह बार-बार घर के अन्दर-बाहर आ-जा रहा था। काम की भागमभाग के बीच वह घर से बाहर जा रहा था कि आँगन में काम करती धनदेवी को देखकर उसे सहसा कुछ याद आया। उसने अपने क़दम रोके और धनदेवी के पास जाकर बोला, "बारात को कल सुबह ग्यारह बजे तक निकालना है गाँव से। तुम दूल्हे को टाइम से निकाल देना। देर मत लगाना।"

"लौंडी-लारी ही थोड़ा टैम लगावैं हैं नहाने-धोने और तैयार होने में। वे टैम से तैयार हो जावें ते जल्दी ही निकाल देंगे हम ते।" धनदेवी ने रिश्तेदार स्त्रियों की ओर संकेत करते हुए कहा।

"लौंडीलारियों से कह दो अभी से कि कल सुबह वे जल्दी तैयार हो जावें। देर ना करें।"

"कह दूँगी। कह ही सकैं हैं, किसी को ज़बरदस्ती तैयार तै ना कर सकैं हैं हम। रिश्तेदार हैं। तनक में कोई बुरा मान जावै। ये भी तै एक बात है।"

रामप्रसाद भी जानता था कि बारात को निकालना आसान नहीं होता है। विशेष रूप से दूल्हे को घर से निकालने में औरतें काफ़ी समय लगा देती हैं। कितनी भी जल्दी करो बारात को निकलते-निकलते दोपहर हो जाती है। लेकिन जल्दी के लिए नहीं कहेंगे तो पता नहीं कितनी देर हो जाये। "शाम तक वापस भी आना है। रास्ता ख़राब है। सड़कों पर लाइट भी नहीं होती है। वापसी में रात हो गयी तो दिक़्क़त हो

जाएगी।" यह कहते हुए उसने धनदेवी को यह अहसास कराने की कोशिश की कि दूल्हे और बारात का जल्दी निकलना कितना ज़रूरी है।

यह कहकर रामप्रसाद आँगन से बाहर की ओर चल दिया। धनदेवी भी "ठीक है, देख लूँगी" कहकर किसी काम में व्यस्त हो गयी।

जब से रामप्रसाद के बेटे गुलाब की लगन की चिट्ठी आयी थी तब से ही परिवार में ख़ुशी और उत्साह का माहौल छाया हुआ था। दूर के गाँवों से आने वाले रिश्तेदार आने शुरू हो गये थे। रामप्रसाद की बड़ी बहन रामेसरी अपने एकमात्र भतीजे की शादी में भाग लेने के लिए ससुराल से सप्ताह भर पहले ही आ गयी थी। मोहल्ले की चली आ रही व्यवस्था के अनुसार मेहमानों के लिए चारपाई और बिस्तर का इन्तज़ाम मोहल्ले के घरों से कर लिया गया था। पुरुषों के रहने की व्यवस्था मोहल्ले की चौपाल में की गयी थी जबकि स्त्रियों के लिए घर के आँगन में ही दरियाँ बिछा दी गयी थीं। घर के एक कोने में हलवाई खाना बना रहे थे, दूसरे कोने में बैठी स्त्रियाँ आपस में बातें कर रही थीं और आँगन के तीसरे कोने में बच्चे उछल-कूद कर रहे थे।

रामप्रसाद सिंचाई विभाग में नौकरी करता था। थोड़ी-सी खेती की ज़मीन भी थी। इस कारण उसकी आर्थिक स्थिति मोहल्ले के अन्य लोगों से अच्छी थी। ज़रूरत पड़ने पर वह मोहल्ले के लोगों को रुपए उधार देकर उनकी सहायता कर देता था, और सबसे बड़ी बात यह थी कि उधार दिए गए रुपयों पर वह किसी से ब्याज नहीं लेता था। इस कारण सारे मोहल्ले में उसकी विशेष हैसियत और इज़्ज़त थी। मोहल्ले के लोग भी रामप्रसाद के कार्यों में बढ़-चढ़कर अपना हाथ बँटा रहे थे।

सामूहिक तैयारियों के साथ हर कोई अपनी-अपनी तैयारियों में जुटा था। सभी ने अपनी-अपनी पसन्द के कपड़े, जूते आदि ख़रीदे थे। बच्चों में कुछ विशेष ही उमंग और उत्साह था। वे शादी में पहनने के लिए ख़रीदे गये नये कपड़ों को बार-बार पहनकर देख रहे थे। एक बच्चे की मम्मी अपने बच्चे से नये कपड़े पहनने से रोक रही थी, "तेरे ही हैं ये कपड़े। तू ही पहनैगा। थोड़ी तसल्ली रख।"

बच्चा ज़िद कर रहा था, "फिर मुझै क्यूँ नहीं पहनने देती हो? क्यूँ मना कर री हो?"

"शादी कल है। अभी से पहनेगा तै कल तक पुराने और गन्दे हो जावेंगे। मैं चाहती हूँ, मेरा राजा बेटा कल को नये कपड़े पहनकै सबसै सुन्दर लगै।" कहते

हुए उसने बच्चे के गाल को चूमा और उसके हाथों से कपड़े लेकर एक थैले के अन्दर रख दिये।

स्त्रियाँ कुछ अधिक व्यस्त और परेशान-सी लग रही थीं। सबकी परेशानी के अपने-अपने कारण थे। कई इस बात को लेकर परेशान थीं कि वे बाज़ार घूम आयी थीं लेकिन उनको अपनी पसन्द की साड़ी और अन्य सामान नहीं मिला था। लगभग सभी स्त्रियों की प्रमुख चिन्ता या समस्या यह थी कि उनकी साड़ी और गहने ऐसे हों कि वे सबसे सुन्दर और अलग दिखायी दें। बात करते या काम करते हुए वे कनखियों से एक-दूसरे के कपड़ों और गहनों को देख लेती थीं तथा अपने कपड़ों और गहनों से तुलना करके कुछ सन्तोष का और कुछ असन्तोष का अनुभव कर रही थीं।

धनदेवी कुछ ज़्यादा ही परेशान लग रही थी। उसको परेशान देख रामेसरी ने उसे टोका, "क्या हुआ भाभी? बहोत परेशान लग री हो।"

"क्या बताऊँ, दीदी, मनिहार सै बोला था आज के दिन आ जइयों। बरात के जाने का टैम हो रा है, वो अभी तक नई आया है।" धनदेवी अपनी परेशानी बताती हुई बोली।

"कब बोला था?"

"तीन-चार दिन पहले आया था चूड़ी पहनानै। तभी कही थी उससै।"

"भूल गया होवैगा। किसी बालक को भेजकै बुलवा लो।"

"अब कहाँ मिलैगा वो घर पे। गया होवैगा किसी दूसरे गाँव में...चूड़ी ना पहनवायी तै सब उल्हाना देवेंगी।"

"कोई ना देवै उल्हाना। जब मनिहार ही नई आया तै इसमें कोई क्या कर सकै है। अब यू सहर तै है ना के दुकान पै ले जाकै पहनवा दो चूड़ी। गाँव है, मनिहार ही आकै पहना सकै है यहाँ तै।"

"बात तै सही कह री है, दीदी" यह सोचकर रामेसरी को थोड़ी तसल्ली मिली। उसने धीरे से "हुम्म्म्म्म" कहा और किसी काम में व्यस्त हो गयी।

शादी का दिन। बारात को बीस-पच्चीस किलोमीटर दूर दूसरे गाँव में जाना था। बारात के जाने के लिए बस की व्यवस्था की गयी थी। बस आकर गाँव के बाहर खड़ी हो गयी थी। सभी बारातियों को बस के प्रस्थान का समय बताते हुए बस के आने की सूचना भिजवा दी गयी थी। ढोल-नगाड़ेवाले आ गये थे और उन्होंने अपना काम शुरू कर दिया था। ढोल और नगाड़ा बजना इस बात का सूचक था कि बारात

अब चलने के लिए तैयार है। सब बाराती तैयार होकर बस की ओर जाने लगे थे। कुछ लोग जाकर बस के अन्दर सीटों पर बैठ भी गये थे। दूल्हे के लिए रामप्रसाद ने किराये की एक कार मँगवायी थी। कार घर भी आकर खड़ी हो गयी थी।

दूल्हा तैयार हो गया था और ढोल-नगाड़े के साथ स्त्रियाँ गीत गाती हुई दूल्हे के साथ घर से बाहर निकल आयी थीं। बारात को अब तक दुल्हन के गाँव पहुँच जाना चाहिए था किन्तु अभी तक बारात घर से ही नहीं निकली थी। रामप्रसाद इस बात को लेकर परेशान था। वह चाहता था कि बारात जल्दी से जल्दी गाँव से निकल जाये। इसलिए कार के पास पहुँचते ही रामप्रसाद ने गुलाब को कार में बैठने का संकेत किया, "चल, बैठ जल्दी से।"

शादी निर्विघ्न सम्पन्न हो और सब कुछ शुभ रहे, इसके लिए धनदेवी कार में बैठने से पहले बेटे को मन्दिर ले जाकर भगवान की पूजा करवाना चाहती थी। गुलाब को कार में बैठने से रोकते हुए वह बोली, "अभी कार में मत बैठ, बेटा! पहलै मन्दिर में माथा टेक कै भगवान का आसीस ले लै, फेर कार में बैठियो।"

गुलाब को धनदेवी की बात अनावश्यक लगी। वैसे भी धार्मिक टण्ट-घण्ट में वह कोई यक़ीन नहीं रखता था। वह झुँझलाते हुए बोला, "क्या यह फ़ालतू का लफड़ा मम्मी!...मुझे नहीं जाना मन्दिर-वन्दिर।"

लेकिन धनदेवी ने उसकी बात नहीं सुनी और ज़िद करती हुई बोली, "ऐसा ना कहते, बेटा! तेरा ना सही मेरा मन है। मैं तेरी माँ हूँ। मेरा मन रख लै, चल। थोड़ी देर की बात है।"

"मैं तेरी माँ हूँ" यह ऐसा तीर है जिसके आगे कोई तर्क नहीं चलता। हर बेटा अपनी माँ के समक्ष पराजित हो जाता है। गुलाब पर भी इस तीर ने असर किया। कुछ भी कहना व्यर्थ समझकर वह भिनभिनाते स्वर में "मम्मी आप भी न..." कहते हुए धनदेवी के साथ चल दिया।

यद्यपि धनदेवी कभी मन्दिर नहीं जाती थी। मन्दिर के रास्ते से निकलते समय मन्दिर के सामने श्रद्धाभाव से सिर झुकाकर आगे निकल जाती थी। त्योहारों पर अथवा अन्य अवसरों पर भी, वह अपने घर में रखे देवी-देवताओं की ही पूजा कर लेती थी। धनदेवी ही नहीं बल्कि मोहल्ले की अन्य स्त्रियाँ भी ऐसा ही करती थीं। पीढ़ियों से उनके मोहल्ले में यही रिवाज़ था। मन्दिर के प्रति उनमें कोई मोह या आकर्षण नहीं था। पूजा-पाठ का उनके जीवन में इतना ही महत्त्व था कि पर्व-त्योहार अथवा अन्य विशेष अवसरों पर वे अपने कुल देवताओं की या घर में रखे

देवी-देवताओं की मूर्तियों के सामने ही धूप-अगरबत्ती जलाकर हाथ जोड़ लेती थीं। कोई मन्नत माँगनी होती तो वह भी उनसे ही माँग लेती थीं।

उनके मोहल्ले से कभी किसी दूल्हे को मन्दिर ले जाकर पूजा नहीं करायी गयी थी। किन्तु, दूसरे मोहल्लों के दूल्हे शादी के लिए जाने से पहले अक्सर मन्दिर में भगवान की पूजा कर आशीर्वाद लेने जाते थे। इसलिए धनदेवी के मन में भी यह इच्छा हुई कि वह भी अपने बेटे को मन्दिर ले जाकर पूजा कराये और भगवान का आशीर्वाद दिलाये। बारात को देर हो रही थी और रामप्रसाद को बारात को लेकर जाने की जल्दी थी, किन्तु एकमात्र पुत्र की शादी के शुभ अवसर पर अपनी पत्नी के मन की इच्छा को मारना उसे अच्छा नहीं लगा। इसलिए पत्नी की भावनाओं का सम्मान करते हुए उसने बेटे को मन्दिर ले जाने से धनदेवी को रोकना उचित नहीं समझा। केवल इतना भर कहा, "पहले ही बहुत देर हो रही है अब और देर ठीक नहीं है। जल्दी करो जो कुछ भी करना है।"

"ना। ज़्यादै देर ना लगैगी। ज्यादै देर का काम ही ना है।" रामप्रसाद से यह कहते हुए धनदेवी गुलाब को साथ लेकर मन्दिर की ओर चल दी। मोहल्ले की कुछ अन्य स्त्रियाँ भी गीत गाती हुई उनके पीछे-पीछे चल दी थीं। दूल्हे के साथ घर से निकलते समय वे बरना के गीत गा रही थीं लेकिन अब मन्दिर की ओर जाते हुए वे भगवान के गीत गाने लगी थीं।

गुलाब को मन्दिर की ओर जाते देखा तो कुछ लोगों को यह अटपटा-सा लगा। बारात के चलने के इन्तज़ार में बस में बैठे कुछ बुज़ुर्गों में से एक बुज़ुर्ग ने जिज्ञासावश खिड़की के बाहर सिर निकालकर पास में खड़े रामप्रसाद से पूछा, "अब कहाँ जा रहा है दूल्हा?"

रामप्रसाद ने बताया, "मन्दिर तक लेकर गयी हैं पूजा करवाने के लिए।"

यह सुनकर बुज़ुर्गों को थोड़ा आश्चर्य हुआ। आश्चर्य से उन्होंने एक-दूसरे की ओर देखा। एक बुज़ुर्ग धीमे से स्वर में बोला, "हमारे मोहल्ले में तै दूल्हे या दुल्हन को मन्दिर में ले जाके पूजा करवाने की कोई रीत कभी रही ना है। यह तो नई बात देख रे हैं हम।"

पास की सीटों पर बैठे अन्य बुज़ुर्गों ने "हम्मम्म" कहते हुए अपने सिर हिलाए। एक अन्य बुज़ुर्ग ने अपनी प्रतिक्रिया देते हुए कहा, "सब टैम-टैम की बात होवै है, भैया! टैम के साथ बहुत कुछ बदल जावे है। रीत-रिवाज़ भी बदल जावें हैं। यह रीत भी बदल री है, तै कोई अचम्भे वाली बात ना है। कल और टैम था, आज और

टैम है। अब हमारे लोग भी दुनिया के साथ चलने के लिए उनकी रहन-सहन और रीत-रिवाज़ अपना रे हैं।"

"हमारी ज़िन्दगी तो यहीं गाँव तक सिमटी हुई है। हम ना जावें पर बाक़ी दुनिया तै मन्दिर जावे है। उसका थोड़ा-बहुत असर हमारे पढ़े-लिखे और गाँव से बाहर की दुनिया से जुड़े लोगों पर भी पड़ता तै है ही। जिन तीज-तिव्हारों के हम नाम भी नहीं जानते थे, आजकल दूसरों की देखादेखी हमारे घरों में भी वे तिव्हार मनाये जान लगे हैं।" यह तीसरे बुज़ुर्ग के शब्द थे।

"हाँ, ये बात तै है। अब पहले वाली बात ना रही। बहुत कुछ बदल गया है।" यह कहते हुए पहले बुज़ुर्ग ने उसकी बात का समर्थन किया। अन्य बुज़ुर्गों ने भी सहमति में सिर हिलाये और चुप हो गये।

बुज़ुर्गों की बातचीत का स्वर धीमा था लेकिन इतना धीमा भी नहीं था कि कुछ क़दमों की दूरी पर खड़े रामप्रसाद के कानों तक उनके शब्द नहीं पहुँचते। रामप्रसाद आसानी से उनकी बात सुन सकता था। किन्तु रामप्रसाद का ध्यान बुज़ुर्गों की बातचीत की ओर नहीं था। उसका ध्यान मन्दिर की ओर था और वह यह सोचते हुए उधर ही देख रहा था कि दूल्हा आये तो बारात को प्रस्थान करायें।

मन्दिर पास में ही था। प्रायः सुबह-शाम ही लोग पूजा के लिए मन्दिर में आते थे। दिन में कभी-कभार ही कोई आता था। इसलिए दिन के समय पुजारी मन्दिर का दरवाज़ा बन्द कर अपने कमरे में आराम करता था या फिर गाँव में कहीं निकल जाता था। धनदेवी गुलाब को लेकर मन्दिर पहुँची तो देखा मन्दिर के दरवाज़े पर ताला लटका हुआ था। उसको समझ में नहीं आया कि क्या करे। धनदेवी के असमंजस को देख एक स्त्री ने सुझाव दिया, "मन्दिर बन्द है तै कोई बात ना है। भगवान के दरवाज़े पै तै आ ही गये हैं। यहीं पै बेटे सै माथा टिकवा कै भगवान सै असीस माँग लै। भगवान सब भला करेंगे।"

धनदेवी का मन चाह रहा था कि बेटे को मन्दिर के अन्दर ले जाकर ही पूजा-प्रार्थना करायी जाये किन्तु मन्दिर का दरवाज़ा बन्द होने के कारण उसे अपनी इस चाहत के पूरी होने की सँभावना दिखायी नहीं दे रही थी। "ठीक है, भगवान की ऐसी ही मरजी है तै।" मायूस-से स्वर में यह कहते हुए वह मन्दिर के दरवाज़े पर ही बेटे का माथा टिकवाकर लौट चलने को तैयार हो गयी। उसने गुलाब का हाथ पकड़ा और मन्दिर की ओर उसका मुँह करके बोली, "लै बेटा, मन्दिर की देहली पै अपना माथा टेक कै भगवान का असीस ले लै।"

गुलाब मन्दिर की दहलीज़ पर अपना माथा टेकने के लिए झुका ही था कि समीप की गली से पुजारी आता दिखायी दिया। पुजारी को देखते ही धनदेवी के चेहरे पर ख़ुशी लौट आयी। उसने तुरन्त गुलाब का हाथ पकड़ा और माथा टेकने से रोकते हुए बोली, "रुक जा बेटा, पुजारी जी आ गये हैं। अब मन्दिर में चल कै ही भगवान के हाथ जोड़ लेना।"

पुजारी ने मन्दिर का दरवाज़ा खोला और अन्दर प्रविष्ट हो गया। पुजारी के पीछे-पीछे धनदेवी ने भी गुलाब का हाथ पकड़ा और मन्दिर के अन्दर प्रवेश करने के लिए क़दम बढ़ाये।

इससे पहले कि वे मन्दिर के अन्दर क़दम रख पाते, पुजारी उनको रोकते हुए बोला, "कहाँ जा रहे हो तुम लोग?"

धनदेवी ने हाथ जोड़ते हुए कहा, "मन्दिर के अन्दर जा रे हैं, पुजारी जी। बेटा ब्याह करनै जा रा है। जाने सै पहलै भगवान का असीस ले लेगा तै..."

पुजारी धनदेवी की बात बीच में ही काटते हुए बोला, "वह तो ठीक है। लेकिन उसके लिए मन्दिर के अन्दर जाने की ज़रूरत नहीं है। यहीं से हाथ जोड़ लो। और भी कोई पूजा करनी है तो वह भी यहीं से हो जायेगी।"

धनदेवी इस बात के लिए तैयार नहीं हुई। वह आग्रह करते हुए बोली, "पर भगवान की पूजा तै मन्दिर में भगवान के सामने जाकै ही होवै है, पुजारी जी। मन्दिर में जाये बिना कैसी पूजा?"

"उसकी चिन्ता तुम मत करो। वह सब मुझे आता है। मैं तुम लोगों को यहीं पर पूजा करा दूँगा। उसका भी उतना ही लाभ मिलेगा जितना अन्दर जाकर करने से मिलता है।" पुजारी ने धनदेवी को समझाते हुए कहा।

धनदेवी को पुजारी की बात जमी नहीं। वह पुनः मन्दिर के अन्दर जाकर पूजा करने का ही आग्रह करती हुई बोली, "मन्दिर के भीतर जाकै भगवान के सामने ही हाथ जोड़ने दो, पुजारी जी।" किन्तु पुजारी पर उसके आग्रह का कोई प्रभाव नहीं हुआ।

रामप्रसाद थोड़ा दूरी पर खड़ा धनदेवी और गुलाब की प्रतीक्षा कर रहा था। उसकी नज़रें बार-बार कभी हाथ में बँधी घड़ी की ओर और कभी मन्दिर की ओर देख रही थीं। उसे पुजारी का व्यवहार बेटे की शादी के शुभ अवसर पर एक विघ्न-सा महसूस हुआ, जो उसे बहुत अखर रहा था। रामप्रसाद का पुजारी से अच्छा परिचय था। रास्ते बीच में मिलते हुए पुजारी से उसकी बातचीत होती रहती थी। समय-समय पर वह मन्दिर को दान भी देता था। रामप्रसाद को उम्मीद थी कि पुजारी

उसकी बात मान लेगा। वह अपने स्थान से हटकर वहाँ गया और अनुरोध के स्वर में पुजारी से बोला, "कोई बात नहीं, पण्डित जी! मैं जानता हूँ, यह आपके आराम का समय है। लेकिन अब आप आ ही गये हैं तो चले जाने दीजिए इनको मन्दिर के अन्दर और कर लेने दीजिए पूजा। थोड़ी देर की बात है। इनका मन रह जायेगा।"

पुजारी ने उसकी बात को भी कोई महत्त्व नहीं दिया और अपने शब्दों को दोहराते हुए बोला, "क्यों ज़िद कर रहे हो, रामप्रसाद! मेरी बात क्यों नहीं मान लेते। यहीं पर पूजा क्यों नहीं कर लेते?"

रामप्रसाद को पुजारी की बात कुछ अटपटी लगी। उसने महसूस किया कि आज पुजारी कुछ अलग तरह से बात कर रहा था। उसकी नज़रें भी कुछ बदली हुई सी थीं। उसे पुजारी की बात से थोड़ी तिलमिलाहट हुई, किन्तु अपनी तिलमिलाहट को नियन्त्रित करते हुए वह बोला, "यदि ज़्यादा लोगों के मन्दिर के अन्दर जाने में कोई दिक़्क़त है और इस कारण आप मन्दिर के अन्दर जाने से मना कर रहे हैं तो केवल दूल्हा और उसकी माँ ही मन्दिर के अन्दर जाकर पूजा कर लेंगे। उनको ही चले जाने दीजिए। उनके अलावा और कोई अन्दर नहीं जायेगा।"

"बात यह नहीं है। दो लोग अन्दर जायें या दस लोग जायें, उससे कोई फ़र्क़ नहीं पड़ता।" पुजारी ने शान्त स्वर में कहा।

रामप्रसाद को पहले ही पुजारी के व्यवहार पर संशय हो रहा था। उसके इन शब्दों ने संशय को और बढ़ा दिया। अब तक कुछ बाराती भी वहाँ पर आ गये थे। पुजारी की यह बात सुन पीछे खड़ा एक युवक कुछ आवेशपूर्ण स्वर में बोला, "तो फ़र्क़ किस बात से पड़ रहा है? क्यों नहीं जाने दे रहे हो मन्दिर के अन्दर?"

"कोई बात है तभी कह रहा हूँ।" पुजारी उस युवक की ओर देखते हुए बोला।

"तो बताओ न क्या बात है। हमें पता तो चले तुम क्यों मन्दिर के अन्दर नहीं जाने दे रहे हो।" इस बार उस युवक के साथ कई अन्य स्वर एक साथ उभरे।

"जानना चाहते हो?" कहते हुए पुजारी ने युवकों के समूह की ओर देखा। इस बार पुजारी के स्वर में दृढ़ता थी।

"हाँ। जानना चाहते हैं। बताओ।" लोगों के स्वर में भी तल्ख़ी थी।

"क्योंकि तुम लोग अछूत हो। मन्दिर में अछूतों का प्रवेश वर्जित है।" पुजारी एक झटके में बोला। उसने यह भले ही युवकों की ओर देखते हुए कहा था लेकिन उसका सम्बोधन वहाँ उपस्थित सभी लोगों के लिए था।

पुजारी के ये शब्द सुन वहाँ उपस्थित सभी लोग एक क्षण को स्तब्ध रह गये। कई लोग आक्रोशपूर्ण स्वर में बोल उठे, "यह क्या कह रहे हो तुम? मन्दिर सारे

गाँव का है? हमने भी इस मन्दिर के निर्माण में आर्थिक चन्दा और श्रमदान दिया है। सबको मन्दिर में पूजा करने का अधिकार है। हमको मन्दिर के अन्दर जाकर पूजा करने से कैसे मना कर सकते हो तुम?"

उनके आक्रोश का पुजारी पर कोई प्रभाव नहीं पड़ा। उसने सहज स्वर में कहा, "मन्दिर के निर्माण में दान दिया है तो उसका पुण्य तुम लोगों को मिलेगा। और फिर तुमको पूजा करने से कौन मना कर रहा है। मैं कह तो रहा हूँ यहीं पर पूजा करवाने के लिए।"

"यहाँ नहीं। मन्दिर में जहाँ देवताओं की मूर्तियाँ रखी हैं, वहीं पर उनके सामने पूजा करवाओ न, वहाँ जाने से क्यों रोक रहे हो?" कई स्वर एक साथ उभरे।

"देखिए, बहस करने से कोई फ़ायदा नहीं है। मैं पहले ही कह चुका हूँ, फिर से कह रहा हूँ, तुम लोग मन्दिर के अन्दर प्रवेश नहीं कर सकते। यहीं पर पूजा करनी है तो कर लीजिए, नहीं तो जाइए यहाँ से।" यह कहते हुए पुजारी मन्दिर का दरवाज़ा बन्द करने लगा।

भीड़ को चीरते हुए दो-तीन युवकों ने आगे बढ़कर हाथों की ताक़त से दरवाज़े के पल्लों को बन्द होने से रोक लिया और उपस्थित भीड़ का आह्वान करते हुए बोले, "चलो सब अन्दर। हम देखते हैं, कौन रोकता है हमें मन्दिर के अन्दर जाने से।"

कुछ लोगों ने मन्दिर के अन्दर प्रवेश करने के लिए अपने पैर उठाये ही थे कि रामप्रसाद ने आगे बढ़कर उनको रोका और बोला, "रुको। कोई मन्दिर के अन्दर नहीं जायेगा। हमें वैसे ही बहुत देर हो रही है बारात लेकर जाने में। यहाँ इस मामले में उलझकर और देर होगी। बेटीवाले हमारा इन्तज़ार कर रहे होंगे। हमें उनका भी देखना है।"

लोगों ने अपने पैर रोक लिये। रामप्रसाद ने धनदेवी की ओर देखा और वहाँ से चलने का संकेत करते हुए बोला, "बेटे ने माथा टेक लिया है ना मन्दिर के दरवाज़े पर आकर। बस काफ़ी है। अब चलो यहाँ से।"

इतना कहकर उसने एक बार तीखी नज़रों से पुजारी की ओर देखा और वहाँ से चल दिया। धनदेवी भी गुलाब का हाथ थामे चुपचाप उसके पीछे चल दी। लोग हतप्रभ से रामप्रसाद की ओर देख रहे थे। कोई कुछ बोल पाता, इससे पहले ही रामप्रसाद ने गुलाब को कार में बैठने का संकेत किया और वहाँ उपस्थित सभी बारातियों से बोला, "चलिए आप सब लोग भी बस में बैठिए जल्दी से।"

सब लोग वहाँ से लौट चले थे। पुजारी के व्यवहार से सभी आहत थे। उनको पुजारी पर गुस्सा आ रहा था। लेकिन युवाओं को पुजारी से अधिक रामप्रसाद पर गुस्सा आ रहा था। चेतन नाम का एक युवक गुस्से में भिनभिनाता हुआ रामप्रसाद से कह रहा था, "यह क्या किया आपने? क्यों चुपचाप चले आये? क्यों नहीं जाने दिया मन्दिर के अन्दर? पुजारी हमसे खुल्लमखुल्ला छुआछूत का व्यवहार कर रहा है और आप उसे एक शब्द भी कहे बिना सबको वापस ले आये हैं। यह तो भेदभाव को स्वीकार करना है। इससे तो उसका हौसला और बढ़ेगा।"

चेतन की बात में अपनी बात जोड़ते हुए एक व्यक्ति बोला, "मन्दिर क्या पुजारी के बाप का है? क्या एक ईंट भी लगायी है उसने अपनी जेब से। लेकिन देखो मन्दिर को अपनी सम्पत्ति मानकर मालिक की तरह व्यवहार कर रहा है।"

रामप्रसाद सबको शान्त करता हुआ बोला, "तुम लोगों की बात अपनी-अपनी जगह सही है। पुजारी के व्यवहार से हम सबके कलेजे पर चोट लगी है। लेकिन हमें शान्ति से काम लेना है। आज हम एक शुभ काम के लिए जा रहे हैं और जल्दी में भी हैं। पुजारी से उलझने का समय नहीं है आज हमारे पास। वहाँ से लौटकर इस बारे में मिल-बैठकर तसल्ली से बात करेंगे और तब सोचेंगे, हमें क्या करना है।"

रामप्रसाद की बात सुनकर सब लोग चुप हो गये और बस में जाकर बैठ गए।

बारात लड़कीवालों के गाँव चली गयी और शादी करके वापस भी लौट आयी लेकिन लोगों के चेहरों पर वह चहक नहीं थी जो शादी जैसे अवसरों पर, विशेष रूप से बारातियों में प्रायः होती है। न कोई एक-दूसरे से हँसी-मज़ाक़ कर रहा था न किसी तरह की कोई मस्ती या छेड़छाड़ ही। हालाँकि बारात में बाजा भी बजा, नाच गाना भी हुआ लेकिन उस सबमें कोई उमंग और उत्साह नहीं था। बस औपचारिकता-सी थी। चारों ओर उदासी की चादर-सी फैली थी और सब उसके अन्दर सिमटे हुए थे। मन्दिर में जो कुछ हुआ, वह मोहल्ले के लोगों के लिए बहुत अपमानजनक था। बारात के गाँव लौटते ही लोगों में इस घटना को लेकर चर्चा तेज़ हो गयी थी। सबके अन्दर एक उथल-पुथल सी मची हुई थी। सबकी बातों और आँखों में एक ही प्रश्न था "अब क्या हो?" और इस प्रश्न का जवाब सब एक-दूसरे की आँखों में ढूँढ़ रहे थे। लेकिन इस प्रश्न का कोई जवाब उन्हें नहीं मिल रहा था। पुजारी से मिले भेदभाव और अपमान का दर्द सबको विचलित कर रहा था। सबको इस बात की जल्दी थी कि मन्दिर में उनके प्रवेश की वर्जना का कोई तोड़ निकाला जाये।

रामप्रसाद के घर से मेहमानों के विदा होते ही मोहल्ले के लोग चौपाल में एकत्र हुए। मोहल्ले के लोग अपने मसलों को हल करने के लिए सालों से मोहल्ले के इस चौपाल में ही एकत्र होते थे। लेकिन आज जितनी गहमागहमी पहले कभी नहीं देखी गयी थी। चौपाल की चारदीवारी बहुत ऊँची नहीं थी इसलिए "देखें क्या होता है" यह जानने की उत्सुकता में पुरुषों के अलावा बहुत-सी स्त्रियाँ भी चौपाल के बाहर आकर खड़ी हो गयी थीं।

लोग क्यों एकत्र हुए हैं, आज यह किसी को बताने की ज़रूरत नहीं थी। बिना बताये ही इसका कारण सबको पता था। इसलिए बिना किसी भूमिका के मोहल्ले के सबसे बुज़ुर्ग व्यक्ति इतवारी लाल ने लोगों को सम्बोधित करते हुए कहा, "भाइयों, दो दिन पहलै मन्दिर में जो कुछ हुआ, वह तुम सबको पता है। हमें उस दिन ही इस बारे में चर्चा करकै कोई फ़ैसला करना था लेकिन उस दिन बाबू रामप्रसाद के बेटे की बारात जा री थी। हम सब जल्दी में थे, और दूसरी बात यह कि हम शादी जैसे शुभ काम में कोई ख़लल नहीं चाहते थे। इसलिए उस दिन इस बात को टाल गये थे। आज उस काम सै फ़ारिग़ हो गये हैं तै उस दिन की घटना के बारे में बात करने के लिए बैठे हैं। मोहल्ले के छोटे-बड़े सब लोग मौजूद हैं। सब अपनी-अपनी राय बतावें।"

इतवारी लाल के यह कहते ही रामसिंह नाम का एक अधेड़ उम्र का व्यक्ति अपनी बात रखते हुए बोला, "राय क्या बतावें, चाचा, मन्दिर भगवान का घर है। पुजारी तो केवल मन्दिर की देखभाल और पूजा करने-कराने वाला है। वह कौन होता है मन्दिर के अन्दर जाने से हमें रोकने वाला? और फिर मन्दिर सारे गाँव का है। हमारा ख़ून-पसीना भी लगा है इस मन्दिर के बनाने में।"

मोहल्ले के बहुत-से लोगों ने धर्म का काम समझते हुए मन्दिर के निर्माण में श्रमदान अथवा आधी मज़दूरी पर काम किया था। उनको लगा जैसे राम सिंह ने उनके मन की ही बात कह दी हो। कई लोगों के मुँह से लगभग एक स्वर में निकला, "बिल्कुल सही बात है।"

धर्मपाल नाम का एक अन्य व्यक्ति बोला, "मैंने महीनों तक काम किया मन्दिर बनाने में। लेकिन यह सोचकर केवल आधी मज़दूरी ली कि भगवान का घर बन रहा है। धर्म का काम है। हम पैसा नहीं दे सकते तो धर्म के लिए अपनी मेहनत का दान तो दे ही सकते हैं। हमें क्या पता था कि मन्दिर बनते ही पुजारी का रंग बदल जाएगा और वह मन्दिर को अपनी जागीर समझने लगेगा।"

अनुभवों की आँच में तपे सत्तर साल के इतवारी लाल ने अपने जीवन में बहुत कुछ देखा और सहा था। धर्मपाल की बात सुन जीवन में मिले पीड़ादायक अनुभव उसकी स्मृति में उभर आये। आहत और आर्द्र स्वर में वह बोला, "समाज में हमारे साथ भेदभाव होता है। लेकिन मन्दिर...वह तो भगवान का घर है। भगवान के घर में भी भेदभाव...।"

अन्य लोगों ने भी इतवारी लाल के इन शब्दों में उभरे दर्द और आर्द्रता को अपने अन्दर महसूस किया। भेदभाव के ख़िलाफ़ चेतना की एक चिंगारी-सी उनके अन्दर दौड़ गयी। युवाओं के अन्दर विद्रोह का एक लावा-सा फूटने लगा था। चेतन इतवारी लाल को सम्बोधित करता हुआ बोला, "बाबा, लोग हमसे इसलिए भेदभाव करते हैं क्योंकि हम चुपचाप सह लेते हैं, विरोध नहीं करते। संविधान ने हमें समानता का अधिकार दिया है। आज देश के सब नागरिक आपस में समान हैं। कोई किसी से ऊँचा या नीचा नहीं है।"

चेतन की बात इतवारी लाल की कुछ समझ में नहीं आयी, वह बोला, "बेटा, तुम पता नहीं कौन सी दुनिया की बात कर रे हो। हम हैं गाँव के रहने वाले। तुम्हारी किताबों में होती होवेगी बराबरी की बात। यह ज़ात-पाँत का भेद समाज में सदियों से चला आ रा है। समाज में रहकै इसै मानना पड़े है।"

चेतन पढ़ा-लिखा था। उसे इतवारी लाल की बात बहुत पिछड़ी और ग़ुलाम मानसिकता की द्योतक लगी। वह इतवारी लाल की बात का प्रतिकार करता हुआ बोला, "बाबा, यही तो सामाजिक ग़ुलामी है। पहले यह ग़ुलामी हम पर लादी गयी थी, अब हमने ख़ुद भी ओढ़ ली है।"

ग़ुलामी शब्द सुनकर इतवारी लाल और कई अन्य लोग चौंके। क्षण भर को सन्नाटा-सा पसर गया। कुछ लोग प्रश्नसूचक दृष्टि से एक-दूसरे की ओर और कुछ लोग चेतन की ओर देखने लगे। "ग़ुलामी" शब्द उनके ज़ेहन में अटक गया था। कुछ देर सन्नाटे में डूबे रहने के पश्चात् इतवारी लाल सन्नाटे को तोड़ता हुआ बोला, "ग़ुलामी...? ये क्या कह रा है तू? हमारे पल्ले ना पड़ री तेरी बात।"

"बहुत सीधी बात है, बाबा! जाति के आधार पर दूसरे लोग ख़ुद को हमसे ऊँचा और हमें नीचा मानते हैं और हमसे छूतछात करते हैं, यह उनकी कुटिलता और घिनौनापन है। वे धर्म और परम्परा के नाम पर अपनी घिनौनी मानसिकता हम पर थोपते हैं और हम उनकी बातों को मानते हैं। बिना अपने दिमाग़ से सोचे कि क्या सही है और क्या ग़लत है, यह मानसिक ग़ुलामी है।"

चेतन की बात सुनकर सब लोग फिर से एक-दूसरे की ओर देखने लगे। उसने जिस तरह से कहा था, वह इतवारी लाल और अन्य बुज़ुर्गों को बहुत अच्छा नहीं लगा, बल्कि कुछ लोगों को आपत्तिजनक भी लगा था। इतवारी लाल ने उसकी बात पर कुछ नहीं कहा लेकिन गिरधारी नाम के एक बुज़ुर्ग से चुप नहीं रहा गया। अपनी अप्रसन्नता व्यक्त करता हुआ वह बोला, "अरे, ये दो दिन का लौंडा हममें कमी बता रा है। बिल्कुल ही मूरख समझ रा है हमें। बताओ भला हम दूसरे लोगों से कहने जावे हैं अपने साथ भेदभाव करने के लिए।"

एक अन्य व्यक्ति गिरधारी की बात में अपनी बात जोड़ते हुए बोला, "यह छूतछात और भेदभाव हमारे कलेजों में भी चुभता है। हमें मजबूरी में सहना पड़ा है सब कुछ। हमें ऐसे रहना पड़ता है गाँव में ऊँची ज़ातवालों के साथ जैसे बत्तीस दाँतों के बीच जीभ रहवे है। सँभलकर ना रहवें तो पता नहीं कब क्या हो जावे।"

गिरधारी को ताव में देख चेतन थोड़ा सकपकाया और अपनी बात को स्पष्ट करते हुए विनीत स्वर में बोला, "मेरा यह मतलब नहीं, था बाबा! मैं तो केवल यह कहना चाहता था कि बस्स बहुत सह लिया, अब सहना बन्द कर जवाब देना चाहिए। वे लोग अपनी आदत से बाज़ नहीं आयेंगे। वे हमें बराबर का मनुष्य नहीं मानते, यह उनकी मानसिकता है। हम अपने आप को किसी से कम क्यों मानें। अपनी मानवीय गरिमा और सम्मान की रक्षा हमें ही करनी है। आज हमें संविधान का सहारा है।"

गिरधारी ने फिर कुछ कहना चाहा लेकिन हाथ के इशारे से उसे शान्त रहने का संकेत करते हुए इतवारी लाल ने चेतन की ओर अपनी नज़र घुमायी और उसको नसीहत देते हुए बोला, "तै ऐसै राह-रीत सै कह ना जो भी कहना है। ये क्या कि अपने बड़े-बूढ़ों के सिर पे ही दोष मढ़ने लगो। इस तरह से समस्याएँ हल नहीं होतीं। पीछे जो भी हुआ, वह हो गया। आगे का रस्ता निकालना है तै आगे की बात करो।"

इतवारी लाल की नसीहत का चेतन पर सकारात्मक प्रभाव पड़ा। उसे अपनी ग़लती का अहसास हुआ। वह तुरन्त क्षमा माँगते हुए बोला, "ठीक है, बाबा! आप सही कहते हो। ऐसा ही होगा। मुझसे ग़लती हो गयी थी। आगे से यह ग़लती नहीं होगी।"

रामप्रसाद ने महसूस किया कि चेतन और गिरधारी की सोच में अन्तर है, जो उनकी उम्र के अन्तराल के कारण बहुत स्वाभाविक था। उनके बीच वैचारिक टकराव से चर्चा में एक गतिरोध उत्पन्न हो गया था। चर्चा को आगे बढ़ाने के लिए इस गतिरोध को मिटाना आवश्यक था। वह चेतन को सम्बोधित करते हुए बोला,

"तुम ग़लत नहीं कह रहे हो। सही बात है तुम्हारी। लेकिन संविधान किताबों और सरकारी काग़ज़ों में चलता है, या पढ़े-लिखे शहरी समाज में। यह गाँव है। गाँव का समाज संविधान को नहीं जानता और न ही संविधान से चलता है। यहाँ का समाज धर्म से चलता है। यहाँ संविधान का नहीं धर्म का शासन है।"

धर्म और समाज का ज़िक्र आते ही राम सिंह आक्रोश से भर गया। अपना आक्रोश व्यक्त करते हुए वह बोला, "ऐसी तैसी समाज की। वैसे कहते हैं, भगवान की नज़र में सब बराबर हैं। लेकिन भगवान के मन्दिर में ही हमें नहीं जाने दिया जाता। हम भगवान के सामने बैठकर उसकी पूजा नहीं कर सकते। यह कैसी बराबरी है?"

एक अन्य व्यक्ति ने राम सिंह की बात का समर्थन किया, "यही तो ढोंग है हमें बेवक़ूफ़ बनाने का। अपना मतलब हो तो सब एक ही ईश्वर की सन्तान हैं, उसकी नज़रों में सब बराबर हैं और वैसे हमारे साथ भेदभाव करते हैं।"

इतवारी लाल ने देखा राम सिंह और कुछ अन्य लोग आगे बढ़ने के बजाय उसी बात को पकड़कर खींच रहे थे जो हो चुकी थी और जिस पर आगे विचार करने के लिए लोग एकत्र हुए थे। वह उनके बीच हस्तक्षेप करते हुए बोला, "असली बात पै आओ कि अब क्या किया जावे? जो कुछ हुआ है, हम उसै भूलकर चुप लगा जावें या कुछ करें?"

अब तक चुप बैठा धर्मपाल तत्काल बोल उठा, "चुप बैठने का क्या मतलब है? ऐसे चुप लगाकर बैठ जायेंगे तो हमारे लिए कहीं कोई जगह ही नहीं बचेगी। जीना मुहाल हो जायेगा हमारा...नहीं, चुप नहीं बैठना है। हमें गाँव की पंचायत में रखनी चाहिए यह बात।"

राम सिंह धर्मपाल की बात से सहमत नहीं हुआ। वह अपनी असहमति व्यक्त करते हुए बोला, "उससे कुछ नहीं होगा। तुम क्या समझते हो पंच हमारे पक्ष में बोलेंगे। पंच भी तो वे ही हैं जो रोज़ हमसे भेदभाव करे हैं। हमारे ख़िलाफ़ वे सब एकजुट हो जावेंगे और पुजारी की ही तरफ़दारी करेंगे। इससै तै अच्छा है हम दलित एक्ट के तहत पुजारी के ख़िलाफ़ पुलिस में रिपोर्ट करें।"

गिरधारी को राम सिंह की बात जँची नहीं। वह बोला, "मुझे नहीं लगता, उससे भी कुछ हल होगा। हम वैसे ही सबकी आँखों में चुभते हैं। पूरा गाँव पुजारी के पक्ष में गवाही दे देगा। हमारी ओर से कोई नहीं बोलैगा और उलटे हमें ही फँसवा देंगे।"

पुजारी का नाम सुनते ही वहाँ बैठे अधिकांश लोगों की भौंहें चढ़ गयीं। राम

सिंह तुरन्त बोला, "बड़ा कमीना आदमी है। हमसै दान तै ख़ुशी-ख़ुशी ले लेता है। पतरा देख देगा, मुहूर्त बता देगा, शादी-ब्याह की रस्म भी करवा देगा। उस सबमें ख़ूब चढ़ावा और दक्षिणा लेता है। तब हम अछूत नहीं होते, लेकिन मन्दिर के अन्दर जाने में हम अछूत हो जाते हैं।"

पुजारी के प्रति राम सिंह की तल्ख़ टिप्पणी पर वहाँ बैठे लोगों में से कुछ ने अपने सिर हिलाकर और कुछ ने मुँह से यह कहते हुए उसकी बात का समर्थन किया, "बड़ा काइयां आदमी है, स्साला! शैतान है पूरा।"

इतवारी लाल ने चर्चा को निर्णायक मोड़ पर लाते हुए कहा, "वह तै हम सब देख ही रे हैं। लेकिन सवाल ये है कि इस मामले को लेकर पुलिस और पंचायत में ना जावैं तै कहाँ जावैं? क्या करैं?"

उनके इस सवाल पर सबके चेहरों पर मौन-सा पसर गया। किसी को कोई जवाब नहीं सूझ रहा था। सब एक-दूसरे की ओर देखने लगे। किसी को कुछ बोलते न देख रामप्रसाद मौन को तोड़ते हुए बोला, "दूसरी और किसी बात में पंचायत से न्याय की उम्मीद कर लेंगे लेकिन यह धर्म और जाति का मामला है। आप सब जानते हैं, गाँव के लोग पुजारी को कितना मानते हैं। पंचायत पुजारी की बात मानेगी, हमारी नहीं। पुजारी के ख़िलाफ़ बोलने पर गाँव ही हमारे ख़िलाफ़ हो जायेगा। इसलिए हमें इस मामले को अधिक तूल देकर सारे गाँव को अपने ख़िलाफ़ नहीं करना चाहिए। इससे अच्छा है हम बहिष्कार करें।"

"बहिष्कार!..." विस्मय के अनेक स्वर एक साथ उभरे।

"पुजारी हमको मन्दिर के अन्दर जाने से मना करता है, तो हम मन्दिर और पुजारी दोनों का बहिष्कार करें।" रामप्रसाद ने निर्णायक स्वर में कहा।

रामप्रसाद की बात सुन इतवारी लाल ने आश्चर्य से उसकी ओर देखा और पूछा, "वह कैसे? हम तो ख़ुद समाज से बाहर बेदख़ल से रहवै हैं, हम कैसे बहिसकार कर सकै हैं किसी का? और वह भी पुजारी का, जिसै सारा गाँव सिर आँखों पै बैठा कै रखै है।"

रामप्रसाद ने अपनी बात स्पष्ट करते हुए कहा, "एक छोटी-सी बात समझ लो कि मन्दिर आम लोगों के लिए ही भगवान का घर है। पुजारी के लिए मन्दिर एक दुकान है। उसकी कमाई का अड्डा। मन्दिर में जो चढ़ावा आता है और लोग विभिन्न अवसरों पर भगवान के नाम पर जो दान और भेंट देते हैं, वह सब पुजारी की जेब में जाता है।"

"हाँ, यह बात तो है।" कई लोगों ने रामप्रसाद के साथ सहमति व्यक्त की।

रामप्रसाद ने आगे कहा, "हम लोग मन्दिर की ओर जाना बन्द कर दें। भगवान के नाम पर जो भी भेंट और चढ़ावा पुजारी को देते हैं, वह बन्द कर दें। अपना कोई भी लग्न, मुहूर्त पुजारी से न निकलवायें, न उससे किसी तरह की पूजा करायें। पुजारी कहीं रास्ते बीच में मिल जाये तो उसको कोई सम्मान नहीं दें। यह सब हमारे हाथ में हैं। हम कर सकते हैं।"

रामप्रसाद की बात अधिकांश लोगों को उचित लगी। युवा वर्ग सबसे अधिक प्रभावित था। चेतन उत्साहपूर्वक रामप्रसाद की बात का समर्थन करते हुए बोला, "सही बात है आपकी, चाचा जी! जो हमारा सम्मान नहीं करे, हम उसका सम्मान क्यों करें।"

राम सिंह ने चेतन की बात में अपनी बात जोड़ी, "सम्मान की बात तो दूर, यह पुजारी तो उलटे अपमान कर रहा है। ऐसे आदमी का सम्मान करने से कहीं डूब मरना बेहतर है।"

लोगों पर अपनी बात का असर होते देख रामप्रसाद ने आगे कहा, "दरअसल हमारा अपमान पुजारी ने नहीं किया, पुजारी के अन्दर बैठे ब्राह्मणवाद ने किया है। हमें ब्राह्मणवाद के पोषण को रोकना होगा। हम निश्चय करें कि अब से अपना कोई भी धार्मिक अनुष्ठान किसी ब्राह्मण से नहीं करायेंगे। जो ब्राह्मण हमसे छुआछूत करता है और हमें मन्दिर के अन्दर प्रवेश नहीं करने देता, उसको हम कभी भी अपनी बस्ती या घरों में नहीं बुलायेंगे। हमारे समाज में भी पण्डित हैं। कोई धार्मिक अनुष्ठान कराना होगा तो हम अपने समाज के पण्डित या आचार्य से ही करायेंगे।"

रामप्रसाद की बात लोगों को ठीक लग रही थी। सबने उसके साथ सहमति जतायी। राम सिंह ने तत्काल उत्साह में भरकर कहा, "ये हुई बात। साँप भी मर जावे और लाठी भी ना टूटे।"

इतवारी लाल ने भी रामप्रसाद की बात का समर्थन करते हुए कहा, "बहुत ठीक बात कही है रामप्रसाद तुमने। हमारे पुरखे कभी मन्दिरों में ना गये। हमें भी किसी के मन्दिरों में जाने की ज़रूरत ना है। और मन्दिर की ही ज़रूरत होगी तै अपना मन्दिर बनावेंगे और अपने समाज के ही किसी आदमी को पण्डित या पुजारी रखेंगे।"

कई युवकों ने लगभग एक साथ एक स्वर में कहा, "ठीक बात। जो हमारा बहिष्कार करेगा, हम उसका बहिष्कार करेंगे। ईंट का जवाब पत्थर से देंगे।"

गिरधारी भी रामप्रसाद के प्रस्ताव से सहमत तो था लेकिन उसके मन में कुछ शंका थी। अपनी शंका व्यक्त करता हुआ वह बोला, "बात तो ठीक है। हम अपने

समाज के आदमी को पण्डित या पुजारी रख लेंगे पर संसकिरत के इशलोक कहाँ आवे हैं हमारे लोगों को। वे क्या बोलकै पूजा करावेंगे?"

इतवारी लाल ने उसकी शंका का समाधान करते हुए कहा, "मन्तरों के रूप में पण्डित संसकिरत में क्या बोले हैं, हमें कुछ पता होवे है? वे हमें गाली भी दे रे हों तै हमें कुछ पता ना चलता। हमें हमारी भासा के मन्तर चाहिए जिन्हें हम समझ सकें। आख़िर पता तै चलै कि वे कह क्या रे हैं। हमारे पुजारी या पण्डित को संसकिरत के इशलोक ना आते होंगे, कोई बात नहीं, उसकी ज़रूरत भी हमको नहीं है। वे हमारे सन्तों की बानी बोलेंगे, वही हमारे मन्तर होवेंगे।"

बड़े लोगों की चेतना में पहली बार इतना बड़ा बदलाव देख युवा वर्ग को सुखद आश्चर्य हो रहा था। जैसे बिना माँगे उनको कोई बहुत बड़ा उपहार मिल गया हो। चेतन उत्साह में भरकर इतवारी लाल की ओर देखते हुए बोला, "बिल्कुल सही बात कही है बाबा आपने। पर हमारा एक छोटा-सा सुझाव है, अगर आप लोग उस पर विचार कर लें तो।"

इतवारी लाल ने उसके उत्साह को बढ़ाते हुए तुरन्त कहा, "हाँ-हाँ, कहो। ज़रूर बताओ, तुम्हारा क्या सुझाव है। सही सुझाव होगा और सबको अच्छा लगैगा तै उस पै भी ज़रूर अमल किया जावेगा।"

चेतन ने कहा, "मन्दिर के बजाये हमें अम्बेडकर भवन बनाना चाहिए। उसके अन्दर अपने समाज के सन्तों और महापुरुषों की मूर्तियाँ लगाये, उनके द्वारा लिखी और उनके विचारों की व्याख्या करने वाली पुस्तकें वहाँ रखें और उनका पाठ करें। हमारे महापुरुषों के वचनों और विचारों से बढ़कर हमारे लिए कोई मन्त्र नहीं है।"

उपस्थित युवाओं ने पूरे जोश से चेतन के प्रस्ताव का समर्थन किया। रामप्रसाद भी चेतन के प्रस्ताव का समर्थन करते हुए बोला, "यह बहुत सही सुझाव है इन लड़कों का। मन्दिर और देवताओं से हमें आज तक कभी क्या मिला है? हमें जो कुछ मिला है, बाबा साहब अम्बेडकर की बदौलत मिला है। वे ही हमारे सबसे बड़े देवता और भगवान हैं। इसलिए हमें अपने मोहल्ले में अम्बेडकर भवन ही बनाना चाहिए।"

रामप्रसाद के समर्थन से चेतन का उत्साह बढ़ा। उसने रामप्रसाद की ओर अपना सिर झुकाकर उसके प्रति सम्मान व्यक्त किया और बढ़े उत्साह के साथ उसने आगे कहा, "प्रत्येक रविवार को मोहल्ले के सब लोग अम्बेडकर भवन में एकत्र होकर अपने महापुरुषों को नमन करें। उनके विचारों पर चर्चा अथवा उनकी किसी किताब का पाठ करें। अम्बेडकर भवन ही हमारा मन्दिर होगा।"

चेतन की बात सभी को ठीक लगी, बल्कि अधिकांश लोगों ने उसको सराहा। किन्तु गिरधारी के मन में अभी भी एक सवाल था, "मन्दिर ना सही अम्बेडकर भवन सही, इसमें तै कोई बात ना है। पर बनेगा कहाँ सै? उसके लिए ज़मीन और पैसा कहाँ से आवैगा?" यह कहते हुए उसने अपना सवाल सभा की ओर फेंका।

रामप्रसाद ने कहा, "बहिष्कार एक तरह की चुनौती है। जब चुनौती ले ली है तो कुछ त्याग भी करना पड़ेगा। थोड़ा-थोड़ा भी सब करेंगे तो बहुत आराम से बन जाएगा।"

युवाओं का उत्साह देखते हुए इतवारी को गिरधारी की बात कुछ अटपटी-सी लगी। नसीहत के स्वर में वह गिरधारी को सम्बोधित करते हुए बोले, "गिरधारी दिमाग़ पै ज्यादै ज़ोर मत दे। जब ये नौजवान कह रे हैं तै सब कर लेंगे। इनकी बात ही मानो अब। हमारी क्या है, पके पाँव हैं। आज मरे कल को दूसरा दिन। अब तै इनको ही देखना है आगे सब कुछ।"

"मन में एक बात आयी तै मैंने बोल दी। नहीं तै मैं ही कौन सा सब सै अलग हूँ। मैं भी सबके साथ हूँ। मैं भी जानूँ हूँ, अब नौजवानों का टैम है। उनके हिसाब सै चलना ही ठीक है।" यह कहते हुए गिरधारी ने इतवारी और उनके आसपास बैठे लोगों की ओर देखा। सबके चेहरे और आँखों में आश्वस्ति और विश्वास के भाव थे।

इतवारी ने चौपाल में चारों ओर एक नज़र डाली और सभी को सामूहिक रूप से सम्बोधित करते हुए कहा, "और कोई संका या सवाल हो किसी के मन में तै बता दो अभी बेहिचक।"

यह कहकर उन्होंने चौपाल में चारों ओर नज़र डाली। कहीं से कोई आवाज़ नहीं आयी। लोगों के चेहरे और आँखें बता रही थीं कि अब लोग निर्णय की प्रतीक्षा कर रहे थे।

"बस तै हो गयी बात ख़तम...अब ना बचा किसी को भी कुछ कहने का। हो गया फ़ैसला। लगो सब अपने-अपने हिल सै।" इतवारी ने निर्णायक स्वर में कहा।

इतवारी के यह कहते ही चौपाल में और चौपाल के बाहर भी, चारों ओर माहौल उत्साह से भर गया। कुछ समय पहले तक जिन चेहरों पर शंका और सवालों की धुँध छायी हुई थी, अब उन चेहरों पर आशा और विश्वास की चमक उभर आयी थी।